KB231887

정선교 장편소설

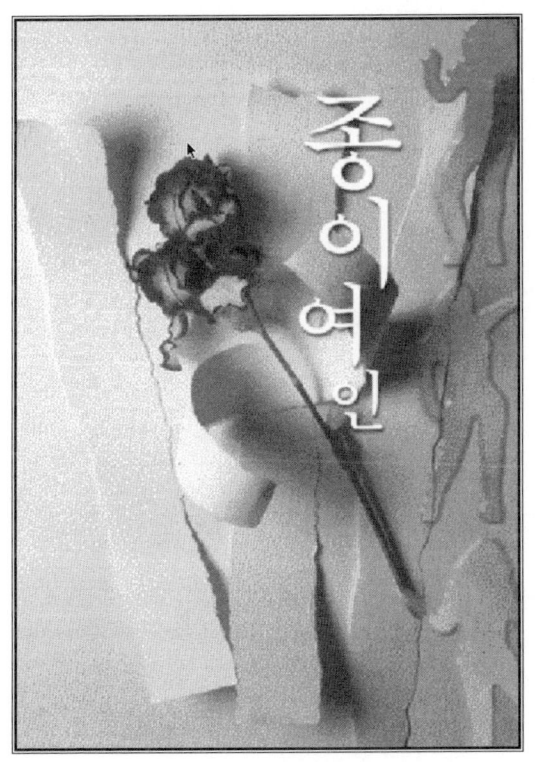

종이여인

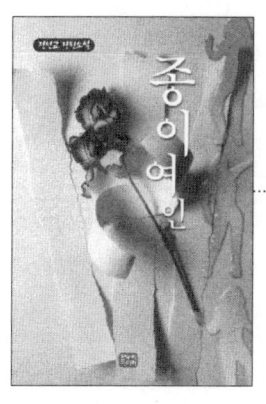

# 차례

## CONTENTS

1. 만남을 위하여 • 9

2. 은밀한 복수 • 37

3. 사랑의 동반자 • 69

4. 복수를 위한 살생 • 86

5. 여행지에서 • 121

6. 파혼한 남자 • 180

7. 사랑은 싹트고 • 191

8. 희생의 종말 • 226

# 1. 만남을 위하여

여름의 짧은 밤이 여명으로 맥없이 물러서는 새벽녘, 어슴푸레한 새벽공기를 가르고 아파트에 들어서는 연약한 그녀에게서 칼바람이 몰아쳤다. 주변의 사물조차 억새 잎처럼 빳빳해질 정도였다. 쫓기는 몸일까, 아니면 누가 칼을 들고 쫓아오는 걸까. 아무튼 윤여진(尹女珍)은 상당히 조급해 했다.

그녀는 아파트 1층 출입문을 열기보다 몸을 먼저 디밀어야 할 정도로 허둥댔다. 그러니까 몸보다 마음이 먼저 앞섰던 것이다. 그렇게 몸을 집안에 들여놓고 출입문을 잠그고 또 잠금 장치를 확인했다.

여진은 안심이 되었을까. 곧 몸이 허물어질 듯 어깨를 벽에다 의지하고 간신히 버티고 서 있었다. 안도의 긴 숨을 내뱉고는 정신을 가다듬었다.

어둠이 가시지 않은 거실, 회색 빛 속에서 여진은 씻을 수 없는 죄악을 벗겨내듯 옷부터 훌훌 벗었다. 그대로 알몸이 된 채로 욕실에 들어섰다. 욕조에 물을 틀어 놓고 안

에 들어가 누웠다. 마음이 진정되었다. 욕조에 잠긴 물이 찰랑거리며 차 올랐다. 욕조 속에서 여진은 안정감으로 돌아온 후 편하게 쉴 양으로 두 눈을 지그시 감았다.

그러나 생각과 달리 머리 속에는 간밤에 있었던 경호와의 격렬했던 섹스와 더불어 그 후에 벌어진 참혹한 살인극의 잔영이 남아서 계속 여진의 머리 속을 실타래 엉긴 것처럼 마구 괴롭혔다. 그러나 이제 돌이킬 수 없는 일이라고 여진은 생각했다.

경호의 죽음을 처연하게 받아들여야 하는 운명, 여진은 그렇게 결론을 짓고 있었다. 그러나 의식 한편에서는 한 남자의 죽음에 관한 죄의식이 무섭게 팽배해 있었으나, 그런 죄의식들은 쓸데없는 사치라고 여겼다. 여진은 그들이 행한 만큼 그 값을 받았을 뿐이라고 단정지었다. 그래야 여진의 마음이 편하게 될 수 있었으니까.

여진은 욕조 속에서 몸을 일으켰다. 손으로 머리카락을 쓸어 넘겼다. 비누를 손에 잡고 가슴부터 시작해서 전신에 골고루 비누칠을 했다. 손바닥으로 온몸을 문지르고 샤워기로 비누거품을 씻어냈다.

거실로 나왔다. 언제 와 있었는지 소리(고양이)가 여진의 다리에다 몸을 비벼대며 아는 체했다.

소리는 아파트 앞에 주인없이 돌아다니던 걸 여진이 데리고 와 기르게 된 새끼고양이었다. 고양이 소리가 가냘프고 왠지 사람의 마음 깊숙한 곳을 울리는 느낌이 있다 싶어 여진은 '소리' 라고 이름지어 부르게 되었다. 소리가 제법 몸이 자라서 조금 열어 놓은 주방의 창문 사이를 곧잘 드나들 수 있어 혼자서도 밖에 돌아다니다 들어오곤 했다.

여진은 소리가 배고플 거라는 생각을 하고 냉장고에서 우유를 꺼내 그릇에 따라주었다. 눈치 빠른 소리는 빠른 동작으로 우유를 소리내어 먹어댔다.

"우리 소리가 배고팠구나."

여진은 소리 먹는 걸 잠시 바라보다가 강한 허기가 밀려듬을 느꼈다. 일어나 냉장고에서 먹을 게 있나 살펴 보았다. 별로 없었다. 냉장고 위에 있던 후레이크 상자를 들고서 접시에다 쏟아 붓고는 거기에 우유를 부었다. 그리고 소파로 가져와서 숟갈로 떠먹었다.

얼마 동안 무서운 열정과 광기에 시달렸던가.

여진은 우유에 녹아든 후레이크를 먹음으로써 마음의 안정을 달래는 듯 싶었다.

여진은 남한산 아래 지어진 5층 짜리 작은 아파트 단지에 살고 있었다. 실내도 넓지 않은 17평형이었다. 크진 않지만 혼자 살기에는 그리 큰 불편 없이 만들어진 공간이었다.

1층이라 햇볕은 들지 않았다. 그래서 이쯤 여름이면 습기가 차고 간혹 곰팡내도 나긴 했지만 실내는 최소한 편리하게 꾸며 놓은 실내 장식으로 만들어져 있었다. 그래봐야 구조는 침대가 놓여 있는 방과 작은 방, 주방이 딸린 거실,

그리고 욕실이 전부였다.

여진은 땅 속에 뿌리를 틀듯 자리를 튼 이 곳이 마음에
들었다. 처음엔 그 습기로 적응하기 힘들었지만 이제는 오
히려 습기가 몸에 배여 친숙하게만 여겨졌다.

여진은 방에 들어섰다. 작지만 방은 아담했고 깔끔하게
꾸며져 있었다. 여진은 몸을 내던지듯 침대 위에다 눕혔
다. 간밤의 일들이 어떻게 형상화 되었는지 다시 한 번 기
억을 더듬어야 했다.


힐사이드 관광나이트클럽에는 뜨거운 밤을 보내는 사람
들로 북적댔다. 초여름의 토요일 밤이라는 이유도 있었지
만 힐사이드는 서울 시내에서도 알아주는 나이트클럽에
속했다. 속칭 물이 좋다고 평판이 나 있는 유흥업소 힐사
이드였다. 찾는 고객들도 20대 초반에서 50대까지 다양한
연령층을 확보하고 있다는 특징도 있었다.

대형 호텔 건물의 지하층 안에는 현란한 사이키 조명과
귀를 울리는 전자음향이 쿵쿵대며 분위기를 돋구고 있었
다. 넓은 스테이지 안에는 경쾌한 댄스곡에 맞추어 젊은이
들부터 장년의 사람들에 이르기까지 다양한 모습으로, 열
정적인 리듬에 맞춰 몸을 흔들고 있었다.

여진은 한쪽 구석진 곳의 테이블을 잡고 앉아 스테이지
쪽을 바라보고 있었다. 그런데 바라보는 눈과 눈빛은 유난
히 반짝였다.

누가 보더라도 여진은 온실의 화초 같았다. 그런 사실을
그녀 자신만 모르고 있는 듯했다. 커트머리에 동그란 두상
인데 손으로 앞머리를 쓸어 넘겨 귀가 보이게 했다. 귀를
뚫지 않아 귀걸이를 하지 않은 조그마한 얼굴에 이목구비
가 뚜렷하게 오목조목 자리한 그녀는 나이에 비해 많이 어
려 보였다. 그런 그녀가 담배를 피워 물었다. 왠지 불협화
음이 빚어내는 스트라빈스키의 음악이 연상되었다.

'넌 담배가 안 어울려.'

누가 보더라도 그런 말을 던졌을 것이다.

"아가씨, 담배를 멋으로 피우나? 아가씨에게는 담배보다
는 막대사탕이 더 어울릴 것 같아서 하는 말이야."

모두들 여진에게 끌리는 무언가를 제공한 건 인정할 것
이다. 그리고 이목구비가 뚜렷하지만 그렇다고 해서 서구
적인 미인과는 달랐다. 20대 후반의 나이답지 않게 앳된
얼굴로 스테이지 쪽을 응시하고 있는 모습은 연약했다.

뭇 남성들은 좋은 그림이나 예쁜 꽃을 보면 느끼는 그런
정도의 감정으로 여진을 바라보는 것이다. 얼굴에 화장을
했는지 안 했는지 모를 정도의 뽀얀 피부였다. 그러나 여
진은 화장기 없는 얼굴로 나왔다. 유난히 속눈썹이 길어
여태까지 속눈썹을 붙여 본 적이 없었다. 그러니 또한 눈
썹은 진하여 손을 댈 곳이 없는 그런 얼굴을 가졌다. 여진
은 맨 얼굴이 조금은 창피하다고 생각하지만 바라보는 남
성들은 순수함의 맨 얼굴을 원했다. 물론 그런 맨 얼굴이

그녀를 더 어려 보이게 했다.

어쨌든 한 마디로 암울함 그 자체였다. 꺾어질까 봐 함부로 대하지도 못했다. 그렇다고 해서 여진은 건강을 돌보거나 미래에 대한 계획도 없었다. 그녀는 그저 쓸모 없는 컴퓨터 같은 생활, 인풋도 없었고 아웃풋도 없었다. 그냥 아름답기만 한 여인, 중후하거나 은은한 아름다움은 없었다. 인간의 몸에서 태어난 것이 아니라 종이로 쉽게 만들어진 여인이라고 지칭해서 종이여인이라고 했다.

화려함이 살아 있지 않은 아름답기만한 여인, 생화 같지 않은 조화처럼 만들어진 종이꽃 같다고 해서 종이여인, 그 여인 여진은 순간 순간을 모면하는 독이 든 여인, 종이처럼 일회용으로 살다 말겠다는 그런 여진이었다.

여진은 엉덩이를 들고 스테이지로 걸어나갔다. 음악에 맞추어 몸을 서서히 흔들어 갔다.

스테이지 한편에서는 어엿한 중년의 모습을 갖추고 있는 한 무리의 남자들이 모여 춤을 추고 있었다. 짐짓 몸놀림은 젊은이들처럼 그리 발악적이지도 현란하지도 않았다. 다만 분위기를 맞추려는 듯 가볍게 몸놀림을 하거나 손을 이리저리 움직이는 모습들이 주말의 멋진 밤을 보내려는 느긋한 몸짓들이었다.

누구라도 그들의 모습을 본다면 한 분야에서 자리를 굳힌 매력을 가진 중년 남자들의 호기심 어린 모습이라는 걸 쉽게 가늠케 했다.

그들은 중년이라고 하지만 이제 겨우 삼십 대 중반이었다. 그 중 경호는 가볍게 몸을 놀리면서도 내내 한 여자에게로 향한 시선을 떼지 않고 있었다.

그 시선은 여진에게 향해 있었다. 여진은 무릎 위까지 오는 검은 원피스를 입고 있었는데 호리호리한 몸매와 유달리 하얀 얼굴을 가지고 있었다. 체구는 그다지 크지 않고 다리가 길어 특히 원피스가 잘 어울리는 몸매였다. 마치 이 밤에 맞춤이라도 한 모양으로 잘 어울려 무척이나 세련되고 섹슈얼해 보였다. 그녀는 파트너 없이 내내 혼자 춤을 추고 있었다. 그리 요란한 몸짓은 아니었지만 음악과 춤에 익숙한 듯 매력적인 몸매를 은연중에 드러내고 있었다.

음악에 맞춰 흐느적거리는 몸 동작이 어딘지 남들과 달라 보였다. 그런 매혹에 끌린 경호는 여진에게 묘한 감정을 느꼈다.

주위와 동떨어져 춤을 추는 여진의 모습에서 연민 비슷한 감정을 느꼈다고 해도 과언이 아니었다. 경호는 친구들과 어울려 춤을 추면서도 여진을 탐하는 시선을 계속 보내고 있었다.

경호는 잘 나가는 증권업체를 가지고 있으면서 이제는 사회에서나 가정에서나 안정된 자리를 잡아가고 있었다. 그런 그에게 관능적인 춤을 추고 있는 여진의 모습은 색다른 자극이 됨과 동시에 강한 호기심을 불러 일으키기에 충분했다.

이런 주말에 저런 여자와 함께 지낸다면 여한이 없을 것이라는 짧은 생각을 해버린 경호는 남몰래 미소를 짓고 있었다.

이윽고 경쾌한 음악이 끝나고 잔잔한 발라드 풍의 노래로 바뀌었다. 경호는 얼굴에 부드러운 미소를 드리우고는 여진의 옆으로 다가갔다. 여진은 춤을 추느라 지쳐서 나른한 모습으로 스테이지를 빠져 나가려 했다.

"저어, 실례가 안 된다면 저와 한 곡 어떻습니까?"

여진은 경호를 찬찬히 살폈다.

"글쎄요. 별 생각이 없는데요."

여진은 다소 냉랭한 음성이었다. 그리고 경호 앞을 지나쳤다. 경호는 이런 좋은 기회를 놓칠 수 없다고 생각했다. 그는 여진의 팔을 살짝 잡고는 미소를 보내면서 앞을 가로막아섰다.

"하하, 그러시지 말고, 이렇게 만난 것도 인연인데 잠시 시간 좀 내주시죠."

경호의 간곡한 목소리에 여진은 눈길을 살짝 주고는 잠시 망설였다. 아니 망설이는 척했다. 그러는 사이에도 따사로운 눈빛이 싫지 않은 표정을 짓고는 경호에게 못이기는 척 몸을 맡겼다.

경호는 한 팔로 여진의 허리를 감아 안았다. 다른 한 손으로는 여진의 손을 잡고는 감미로운 음악에 맞춰 몸을 움직였다.

여진에게선 은은한 향이 흘렀다. 언젠가 한 번쯤은 맡아본 것 같은 생각이 든 경호는 여진에게 은근한 시선을 던지며 입을 열었다.

"좋은 향을 쓰시는군요."

여진의 몸이 잠시 굳는가 싶더니 이내 입을 열었다.

"새샘 넘버 5(파이브)예요."

경호는 여진의 말에 움직이던 몸 동작을 뚝하고 멈추었다.

"왜 뭔가 잘못 됐나요?"

여진은 몸 동작이 멈추어 있는 그의 얼굴을 들여다보며 다시 물었다.

"아, 아닙니다. 오늘 저의 모임이 새샘이라서요."

"오우, 그래요. 묘한 인연인 것 같군요."

"새샘 넘버 5(파이브)면……! 저의 회원도 5명이거든요."

"그렇다면 참 재밌네요."

"그렇죠. 정말 좋은 인연인 것 같군요."

잠시 침묵이 흘렀다.

"여긴 자주 오시나 보죠?"

여진이 말을 걸었다.

"자주 옵니다. 우리 멤버 중 저기 파란 옷 걸친 놈이 이나이트클럽에 사장입니다. 그래서 자주 오는 편입니다."

"참 좋으시겠어요. 술값은 안 내도 되겠네요."

"그렇지는 않습니다. 장사는 장사니깐요."

"그렇군요. 공과 사는 구분이 돼야겠죠. 그리고 보니 새 샘 맴버 5명은 다들 괜찮은가 봐요."

경호는 그냥 고개만을 끄덕였다. 그는 다시 몸을 움직여 여진과 블루스로 돌았다. 발라드 음악이 끝나자 춤을 끝내고 서로 몸에서 떨어져 자리로 돌아가게 되었다.

경호는 여진에게 합석하자고 제의했으나 여진은 낯선 사람들이라 기어코 사양했다. 여진이 경호의 일행들과 떨어진 곳에 테이블을 잡고 그들에게 등을 보이고 앉았다.

여진은 그들과 거리를 두는 것과 등을 보이고 앉는 것은 자신이 근무하고 있는 빌딩주인인 종빈이라는 회장이 있어서였다. 여진은 미연이라는 가명으로 근무하는 종빈의 비서였기에 그가 알아 볼까봐 멤버들이 떨어진 곳을 택했던 것이다.

경호는 다섯 명의 새샘 멤버들과 술잔을 돌리고 있었다. 새샘 모임은 경호를 비롯해서 종빈, 동팔, 태성, 영근 등 5명이었다. 그 중 영근이 이곳 나이트클럽을 운영하고 있는 사장이었다.

그들은 경호의 새로운 파트너에 대한 호기심으로 가득 차 있었다.

새샘은 말 그대로 새로움과 깨끗함, 샘처럼 끊임없이 밀어 올리는 강인한 추진력과 솟구치는 힘으로 이 세상을 헤치고 나가자는 의도에서 회원 5명이 만장일치로 합의를 본 이름이었다.

새샘 멤버들은 친목모임을 하게 되면서 서로 알게 되었다. 구성은 고등학교 때부터 시작하여 성남에서 모임을 가져온 친구들이었다. 그때부터 매달 정기적인 모임과 야유회를 가는 것 등으로 지금까지 모임을 계속 유지시켜 온 것이다.

"저 여자 누구야? 몸매는 그런 대로 빠졌던데 얼굴도 미인인가?"

동팔은 어둠침침한 조명에서 그녀의 얼굴이 자세히 보이지 않았던 데에 아쉬움을 표하면서 물었다.

"얼굴? 그만하면 미인이지 임마. 내가 사람 보는 눈은 있잖냐."

얼굴 가득 흡족함을 드러내며 경호가 말했다.

"벌써부터 입맛 다시는 거야? 미스 송하고 끝난 지 얼마 됐다고 또 여자 사냥이냐?"

잠자코 듣고 있던 태성이 짓궂게 한 마디 한다.

"미스 송하고는 사랑이 아니야 임마, 그냥 가벼운 불장난에 불과했다고."

"이거 또 잘 하면 오늘 밤 누구 침대가 요란하게 들썩거리겠는데."

양주잔을 들이키던 영근이 비로소 한 마디 했다. 영근의 위트에 모두 한바탕 웃어 제꼈다.

경호는 고개를 돌려 여진이 앉아 있는 곳으로 눈길을 주었다. 여진은 뒷모습을 보인 자세로 앉아 있었는데 역시 혼자였다. 좀이 쑤시어 불안했다. 저대로 두었다가는 어떤 놈팽이의 사냥감이 될 게 뻔했기에 경호는 엉덩이를 들고 일어섰다.

"난 이만 여기서 퇴장하겠네. 아무래도 저 쪽이 나를 필요로 할 거 같아서 말이야."

자리를 뜨는 경호에게 영근이 미심쩍게 한 마디 한다.

"하하, 그래 잘 해봐. 조심조심 여자 조심, 너무 무리하면 복상사한다."

걸음을 옮기던 경호는 그 말에 개의치 않고 야릇한 웃음을 흘렸다.

"참, 내일 회사 출근 안 했으면 지독하게 감미로운 새샘 넘버 5향에 취해서 못 일어난 줄 알라구."

"경호 너 조심해라. 제수씨가 너 그 짓 하는 거 눈치채고 있는 거 알지?"

"알았어 임마."

경호는 좀 떨어진 곳에 앉아 있는 여진에게 자리를 옮겼다. 앉아 있던 새샘 회원 태성, 동팔, 영근, 종빈은 경호를 은근히 부러워하면서 술잔만 주거니받거니 술만 들이키고 있었다.

경호는 여진에게 다가가서 앞에 앉아도 좋냐고 양해를 구했다. 여진은 잠시 생각하는 듯하다가 이내 허락을 했다.

"여긴 시끄러우니까 우리 밖으로 나갈까요? 드라이브를 좋아하신다면……. 제가 경관 좋은 길을 알고 있습니다만……."

여진은 대답 대신 고개를 끄덕였다. 경호는 의외로 일이 잘 풀린다고 생각되어 기분이 좋아졌다.

여진과 경호는 나이트클럽에서 빠져 나와 주차장으로 갔다. 경호는 자동차 틈에서 차를 빼고 있었다.

"오늘 밤 성공하세요."

웬 승용차가 지나가며 차 유리창에서 얼굴을 내민 젊은 여자가 말했다.

오늘 밤 성공하라는 그 말에 여진은 신경이 쓰였다. 하지만 여진은 그냥 장난삼아 하는 말로 해 두었다. 그때 경호가 차를 몰고 나와 내려서 조수쪽 문을 열어주며 여진을 차안에 밀어 넣고 문을 닫았다. 그 자신도 운전석에 올라서 시동을 걸었다. 곧 차는 움직여 그 나이트클럽을 뒤로 하고 달렸다.

차종이 고급 승용차라 조용했다. 역시 탄탄하게 자리잡은 제2금융권 회사의 대표이사 경호에겐 잘 어울리는 차종이었다.

경호는 아름다운 여인을 옆에 태웠기 때문이었는지 입가에 잔뜩 웃음을 머금으며 차를 몰았다.

"양수리에 제 별장이 있습니다. 괜찮으시다면 구경시켜

드리고 싶습니다. 거길 가면 둘이서 오붓한 칵테일을 마실
수 있을 겁니다."

경호는 힐끗 여진의 옆모습을 보며 말했다.

"그럴까요?"

여진은 입가에 살짝 미소를 띠웠다.

경호의 얼굴에 환한 웃음이 감돌았다. 이미 아내와 아이
까지 있는 그였지만 때때로 젊은 여자와 사랑을 나눈다는
데 별다른 죄의식을 갖지 않는 경호였다.

그렇다고 가정에 큰 불만이 있는 것도 아니었다. 그리고
아내와 이혼할 생각은 추호도 없었다. 그냥 남보다 풍족함
으로 여유 있는 시간이 있어서였다. 말하자면 가정은 가정
대로 지켜가면서 이따금씩 머리를 식혀가며 새로운 여자
를 만난다는 건 자신을 위해서라도 생동감 있는 에너지를
충전시키는 일이라고 생각해 왔다.

경호의 차는 팔당 호수를 달려서 양수리 다리를 건너 북
한강변으로 접어들었다.

"별장엔 자주 가시나요?"

여진은 핸드백을 만지작거리며 물었다. 핸드백에서 무얼
확인하듯 만지작거리는데 그녀의 음색은 짙은 허스키였
다. 누구라도 들으면 가슴 깊숙한 곳을 때리는 묘한 울림
같은 게 있었다.

"가끔 가는 편입니다. 주말이나 휴가 때면 가곤 하죠."

"별장을 가지고 계시는 걸 보니 부자신 모양이에요."

여진이 부러운 말투로 말하자 경호는 괜스레 기분이 으쓱해졌다.

"하하, 사업을 하다 보니 돈은 불편하지 않게 잘 도는 편입니다."

경호는 묘한 매력을 풍기는 여진한테 자신의 부를 자랑하는 건 하나도 부끄러운 일이 아니라고 생각했다.

몇 채의 별장들을 지나서 승용차는 그 중 한 별장 앞에 다다랐다. 차를 별장 마당에 세우고 내렸다. 마당은 넓었다. 발 아래 밟히는 것은 잔디였다. 잔디는 카페트처럼 고왔다. 그런 잔디를 사뿐히 밟고 건물 계단을 밟고 2층으로 올라가려던 순간 무엇인지 알 수 없는 그림자가 어둠 속에 스치는 것을 보고 여진은 깜짝 놀라 계단에서 발걸음을 멈췄다.

"왜 그래요?"

경호는 아무 것도 모르고 여진에게 물었다.

"별장에 또 누가 있나요?"

"오늘밤엔 아무도 없어요."

"누가 있는 것 같은데요."

"아, 강변이다 보니. 대변을 보기 위해 낚시꾼들이 가끔 왔다 갔다 하기도 합니다."

여진은 일단 좋은 기분은 아니지만 그냥 경호의 말을 믿고 안심하기로 했다.

한여름이었지만 도심을 벗어난 북한강변 숲 속에 위치한

23

별장의 위치 탓인지 서늘한 바람이 솔솔 불어와 목덜미가
차갑게 느껴질 정도였다.

경호는 열쇠로 별장 현관문을 열고는 여진과 함께 안으
로 들어섰다.

"관리인이 일주일에 두 번씩 와서 청소를 해두어서 깨끗
한 편이죠, 하하."

여진은 경호를 따라 별장 여기저기를 구경했다. 내부구
조는 훌륭한 편이었다. 널찍한 거실에는 고급스런 풍경화
나 진귀한 장식품들이 놓여 있었고, 전체적으로 안락한 휴
식처의 분위기가 물씬 담겨 있었다.

소파에 앉아 창가를 바라보고 있는 여진에게로 칵테일
두 잔을 만들어 가지고 와서 건넸다. 이윽고 사랑의 대화
가 시작되자 경호는 위스키 병을 들고 나왔다.

"이런 밤이면 은은한 술에 취해 보는 것도 그리 나쁘지
는 않죠."

경호는 짐짓 마음 한 구석이 묘한 흥분으로 치닫고 있는
걸 느꼈다. 요 며칠 동안 외국 바이어들과 사업상의 거래
를 놓고 씨름하다가 오늘 낮에서야 그 계약이 성립되는 바
람에 기분도 홀가분하던 참이었다. 거기다 아름다운 여인
을 앞에 두고 앉으니 기분이 절로 날아갈 것만 같았다.

뭐랄까 잔을 들어 입술에 갖다 대는 여진의 모습은 자주
찾아주던 룸싸롱의 여자들하고는 전혀 다른 분위기였다.
청순한 듯하면서도 남성의 시선을 끌게 하는 관능미 또한

넘쳐나는 그런 여자였다. 거기다 웬지 어디선가 한 번쯤은 본 듯한 여자라는 생각이 들었다. 하기사 첫인상이 좋아 끌리는 사람이라면 그런 생각을 갖기 마련인 것이다.

창가로는 달빛마저 은은하게 젖어들고 있었다. 여진의 눈빛도 젖어들고 있었다. 경호는 술의 힘을 빌어 용기를 내어 여진의 옆에 다가앉았다. 여진은 고개를 돌려 경호를 바라보았다. 순간 여진의 입술이 살짝 벌어졌다. 그걸 바라본 경호는 분위기를 잘 타는 여자일 거라는 생각을 했다.

경호는 그 분위기를 놓친다면 정말 바보 같은 짓이라고 생각했다. 분위기가 식기 전에 자신의 입을 가져가 여진의 입술 위에다 살짝 포개 보았다. 그리고 반응을 보았다. 거부하지 않고 순순히 받아주었다. 그래서인지 생각처럼 그 느낌은 따스했고 부드러웠다. 마치 오랜 세월 기다리며 인고의 세월을 견뎌 온 꽃잎이 서서히 열리듯 여진의 입술도 그렇게 열리고 있었다.

경호의 혀는 여진의 입 속으로 타액과 섞여들었다. 그리고 혀를 길게 빨아들였다.

경호는 마음이 급해졌다. 여진의 마음이 변하기 전에 본격적인 행동에 들어가야 한다고 생각했다. 그러나 한편으로는 섣부른 행동은 자칫 민감한 여자의 기분을 돌변하게 할 수도 있다는 우려도 생겨 분위기를 맞춰가며 조심스럽게 진행시켜야 한다고 마음먹었다.

경호는 두 손으로 그녀의 허리를 감고는 소파에서 일어섰다. 여진은 그에게 안긴 상태에서도 전혀 반항하지 않았다. 경호는 반항이 없음을 알고 여진을 들어 안고 침실로 갔다. 그는 화려한 침대에다 여진을 조심스럽게 걸터앉게 했다. 그리고 조심스럽게 침대 위에 눕게 했다. 경호는 행여 분위기가 깨지면 어쩔까 하는 조바심을 냈다. 여자의 마음은 갈대와 같아서 언제 돌변할지 모를 일이었다. 그래도 여자들은 번번이 경호의 터프한 매력과 배경에 쉽게 몸을 허락하곤 했었다.

경호는 자신 앞에 반듯이 누워 있는 이 여자도 예외는 아니라고 생각하고 있던 중에 그녀의 이름을 모르고 있다는 생각이 들었다. 그러나 그게 무슨 상관이랴 싶었다. 이름이나 직업 따위는 그리 중요한 게 아니었다. 그저 관심은 이 순간을 놓치고 싶지 않은 것뿐이었다.

경호는 양파껍질을 벗기듯 조심조심 여진의 옷을 벗기기 시작했다. 검은 원피스가 벗겨 나가자, 단번에 드러난 엷은 분홍빛의 브래지어와 팬티만이 아슬아슬하게 여진의 중요부분을 가리고 있었다. 경호는 손바닥을 여진의 피부에다 갖다 댔다. 그리고 손바닥으로 피부를 쓰다듬어 보았다. 그렇게 애무하면서 속옷마저 벗겨냈다. 드디어 실오라기 하나 걸치지 않은 나신이 되었다. 그 모습은 눈이 부시게 아름다운 보석과도 같았고 살구빛처럼 탐스러웠다.

그리 크지도 작지도 않은 유방이 가슴 양쪽에 봉긋하게

매달려 있었고 꼿꼿한 유두가 잔뜩 성이 나 있었다. 경호도 자신의 옷을 벗어제치고는 그녀와 같은 알몸으로 침대 위로 올라가서 그녀의 유두에 입술을 가져갔다. 입술에다 힘을 주어 애무를 했다. 거기에서 얻어지는 건 간간이 이어지는 여진의 거친 숨결과 가느다란 신음이었다.

경호는 한 손을 여진의 배에서 빙빙 돌리다 배꼽 아래 은밀한 부근에 이르러 다시 배로 버릇없이 마구 헤집고 다녔다. 경호는 오늘밤 운이 좋다고 여기며 그녀를 안은 팔에 힘을 주었다. 이처럼 나긋나긋하게 척척 감기는 여자는 처음이었다.

여진은 경호의 손길 하나하나 숨결 하나하나에 놀랍도록 빠르게 반응을 보였다. 거기에 대응해 오는 경호는 은근히 좋아지며 더더욱 감겨져 왔다. 경호는 그걸 그녀가 자신의 단단한 매력에 빠져든 것이라고 생각했다. 그녀의 아래쪽으로 입술을 옮기려고 했다. 그런데 여진은 돌연 몸을 일으켰다.

몸을 벌떡 세운 여진은 손을 경호의 가슴에다 대고 살며시 밀었다. 경호는 반듯하게 눕게 되었다. 그제서 경호는 여진이 하는 대로 몸을 내맡겼다. 여진도 경호의 몸을 매만지며 애무해 주었다. 경호는 그녀의 애무를 받으며 성적인 호기심과 테크닉이 뛰어난 여자라고 느꼈다. 그래서 운이 좋다며 눈을 지그시 감고 흥분의 도가니 속에 묻혀 버렸다. 마치 경호는 황제처럼 누워서 아름다운 여인한테 서

비스를 받는 것도 그리 나쁘지만은 않은 것이라고 생각했다.

여진은 경호의 몸 위에 엎드려 가슴을 밀착시키고는 그의 귓가에 입을 대고 뜨거운 입김을 내뿜어댔다. 그리고 경호의 가빠져 오는 숨결을 감지하며 여진은 다음 행동을 취하기를 기다렸다.

여진은 상체를 일으켰다. 침대에서 내려왔다. 거실로 가서 핸드백을 갖고 들어왔다. 경호는 이 경황에 무슨 짓인가 싶어 긴장한 눈으로 여진의 행동을 바라보고 있었다. 여진은 핸드백을 열고 콘돔을 하나 꺼내 보였다. 그제서야 경호는 어이없다는 듯 안심하고는 다시 눈을 감았다.

여진은 경호가 눈을 감은 것을 확인하고 손에 들고 있던 콘돔을 방바닥에다 아무렇게나 내던지고 다시 애무하기 시작했다. 경호는 헉헉거리며 거친 숨을 내뱉었다. 이어 여진의 허리를 두 손으로 감싸쥐고는 부드럽게 어루만져 주었다. 여진의 몸놀림도 점점 빨라져 갔다.

경호의 몸도 흥분에 못이겨 뜨겁게 달아올라 있었다. 이제 얼마 남지 않은 고지를 향해 치닫고 있었다. 보기 드문 힘과 테크닉의 소유자인 여진은 잠시 몸짓을 늦추었다. 가빠져 오는 숨소리를 고를 양으로 몸놀림을 다소 천천히 했다. 이어 눈을 크게 뜨고 경호의 얼굴을 싸늘하게 훑어보고는 한 손을 뻗어 침대 밑에 놓아두었던 핸드백을 슬그머니 끌어올렸다.

경호는 여전히 눈을 감은 채 무아지경에 빠져 있었다. 여진은 핸드백에서 뭔가를 꺼내려던 손길을 일단 멈추고는 다시 경호의 얼굴을 살폈다.

그 얼굴은 오래 전, 괴물처럼 다가들었던 악의 얼굴이었다. 여진은 만감이 교차하는 얼굴로 내려다보고 있었다. 절정으로 치닫고 있는 경호의 얼굴에서 왠지 불쌍하다는 동정심이 일기도 했다. 하지만 여진은 일말의 약한 감정을 불식시켜 버렸다. 얼마 남지 않은 시간이라는 사실을 깨닫고는 얼른 실행에 옮겨야겠다는 결단을 내렸다.

여진은 더욱 힘차게 하체를 움직여댔다. 그에 따라 여진의 몸 구석구석에서 뜨거운 기운이 불처럼 일어나고 있었다. 그리고 오래 전 묻어두었던 증오심이 걷잡을 수 없이 솟아올랐다.

히죽거려대던 웃음들……. 무지막지하게 다가들던 사내들…….

여진은 용서할 수 없다고 생각했다. 온 몸의 피가 역류하는 듯한 절정이 휩싸임과 동시에 몸을 부르르 떨면서 얼굴을 심하게 일그러뜨렸다.

핸드백 안에 손을 집어넣었다. 손에 잡힌 건 휴지에 싸인 비수, 뾰족하고 예리한 송곳이었다. 한 뼘이나 되는 그 송곳을 잡아 들었다.

경호는 그런 사실도 모른 채 여진의 밑에서 절정으로 치닫는 황홀경을 예상이라도 하듯 숨을 고르고 있었다.

"아, 대단해. 좋아!"

그는 흥분한 나머지 마구 지껄여댔다.

"응. 좋아? 당신이 대학생 때 소녀를 조지는 것보다 더 좋단 말이지."

"아하, 그럼."

경호는 무슨 말인지도 모른 채 무조건 좋다고 했다.

"그럴 테지, 당신은 내가 누군지 모르는 게 좋아. 그러나 당신은 내가 종이여인이라는 것쯤으로 알아 줬으면 좋겠어."

"지금 그런 게 뭐가 필요해. 이거 끝나고 얘기하자구."

"흥, 이게 당신의 마지막 섹스라는 것도 몰라?"

그래도 경호는 여진의 말이 무슨 뜻인지 몰랐다. 아마도 그녀가 몹시 흥분해 감격해 하는 소리라고 생각했나 보다.

여진은 그가 막 절정에 이르고 있음을 느꼈다. 여진에게도 온 몸 가득 세찬 기운이 회오리치듯 감싸고 돌았다.

순간 여진은 손에 쥐고 있던 송곳을 높이 치켜들었다. 있는 힘을 다해 경호의 심장깨로 가늠했다. 한 치의 오차도 허용할 수 없었다. 허공에 높이 치켜올렸던 송곳을 경호의 심장을 향해 힘껏 내리꽂을 찰나였다.

경호는 이미 비명을 질렀고, 경호의 가슴팍에서 피가 흥건하게 흘렀다. 여진이 들고 있던 송곳은 아직 공중에 들려져 있는데, 어디서 날아들었는지 예리한 칼이 경호 가슴에 꽂혀 있었다.

여진은 송곳을 놓치고 말았다. 어디서 생각지도 않았던 비수가 날아와 경호의 가슴에 깊숙히 꽂혔다는 사실에 떨고 있었다.

무척 짧은 시간에 일어난 일들이라 어떻게 상황판단을 해야 할지는 모르겠지만 분명 그림자가 한 짓이라 생각하고 여진은 서둘러 나왔다. 그러면서도 여진은 증거 하나 남기지 않고 그 곳 별장에서 나와 무서움과 두려움으로 밤길을 걸었다.

걷던 걸음이 어느 결에 양수리 읍에 도착했다. 양수리 역에서 밤 열차를 타고 청량리 역에 내렸다. 첫 전철을 타고 다시 택시를 타고 새벽녘에 집에 도착했다.

여진은 자기 대신 경호를 죽인 그 그림자가 누구인지 알수가 없어 신경이 쓰였다. 간밤에 나이트클럽 주차장에서 '오늘 밤 성공하세요' 라고 말했던 여자가 아닌가 싶었다.

어쨌든 아침 내내 신경을 써서 현상해 보았지만 알 수 없는 일이라 접어두고 침대 머리맡의 사진첩에다 시선을 두었다. 갑자기 사진첩을 끄집어내 보고 싶어졌다. 여진은 일어나 사진첩을 펼쳤다.

사진에는 열넷 나이의 자신과 아버지가 다정하게 웃으며 찍은 모습이 담겨 있었다. 여진은 그 사진을 주시하다 빙그레 웃음을 지었다.

아버지가 살아 있었다면 하는 생각과 함께 여진은 문득

마음 한 구석이 미어지게 아파 왔다. 사진 속의 어린 소녀인 자신이 해맑게 미소를 짓고 있었다.

그 당시 어머니는 종빈이 아버지와 바람이 나서는 함께 모의하여 양재동에 있던 땅을 사기해 잠적해 버렸다. 지금도 어머니는 집 나가 종빈이 아버지와 같이 살고 있는 것으로 알고 있다. 여진은 그들 때문에 살기가 힘들어졌고 인생이 막막했다. 그래도 여진은 아버지만을 바라보며 작은 소망을 일구어 살아보기로 했던 꿈 많은 소녀였다.

그런데 언제부터인가 세상이 다르게 보이기 시작했다. 작은 무지개처럼 꿈에 부풀어 있던 자신의 소녀시절에 시커먼 먹구름이 깔리면서 세상을 바라보는 시각도 완전히 달라졌다.

여진은 사진 속에서 웃고 있는 자신의 어릴 적 모습을 처연하게 바라보면서 '여진'이란 이름을 다시 생각해냈다. 그리고 자신에게 그토록 예쁘고 사랑스런 이름이 있었다는 사실을 새삼 깨닫고 감상에 잠겼다.

악몽과도 같았던 그 어느날, 그 날 이후로 여진은 이 세상에서 사라졌다고 믿고 있었다. 아름다움을 꿈꾸는 여진 대신 세상의 추악함과 탐욕의 희생자가 된 더러움만이 남았다고 믿어 왔다. 절망을 씹으며, 어쩔 수 없는 운명을 달게 받을 수밖에 없었다.

여진은 어지럽게 뒤엉키는 상념들에서 벗어나기라도 하듯 두 눈을 감고는 잠을 청했다.

사건이 터지고 이틀 뒤 아침이었다. 신문마다 경호의 피살 기사가 대문짝만하게 실렸다. 경호가 한창 좋은 실적을 보이고 있는 증권회사의 대표라는 사실도 실렸지만 그의 비싼 호화 별장에서 묘령의 여자와 섹스를 하다 죽은 사건은 세간에 화제를 불러일으키기에 충분했다.

나이트클럽에 같이 나갔다던 새샘 회원들은 아무도 그여자의 얼굴을 기억하는 사람이 없었고, 더욱이 살인현장 별장에는 범인의 지문이나 유류품 등이 전혀 남겨지지 않았다는 점에서 범인은 치밀하게 준비한 끝에 경호를 살해한 게 아닌가 하는 수사 관계자들의 추측으로 신문기사를 싣고 있었다. 또 어떤 신문은 정경유착으로 인한 살해일수도 있다는 추측기사도 실었다.

'새샘' 모임에서 죽은 경호를 제외한 4인방은 경호의 집에 모여서 신문을 읽으면서 다들 침통한 표정을 짓고 있었다. 그런데 이상한 것은 경호의 어린 아내 나영은 갑자기들어 닥친 상황에도 전혀 동요하지 않고 그저 담담하게 받아들일 뿐이었다.

보다 못한 영근은 그녀에게 슬프게 보이라는 눈짓을 했다. 그러는 중에도 새샘 회원들은 젊은 나이에 미망인이 된 경호의 아내 나영을 위로하느라 여념이 없었다.

커다란 거실에 놓인 경호의 사진에는 이제는 그들과 같이할 수 없다는 징표인 듯 사진 양쪽에 검은 테가 둘러져

있어 보는 이들의 마음을 아프게 했다. 4인방은 거실 중앙
에 둘러앉아 가고 없는 한 친구의 빈 자리를 아쉬워하고
있었다.

"그 여자와 무슨 연관이 있는 걸까?"

영근의 눈짓에 경호의 아내 나영이 방으로 들어간 후 태
성이 조심스럽게 말을 꺼냈다.

"신문기사처럼 그럴지도 모르지. 변을 당하기 전에 그
여자랑 같이 나갔으니까. 참, 근데 혹시 그 여자 얼굴 본
사람 없어?"

영근이 회원들을 둘러보며 물었다. 그들은 한결같이 침
울한 표정을 하고 있었다. 생각할수록 친구의 불행이 너무
도 어처구니없고 덧없이 여겨졌다.

"난 못 봤어. 그 여자 우리랑 너무 멀리 앉아 있었잖아.
그것도 등을 보이고 말야."

종빈이 고개를 절레절레 흔들며 안타까운 표정을 지었
다. 그 역시 불의의 사고로 세상을 등진 친구를 안타까워
하는 기색이 역력했다.

"그 여자가 경호를 그 지경으로 만들어 놓았다면, 아까
형사들의 말에 의하면 원한관계일 가능성이 높다고 하던
데. 경호에게 나쁜 감정을 품고 있을 여자가 있었을까?"

영근이 주위를 둘러보며 심각한 어조로 물었다. 그의 말
에 아무도 대꾸하는 사람이 없었다. 평소 자잘한 얘기까지
털어놓고 지내는 사이라고 할지언정 깊숙한 사생활에 관

한 것까지는 알 수가 없었기 때문이다. 그리고 경호에게 그런 악한 감정을 품은 사람이 있으리라고는 쉽게 생각할 수 없는 일이기도 했다.

종빈 옆에서 할 말을 잃은 듯 고개를 숙이고 있는 동팔도 마찬가지였다. 그러나 영근을 비롯한 친구들은 마음 한 구석에 뭐라고 규정지을 수 없는 불안이 싹트는 것을 감지할 수 있었다. 아직은 확실한 형체로 단정지을 순 없지만 그들의 가슴 한켠에 독버섯처럼 자라나기 시작하는 그 무언가를 기억해내고 있었다.

영근은 그 기억을 애써 떨쳐 내기라도 하듯 고개를 좌우로 흔들며 일부러 목소리를 높여 말했다.

"아마도 우리가 모르는 사연이 있었거나, 아니면 정신나간 여자한테 재수 없이 걸려든 게 확실해. 왜 세상에는 우리가 이해하지 못하는 사람들이 의외로 많다잖아?"

영근의 가설에 대성이 동소를 하듯 고개를 끄덕이며 말했다.

"맞아. 경호가 운이 없어. 그런 경우에 걸려든 것뿐이라고. 그래, 그럴 거야."

"그 날 밤 나이트클럽에서 경호는 죽을 것을 예시했다고."

"그래. 경호가 그 여자한테 가면서 아침에 '새샘 넘버 5 향'에 취해서 못 나오는 줄 알라고 했다고."

"맞아, 누구냐? 복상사라고."

"야, 다 시끄러워 '새샘 넘버 5'라는 걸 생각해 봤어? 그게 우리를 두고 한 말이라고."

동팔이 듣다 못해 짜증스런 투로 말했다.

서른 다섯에서 서른 일곱까지 나이가 한 두 살씩 차이가 나도 거의 친구처럼 편하게 말을 놓고 지내는 그들은 그런 식의 대화를 하고 있었다.

결론도 그냥 운이 없어 죽어버렸거나 팔자로 돌렸다. 죽은 경호를 위해서라도 그런 결론이 편할 것 같았다. 또한 큰 충격에 빠져 있을 경호의 아내를 위로하기 위해서라도 그런 결론은 어쩌면 불가피하다는 생각까지 하고 있었다.

# 2. 은밀한 복수

한창 더위가 힘을 받고 수은주를 높이고 있는 여름날, 일요일이었다. 종빈은 경호의 장례식 때문에 일주일 이상 자신의 업무를 미루고 있었기에 바쁘게 출근길에 나섰다. 월요일까지 결정해 주기로 되어 있는 여러 가지 일들을 마무리지어야 했기 때문이다.

본격적인 더위가 시작되는 한여름의 초복 날 아침나절, 이마에 땀을 훔쳐내며 자신의 빌딩을 쳐다보았다. 까마득하게 쳐다보이는 자신의 빌딩은 돈이었다. 그런데 하늘이 온통 납색이라 곧 비가 내릴 것만 같았다.

종빈은 하얀 모시적삼을 걸친 채 자신의 빌딩 로비에 바삐 들어섰다. 경비들은 기다렸다는 듯이 무슨 근위병처럼 서서 절도 있게 거수경례를 했다. 종빈은 반들반들한 로비를 걸어갔다. 혀로 핥아도 먼지가 묻어나지 않을 만큼 번쩍번쩍 빛나고 있었다.

종빈은 경비들의 인사를 무표정하게 지나쳤다. 그는 거만한 태도로 엘리베이터 홀 앞에서 엘리베이터 문이 열리

은밀한 복수

기를 바라며 한 손으로 배를 쓸어 내렸다.

경호의 죽음으로 인한 흉흉한 가슴을 달래느라 밤늦게까지 술을 마신 탓에 속이 느글거렸던 것이다.

종빈은 죽은 사람을 생각한다고 해서 살아오는 것도 아니고 해서, 죽은 자는 죽어진 것이고 산 자는 산 사람이라고 생각했다. 이제 며칠 전에 죽은 친구 경호를 까맣게 잊어버리기로 작정했다.

종빈은 다시 느긋해졌고 자신의 22층 짜리 빌딩을 생각하자 소유자로서 뿌듯해졌다. 물론 종빈이 자신의 힘으로 빌딩을 마련한 것은 아니었다. 그의 부모가 졸지에 부자가 되어 마포빌딩을 자신에게 물려 준 것이다.

엘리베이터 문이 열리자 안내원이 밖으로 뛰어나와 종빈을 향해 허리를 접고 인사를 하였지만 종빈은 역시 아랑곳하지 않고 엘리베이터 안으로 들어섰다.

안내원이 관리사무실이 있는 22 숫자 보턴을 눌렀다. 엘리베이터 안내원은 종빈이 출근한다기에 일부러 나온 것이었다. 그런 고마운 것도 모르는 종빈은 그저 진행 중인 저동빌딩 신축을 생각하고 있었다.

아무래도 결론 내리기가 쉽지 않았다. 임대사업이 예전보다 재미가 없다고 생각한 그였다. 그리고 친구 경호 죽음 뒤로는 더욱 일에 의욕을 잃었다. 거기에다 경호의 죽음이 뇌리에 박혀서 괴롭히곤 했다. 그런 일들 때문에 종빈은 고민하는 편이었다. 종빈은 아무래도 좋은 생각이 나질 않자, 출근해 있을 미연에게 물어보기로 했다.

22층에서 내린 종빈은 복도를 걸어서 관리실에 들어섰다. 4명의 직원들이 일제히 일어나 인사를 했다. 관리실 경리직원들도 회장이 나온다기에 쉬지 못하고 일부러 나온 것이다. 그는 당연하다는 듯이 회장실을 향해 갔다. 문 앞에 몇 발 남겨두고 있을 때 회장실 문이 열리면서 비서 미연이 나와서 허리를 접고 인사를 했다. 종빈은 미연의 인사를 받으며 업무실로 들어섰다.

얼마 후 종빈은 업무실에서 비서 미연을 불렀다. 미연이 다가가자 종빈은 일요일이니까 관리실 경리직원들을 퇴근시키라고 지시했다. 미연은 회장의 지시를 관리실 직원들에게 전했고 직원들은 좋아하며 모두 나가 버렸다.

미연은 회장실 업무를 시작하려 했다.

"미연 씨도 휴일인데 집에 가서 쉬지?"

개인 비서인 미연이 책상에서 일어섰다.

"아니예요. 사업이 결정되었으니까. 내일까지 제2빌딩 신축 임대변경서류를 준비해 두어야 하는데 마냥 쉴 수만은 없어요."

종빈은 젊지만 부동산계에 이름이 나 있는 부자였다. 전에 그의 아버지는 말죽거리(양재동)에 농토를 가지고 있었다. 그곳에서 농민으로 가난하게 살았다. 70년대 양재동이 개발되면서 갖고 있던 일부 농토를 현금 보상 받았고, 주요 요지에 땅을 수천 평 가지고 있었다. 그 수천 평의 땅도 자신의 아버지가 이웃집의 여인과 간통하고 교묘한 방법으로 차지했던 것이다. 그래서 갑자기 큰 부자가 되었다.

85년도에 그 땅을 팔아 공덕동에 있는 공덕극장을 샀다. 그리고는 극장 자리에다 22층 짜리 빌딩을 지었던 것이다.

종빈은 천사같이 착하기만 한 미연이 고맙기만 했다. 그녀는 관리 사무원으로 들어온 지 얼마 되지 않았지만 일하는 솜씨나 이야기 엮어나가는 것이 평범하지 않아 보였다. 얼마 전까지 종빈의 개인비서로 있던 여자는 모두에게 불륜으로 의심받고 있어 그만두게 했다. 그리고 새로운 비서로 미연을 두었다.

미연이 커피를 끓여서는 종빈 앞에 가지고 와서 테이블 위에다 내려놓았다. 종빈은 미연에게 같이 마시자고 했고 미연은 그 테이블을 가운데 두고 마주 앉았다.

회장실 테이블을 사이에 둔 소파, 그리고 장부책들이 여기저기 뒹굴고 있었고, 한 옆에는 칸막이로 된 비서실과 그 옆에 차를 준비하는 탕비실이 있었다.

종빈은 미연과 커피를 마시고 나서 당일 결정해야 할 일들을 시작했다. 그런데 미연이 눈을 반짝 빛내며 말했다.

"현찰이 많으시니까 빌딩보다 대학이나 박물관, 아니면 도서관을 설립하시는 게 어떨까요."

미연이 말하자 종빈은 고개를 들고 미연을 째려보았다.

"이봐 미연 씨, 내가 돌았나. 골치 아프게 왜 거기다 투자해야 해."

"재산이 많으시고, 현찰 때문에 고민하시는 회장님이 안타까워 보여서요."

"자본주의에서는 돈이 곧 힘이야."

"그래도 사회에다 좋은 일을 해놓으시면 후대에 훌륭한 회장님으로 이름이 남잖아요."

"어쨌든 난 그런 멍청한 짓은 안 해. 그리고 미연 씨, 난 말이야, 총재산을 2천억 정도 채우는 게 목표야. 앞으로 그렇게 말하지 마."

종빈은 얼굴이 험악해졌다. 그 표정을 바라보던 미연은 눈을 크게 뜨고 입을 열었다.

"그럼 건물을 올리세요. 대신 임대하지 말고 개개인에게 분양하세요. 분양하면 돈은 몇 배 뻥튀기 되잖아요."

미연의 설명에 그는 곧 표정이 밝아지며 잠시 깊은 생각에 들어갔다.

"음, 뻥튀기라. 평당 5백 만원에 지어서, 분양은 1천 5백으로 3배……."

"연 평수가 1만평이면 500억을 투자해서 3배인 1500억 원은 쉽게 계산이 되잖아요."

"임대보다 분양을 해서 뻥튀기를 하라 이 말이지."

"네, 회장님, 그러면 2천억 원을 채우기란 쉽잖아요. 2천억원이 넘으면 어때요. 죽으면 그딴 돈 가지고 가는 것도 아니잖아요. 그리고 회장님께서 내일에도 살아 있을 거라는 보장도 없잖아요."

은밀한 복수

"미연 씨, 무슨 말을 그렇게 해."

그는 다시 표정이 어두워졌다.

"제 말은, 회장님께서 많은 현금 때문에 너무 고민하시는 것 같아서요."

미연은 기어들어 가는 목소리로 말했다. 그러나 종빈은 끔찍했다. 깊게 생각해 보면 내일을 보장할 수도 없는 일이었다. 죽은 경호를 보면 내일이 있다는 보장은 되어 있지 않았다.

"이제 생각해 보니 미연의 말이 옳아. 며칠 전 잘 나가던 내 친구도 갑자기 죽었어."

"그래서 아까 제가 회장님을 생각해서 대학교 같은 걸 건립해 보라고 했어요."

"무슨 얘긴지 잘 알아. 그런데 난 말이야. 내 목표는 2천억 원이야. 그리고 사람은 빨리 죽고 오래 사는 건 다 자기 사주팔자다 이 생각이지."

미연은 사주팔자라는 것이 있을까 하는 생각을 하고 그 사주팔자는 맞는 것인지 두고 보기로 작정했다.

"전 그런 줄도 모르고, 죄송합니다 회장님."

"죄송하긴, 대신 미연 씨가 분양해 보라는 중요한 거 알려 줬잖아."

종빈은 진심으로 미연에게 칭찬을 아끼지 않았다.

종빈은 분양사업을 하기로 결정을 하고 나니 기분이 홀 가분해졌다.

"내가 미연 씨한테 특별 보너스를 좀 주지."

종빈은 환하게 웃으며 말했다. 미연은 소금보다 짠 사람이 웬일인가 싶었다. 죽음을 앞둔 사람이 갑자기 이상한 짓거리를 한다더니 바로 종빈을 두고 한 말이 아닌가 싶었다. 어쨌든 미연은 짐짓 기분이 좋은 듯 얼굴을 살짝 붉혔다.

"미연 씨는 애인 없나?"

종빈은 슬쩍 그녀를 떠보듯 물었고, 미연은 잠시 침묵했다가 살짝 웃으며 대답했다.

"아직은 없어요. 그리고 관심도 없고요."

종빈은 며칠 전 미연을 비서로 두긴 했지만, 아직 미연에 관해 모르는 게 너무 많았다. 그녀는 평소에도 말이 없는 편이었다. 물어보지 않으면 먼저 입을 여는 편이 없었다. 생김도 곱상하고 예쁘장하게 생긴 여자가 재주도 비범한 거 같아 그런 그녀를 비서로 둔 걸 자랑스럽게 여기고 있었다. 그녀에 관해 모르는 부분은 서서히 알아가야 될 것 같았다. 우선은 그녀의 재주를 발굴해 내고 십분 활용하는 게 중요하다고 종빈은 생각했다.

미연은 종빈에게 등을 돌린 자세로 실내를 정돈하고 있었다. 그녀가 보기에도 그냥 두기엔 너무 어질러졌던 것이다. 종빈은 소파에 몸을 편하게 기대 담배를 피우면서 몸을 이리저리 움직여대는 미연의 뒷모습에 슬몃슬몃 눈길을 주고 있었다.

그리 크지도 작지도 않은 키에 부풀어오른 가슴과 적당한 엉덩이가 시원하게 올라간 미니스커트 안에서 요동치는 듯해 종빈은 한 순간 그녀에 대한 불순한 생각을 품었다.

종빈은 돈 모으는 일 외에 하는 일 없이 술과 여자에 대한 갈증이 불쑥불쑥 솟아나곤 했었다. 집에서는 물론 그의 아내가 두 눈 시퍼렇게 뜨고 있긴 했지만 종빈은 늘 손안에 있는 아내보다는 싱싱하게 물오른 젊은 여자들에게 눈길을 자주 빼앗기곤 했다.

미연과 오랫동안 근무한 건 아니었지만 왠지 그녀를 속속들이 알게 될 것만 같은 묘한 감흥에 젖었다. 그래서 종빈은 그녀에게 좀 더 잘해 주고 싶었다.

"미연 씨는 부모가 없다고 했던가?"

"네, 아버지는 어떤 사람한데 죽었고요. 어머니는 바람나 집 나갔어요."

"아버지는 젊었을 것인데 벌써?"

"70년대 초, 말죽거리에 농토가 많았었대요. 엄마가 이웃집 아저씨와 눈이 맞아 아버지를 배신하는 바람에 그 땅을 다 빼앗겼고요. 그때 아버지도 땅 빼앗았던 그 사람 아들한테 죽었어요."

미연은 울먹이며 다음 말을 잇지 못했다. 자신의 어머니는 국회의원 사모님으로 한남동의 커다란 저택에서 행복하게 살고 있는 모습을 떠올려 보았다.

"내가 괜한 걸 물었군."

"……."

"말죽거리라고 했나?"

"네."

"나도 말죽거리에서 살았거든. 말죽거리 어디서 살았어?"

미연은 얼굴이 화끈해 아차 싶었다.

"참, 말죽거리가 아니라 내곡동이에요. 옛날에는 거기까지 말죽거리라고 했거든요."

미연은 얼른 말을 돌렸다.

"내곡동이라고? 그러면 그렇지, 미연이가 말하는 것이 꼭 우리 집을 말하는 것 같아 놀랐잖아. 허기사 그 쪽 동네도 그런 소문이 많이 돌았지."

"어디 그런 사건이 일어난 집이 한두 집이었나요? 그럼 회장님도 그런 식으로 남의 재산을 빼앗아 부자가 되었나 보죠?"

"무슨……. 그건 아니야. 내가 말죽거리에서 살 때 옆집에 예쁜 소녀가 있었어."

"좋아하셨나 보죠?"

"뭐 좋아했다기보다, 그 소녀가 성남으로 이사갔거든. 아마 가서 죽었을지도 모르지."

"왜요. 무슨 병이라도 있었나요?"

종빈은 고개만 좌우로 흔들며 더 이상 말을 하지 않았다.

그는 담배를 피워 물어 담배연기를 폐 깊숙한 곳까지 빨아들였다가 토해냈다. 그러면서 20대 후반에 접어들었을 미연의 벗은 몸을 상상해 보며 치한 같은 생각을 머리 속에 그려 넣었다. 어쨌든 그녀의 겉모습만 바라보는 것 이상으로 스릴 넘치고 짜릿했다.

종빈은 쓸데없이 몰려드는 잡념에서 벗어나기라도 하듯 재떨이에다 담배를 비벼 끄고는 자신의 테이블 앞에 다가가 앉았다.

"모든 일이 잘 진행될 것 같기도 헌데, 오늘 나랑 한 잔 어때?"

미연은 잠시 생각하는 듯하더니 말없이 고개를 끄덕였다.

"어디로 갈까? 내가 잘 아는 포장마차가 있는데 거기 안주 맛이 기가 막히거든. 거기로 갈까?"

종빈은 미연을 떠보기 위해서, 또 순서를 지키기 위해서 부담을 주지 않는 포장마차라고 말했다. 순간 미연은 눈빛을 빛냈다.

"여기서 마시면 안 될까요? 탕비실 냉장고에 전에 마시던 술하고 안주거리가 꽤 있거든요. 너무 오래 두어도 안 좋을 것 같아서……."

종빈은 그녀의 알뜰한 성미가 한편으로는 귀엽다는 생각이 들어 그녀의 말에 따르기로 했다. 미연은 냉장고를 열고는 먹다 남은 위스키와 육포를 가지고 왔다.

종빈은 미연과 마주 앉아서 술잔을 나누었다. 미연은 술에 약하다면서 마시는 시늉만 냈지만 종빈은 별로 개의치 않았다. 싫다는 미연에게 억지로 술을 권할 생각은 없었기 때문이다.

저녁이 되면서 어느 정도의 술이 올라오자, 종빈의 눈빛이 개개풀어지면서 혀 꼬부라진 소리까지 했다. 기분도 상당히 좋아 보였다. 볼이 발갛게 상기된 미연의 얼굴도 더더욱 예뻐 보였다.

한두 잔 더 오갔나 싶은데 그들의 주변에 어둠이 짙게 깔려 있었다. 시계는 이미 밤 11시가 가까워지고 있었다.

종빈은 취한 분위기 그대로 그녀와 더 있고 싶다는 생각을 했다. 이대로 각자 집에 돌아간다면 너무도 재미없고 아쉬울 것만 같았다.

종빈은 미연과 함께 딴 장소로 옮길 궁리를 하면서 복도로 나섰다. 복도는 을씨년스러울 정도로 썰렁했다. 건물의 밤은 11시가 지나면 사람들의 통행이 뜸한 편이었다. 그리고 일요일이라 더했다.

종빈은 미연과 함께 엘리베이터에 올랐다. 엘리베이터에 올라탄 종빈은 손이 가는 대로 10층 단추를 눌렀다. 문이 닫히고 엘리베이터가 움직이자 종빈은 비틀거렸다. 그리고 몸을 똑바로 유지하려 애쓰다가 몸의 균형을 잃고 미연에게로 몸이 쏠려 미연을 안게 되는 형국이 되어 버렸다.

순간 미연의 목덜미에서 향긋한 향이 흘렀다.

"음, 향이 좋군. 향 이름이 뭐야?"

"새샘 넘버 4요."

종빈은 '새샘 넘버 4'라는 말에 몸이 굳어 버렸다. 지난 주 경호가 죽을 때 들었던 '새샘 넘버 5'라는 말이 기억났다.

"새샘 넘버 5라는 말을 들어 본 적이 있는데, 그런 향수 이름을 가진 것은 처음 들어보는데……"

그 말에 미연도 몸이 굳었다.

"있어요. 회장님은, 왜 새샘처럼 맑고 깨끗한 향수, 국산 향수를 쓰지 않으셔서 잘 모르실 거예요. 지금 5(파이브) 까지 나온 걸요."

"그래, 난 향수를 잘 쓰지 않으니 모를 수밖에."

미연은 안도하는 한숨을 살짝 내뱉고는 몸을 움직였다. 종빈도 몸을 움직였다. 언젠가 아내에게서도 이런 향을 맡아본 적이 있다고 생각하며 코를 벌름거렸다. 그녀의 몸에서 흐르는 은은한 향에 취하고 술에 취한 종빈은 미연을 안은 모습 그대로 잠시 그러고 있었다. 종빈에게 안긴 모습으로 있던 미연도 웬일인지 별 다른 저항을 하지 않았다.

바로 그때 10층에서 엘리베이터가 멈추고 문이 열리면서 둘은 떨어졌다. 문이 다시 닫히자 미연은 1층 보턴을 누르려고 했다. 그런데 종빈은 그걸 막았다. 그리고 그 손은 속주머니에서 꼼지락거리다 수표 세 장을 꺼내어 미연의 손에다 쥐어줬다.

"내가 고마워서 주는 것이니까. 아무 소리 말고 넣어
둬."

종빈은 미연을 어떻게 해보려는 딴 마음을 먹고 세 장이
나 주었다.

"회장님 고맙습니다. 그런데 이건 백만 원짜리들인데
요?"

미연은 십만 원짜리로 알고 주었나 해서 의아해 했다.

"알아. 특별 보너스야. 넣어둬."

미연은 두 팔을 벌려 종빈의 허리를 껴안았다. 종빈은 감
사의 표시로 생각하며 미연을 안았다. 두 사람은 엘리베이
터 안에 그렇게 끌어안고 가만 있었다. 엘리베이터도 움직
이지 않고 있었다.

종빈은 미연이 어쩜 자신을 간절히 원하고 있을 거라는
생각을 했다. 그렇다면 그녀의 요구사항을 무시하는 것도
남자로서 도리는 아니라고 생각했다. 종빈은 슬그머니 한
손으로 미연의 얼굴을 어루만졌다. 손 끝에 전해져 오는
느낌이 따스했다. 그 순간 그의 몸이 서서히 달아오르고
있었다. 거기에 반쯤 열려진 미연의 입술께로 그의 입술을
가져가서는 살짝 포개었다. 그런데 그녀의 입에서 술 냄새
가 조금 배어 있을 뿐 조용했다. 종빈은 술내를 한꺼번에
빨아들이기라도 하듯 힘을 주어 그녀의 입술을 빨았다. 그
러자 미연은 한없이 부드럽게 감겨왔다.

종빈은 이런 좋은 감정의 흐름을 끊어지게 해서는 안 되
겠다는 생각을 하고 미연을 안은 팔에 더욱 힘을 주었다.
그 다음 엘리베이터 벽에다 밀어 부치고는 목덜미를 거칠
게 탐했다.

미연은 몸을 움찔하는 듯했지만 크게 저항하지는 않았
다. 종빈은 미연이 거의 자신만큼이나 뜨거워지고 있음을
직감으로 알았다.

종빈은 미연이 저항하지 않는 것은 돈 때문에 어쩔 수 없
어서일 거라는 생각이 들어 그녀에게 준 돈이 하나도 아깝
지 않았고, 또 주길 아주 잘했다고 생각했다.

엘리베이터는 움직이지 않았다. 뜨겁게 달아오르기 시작
한 두 남녀는 개의치 않았다. 오히려 종빈은 일요일을 잘
택했다면서 엘리베이터의 정지가 지속됐으면 좋겠다고 생
각했다.

종빈은 더 이상 참을 수가 없었다. 자신의 거친 숨을 미
연의 귀에다 내뿜어댔다. 그녀도 종빈의 완력에 숨이 막혀
오는지 가쁜 숨을 몰아쉬었다. 뜨겁게 솟아오르는 열정을
견디다 못해 결정적인 시도를 할 찰나였다. 엘리베이터가
움직이며 아래층으로 내려가고 있었다.

종빈과 미연은 제각기 떨어져서 옷 매무시를 고쳤다. 엘
리베이터는 1층에서 멈춰서고 문이 열렸다. 경비원이 순찰
을 돌 목적으로 밖의 보턴을 눌러서 엘리베이터가 움직였
던 것이다.

빌딩을 빠져 나온 종빈은 미연의 손을 잡고는 어디론가 무작정 뛰었다. 뛰어가다 보니 건물 뒷골목이었다. 후미진 골목에는 인적이 드물어 다니기가 스산한 곳이기도 했다.

종빈은 가로등도 없어 캄캄한 구석에 빈 맥주병들이 쌓여져 있는 곳에 미연을 세웠다. 아니 이쯤이다 싶어서 미연이 섰던 것이다. 종빈은 엘리베이터 안에서 하다가 말아 버린 일을 마무리짓고자 단단히 마음을 먹었다. 그는 그녀의 다리를 한 쪽으로 올려붙이고는 그 사이로 자신의 하반신을 밀착시켰다.

미연의 입에서 '아얏!' 하는 비명이 짧게 흘렀고, 종빈은 몸을 거칠게 움직이며 그녀를 밀어붙였다. 미연은 가쁘게 터져 나오는 숨소리를 죽이느라 애를 썼지만 종빈은 아랑곳하지 않고 더욱 세차게 밀어붙였다.

종빈은 더할 나위 없이 따스하고 탄력있게 다가드는 아름다운 그녀를 정복한다는 충만감에 사로잡혀 있었다.

미연은 더 이상 버티고 서 있기가 불편했던지 몸을 낮추고는 땅바닥에 내려앉았다. 종빈도 그녀와 보조를 맞추기 위해 몸을 낮추고는 그녀와의 합일점에 이르려고 안간힘을 썼다. 종빈의 몸짓이 거칠면 거칠수록 미연의 숨소리도 격해져 갔다.

일순 그녀의 얼굴이 무섭게 일그러지고 있었다.

미연은 빈 맥주병이 옆에 있다는 걸 알고는 모호한 미소를 입가에 머금었다. 그가 막 절정에 이를 즈음 미연은 맥

51

주병을 거머쥐었다. 맥주병을 들어 벽에 세게 내리쳤다. 맥주병 깨지는 소리가 요란했지만 막 욕정의 찌꺼기를 분출하려는 순간이라 그 소리는 종빈의 귓전에 다가가지 못했다. 병은 날카롭고 뾰족한 비수로 변해져 있었다. 엉덩이를 들썩이느라 여념이 없는 종빈의 목덜미를 향해 내려찍을 찰나였다.

"어! 저기 누가 있잖어?"

예기치 못한 상황이 벌어졌다. 누군가가 걸어오고 있었다. 그 기척에 미연은 얼른 맥주병 깨진 목을 내려놓았다.

"가만, 연놈들이 재미보는 거 같은데, 히히."

갑작스런 방해꾼들이 떠드는 소리였다.

종빈은 미연에게서 떨어져 나간 어정쩡한 자세로 있었다. 한창 무르익기 시작한 뜨거운 분위기가 일시에 사그라진 것에 대한 아쉬움을 되씹고 있었다.

미연은 대충 옷을 간추리고는 몸을 일으켰다. 그리고 얼른 골목을 빠져 나갔다. 등뒤에서 자신을 부르는 종빈의 다급한 음성이 들려왔지만 그녀는 사라져갔다.


며칠 후였다. 종빈은 자신의 회장실에서 전화를 받고 있었다.

수화기를 내려놓고 난 후 종빈은 담배를 피워 물었다. 그날 이후 아무런 연락이 없는 미연의 소식에 대해 궁금해했다.

골목에서 사라지고 난 뒤 미연은 출근도, 더 이상의 연락도 주지 않았다. 종빈과 살을 섞었다는 사실을 인정하기가 쉽지 않았을지도 모른다.

여자의 미묘한 감정변화를 종빈도 이해 못하는 건 아니다. 그렇다고 이렇게 며칠이 지나도록 아무런 연락도 주지 않는 건 그가 보기에도 이상한 것 같았다. 그렇다고 그녀에게 달리 연락할 길도 없었다. 그녀가 집에서 전화 받기가 불편하다는 이유로 연락처를 알려주지 않았던 것이다.

종빈은 비서가 없는 회장실에서 다소 우울한 눈빛으로 벽만 바라보고 있었다. 미연이 다시 그에게 연락을 취해주기를 진심으로 바라고 있었다. 그녀에게 섣불리 대했던 것도 사과하고 앞으로 그녀에게 더 잘해 주고 싶은 마음이 굴뚝같았다.

종빈은 뭐든 일을 하기 위해서라도 미연이 필요했다. 누군가의 도움이 절실했지만 컴퓨터의 비밀번호라든가 비밀서류를 알고 있어서일까, 오직 미연만 나타나기를 기다리고 있었다.

종빈은 턱을 치켜들고 담배 연기를 길게 내뿜었다. 담배 연기는 천장을 향해 피어 올랐다. 그 담배 연기 속에 미연의 얼굴이 나타나 웃고 있는 착각에 빠지곤 했다. 그렇게 자신의 피부에 와 닿았던 미연의 매끄러운 살결과 뜨거운 숨결도 거품처럼 떠올랐다가 사라지곤 했다.

한편으로는 그 날 술이 너무 심하게 취해 그녀를 너무 거칠게 다룬 게 아닌가 하는 약간의 죄책감도 들었다.

미연을 좀 더 다정하고 부드럽게 대할 수도 있었지만, 그 놈의 술 때문에 그녀에게 너무 거칠게 대한 것 같아 마음이 아파 왔다.

종빈은 후회와 한숨을 토해내며 문득 달력으로 눈을 돌렸다. 바로 오늘이 '새샘'의 모임이 있는 날이라는 걸 알았다. 장소는 중국식 레스토랑 상하이에서 모인다고 들었지만, 종빈은 왠지 기분이 내키지 않았다.

종빈은 수화기를 들어 목소리를 높였다.

"네, 한종빈입니다."

그의 목소리는 마치 오랜 가뭄에 시달린 사람의 음성 같았다. 수화기에서 들려온 목소리의 주인공은 기다렸던 미연이 아닌가 싶었는데 영근이었다.

"너 뭐하냐? 여직 안 움직이고."

"응, 오늘 몸이 좀 안 좋아서 이러고 있다."

"몸이 안 좋아? 왜 어디 아프냐?"

"그 정도는 아니다."

"너까지 아프다니 내 마음이 울적하다."

"뭐가?"

"야 그렇잖냐. 우리 멤버 중에 경호가 죽고 너까지 아프다고 하니까 왠지 좀 이상해서 그래."

"또 뭐가 이상하다 생각하냐?"

"내 느낌은 너도 마지막이란 생각이 들어서 그래."

종이
여인

54

"그래, 날 죽기를 기도하냐?"

"아니야 임마. 너 몸조심하란 말이야."

영근은 왠지 종빈에게 마지막이란 느낌을 걱정스러운 말투로 물었다.

"걱정 마, 좀 피곤해서 그래. 너희들끼리 놀아라. 나 오늘은 빠질란다."

종빈은 괜한 엄살로 친구에게 걱정을 주긴 싫어 얼른 말했다. 잠시 동안의 공백이 있은 후에 영근의 목소리가 들려왔다.

"그러냐? 너 빠지면 우리 셋인 거 알지. 정 그러면 너 편할 대로 하고. 참, 우리가 지금 장소를 '보라'로 옮겼거든."

"보라?"

"그래, 너 이따가 마음 바뀌면 보라로 와라. 그래야 너 오래 살 것이다."

종빈은 알았다고 대답하고는 전화를 끊었다. 끊고 난 후에 '오래 살 것이다'라는 영근의 말에 신경 쓰였다. 또한 그곳이 룸싸롱이라 구미가 당기기도 했다. 하지만 룸싸롱 보라가 아닌 어디에도 갈 기분이 아니었기에 친구들과의 모임은 다음으로 미루기로 작정했다. 그보다는 미연의 상큼한 살내음이 무엇보다 그리웠다.

미연은 여진이란 자신의 본명을 한동안 까맣게 잊고 지

냈다. 미연이 아닌 여진은 침대에 누워서 몸을 뒤척이고 있었다. 밖에는 해가 중천을 넘었지만 그녀는 간밤에 잠을 이루지 못하다가 새벽녘에 잠에 빠져들어 늦잠을 잘 수밖에 없었다.

여진은 간신히 몸을 일으켜 침대 위에 걸터앉았다. 오후 4시였다. 그리고 머리맡에 놓인 작은 거울을 들여다보며 얼굴을 살폈다. 얼굴은 잠을 푹 이루지 못한 사람에게서 보이는 것처럼 부스스한 것이 거울에 비친 자신의 얼굴은 무섭도록 피폐해 있었다. 여진은 그런 모습의 얼굴을 보기가 싫어 거울을 침대 위에 아무렇게나 내던졌다.

필요에 따라 미연같이 얌전한 여자가 되었다가 이내 광기에 사로잡힌 여진으로 탈바꿈하는 그런 자신이 무엇보다 혐오스러웠다. 아니 자신이 가증스러웠다. 그러나 이제는 어쩔 수 없는 노릇이라고 여겼다.

여진의 깨끗한 영혼을 더럽히며 짓밟고 오욕의 흔적을 남긴 그들의 눈 앞에서 보란 듯이 살아가야 할 텐데 이대로 포기할 수만은 없다고 이를 악물고 다짐했다. 그들이 행한 죄의 대가가 얼마나 처절한가를 꼭 깨닫게 해주어야 한다는 결의를 품었다.

소리(고양이)가 여진의 열려진 방문으로 들어와서는 침대 위로 냉큼 올라왔다. 아직 기운을 차리지 못한 여진을 채근이라도 하듯 그녀에게 머리를 마구 비벼대며 재롱을 떨었다.

"그래 알았어. 이제 일어날게. 그러고 보니 너 아침도 아직 못 먹었겠구나."

여진은 그렇게 중얼거리며 소리의 보드라운 등을 쓸어주었다. 소리가 기분이 좋은지 그녀에게 한층 안겨들었다.

여진은 소리에게서 눈길을 돌리며 종빈을 떠올렸다. 지금쯤 몸이 달아 자신의 소식을 기다리고 있을 것이었다.

생각해 보면 그 날 밤 방해꾼만 찾아들지 않았어도 하고자 했던 계획된 일이 잘 성사 됐을 텐데 하는 아쉬운 마음을 금할 길이 없었다.

여진은 잠시 무슨 생각에 잠긴 듯 골똘하니 고개를 숙이고 있었다. 그리고는 이내 고개를 치켜들고 기이한 눈빛을 했다. 이제 다시 착하고 얌전한 미연으로 돌아가야 할 때인 것이다.

여진은 미연으로 종빈에게 전화를 걸었다.

그때 종빈은 귓가를 울리는 전화기 소리에 눈을 떴다. 그러고 보니 소파에 앉은 채로 깜빡 잠이 들었던 것이다. 그는 수화기를 들어 귀에 댔다. 미연의 목소리에 몸을 얼른 일으켜 세웠다.

"미연?"

"네, 미연이에요."

"지금 어디야? 왜 연락도 주지 않는 거야? 섭섭하게."

"집에 일이 있어서요."

"무슨 일인지는 몰라도 연락을 줬어야지."

"저의 연락을 기다렸나 보죠?"

미연의 목소리는 명랑하게 들려왔다.

"그걸 말이라고 해. 내가 얼마나 걱정했다고. 그리고 사무실엔 안 나올 거야? 미연이가 없으니까 마음이 허전하고, 뭔가 텅 빈 것 같고 해서 말야."

종빈은 두 말하면 잔소리라는 뜻으로 말했다. 그는 짐짓 미연을 보고 싶어 견딜 수가 없었다. 미연의 수줍어 하는 듯한 얼굴이 눈에 삼삼했지만 무엇보다 손에 닿으면 금세 열릴 듯한 꽃잎과도 같은 아들야들한 살결이 눈앞에 떠올라 견디기가 더 힘들었다. 그런 그의 갈증을 풀어주기라도 하듯 미연은 사무실로 나오겠다고 했다.

전화를 끊고 난 종빈은 이제 곧 미연의 얼굴을 본다고 생각하니 기분이 좋아졌다. 그리고 따분하던 저녁을 그녀와 같이 지낼 생각을 하니 벌써부터 몸이 근질근질해 오며 목까지 타는 듯한 갈증도 함께 몰려들었다.

오후 6시, 관리실 직원들이 퇴근하고 난 후 미연이 회장실에 모습을 나타냈다. 미연은 흰 티셔츠에 청으로 된 반바지를 입고 있었는데, 그런 차림이 그녀를 더 발랄하고 생기 넘치는 여자로 보이게 했다. 종빈은 미끈하게 빠진 그녀의 섹시한 다리를 눈여겨 보면서 미연과 소파에 나란히 앉았다.

미연은 언제 봐도 다소곳했다. 종빈은 그런 그녀의 태도가 너무도 맘에 들었고 사랑스럽게 여겨졌다. 타인의 시선은 염두에 두지 않는 아내하고는 너무도 달랐다.

"우리 야외로 바람이나 쐬러 갈까?"

종빈은 사랑스러운 눈길로 미연에게 물었다.

"야외요? 어디 가시게요?"

종빈은 그 날 밤, 난데없이 나타난 방해꾼으로 말미암아 채 일을 성사시키지 못했음을 무엇보다 아쉬워하고 있던 터였다. 말하자면 총을 조준만 해놓고 방아쇠를 당기지 못한 그런 상태였다. 그러나 오늘만은 시시껄렁한 인간들의 방해를 받지 않는 한적한 곳으로 가야겠다고 굳게 마음먹고는 머리를 굴렸다.

종빈은 마침 좋은 생각이라도 떠오른 듯한 눈빛으로 무릎을 쳤다.

"우리 시원한 강가로 낚시 가는 거 어때? 마침 내 차에 낚시가방이 들어 있거든."

"낚시터라면 사람들이 많겠네요?"

미연은 잠시 뭔가를 생각하는 듯하다가 입술을 조물조물 움직였다.

"아냐, 내가 가는 곳은 그리 알려진 곳이 아니라서 사람이 별로 없어. 지금 가면 조용한 곳에서 단 둘이 오붓하게 얘기도 나눌 수 있을 거야."

종빈은 손을 내저으며 신이 나서 떠들어댔다.

미연은 말없이 고개를 끄덕였다.

종빈은 책상 위를 대충 정리하고는 미연과 함께 사무실

을 나섰다. 그리고는 빌딩을 빠져 나와 그녀와 함께 승용
차에 올라탔다.

밖은 어느덧 해가 지고 난 뒤의 어스름이 거리에 깔리고
있었다.

"밤낚시라는 게 말야. 미연은 해봤는지 모르겠지만 아주
재미가 있어. 그리고 낚시를 하다 보면 물고기가 미끼를
물 때 그 느낌 말야. 낚시꾼들이 바로 그 기분 때문에 고기
를 잡으러들 가는 거라구. 또 낚시꾼들이 여자도 잘 낚는
다는 그런 속설도 있지, 하하."

종빈은 옆에 미연을 태우고 교외로 달렸다. 미연을 태웠
다는 사실에 기분은 최고였다. 그는 낚시에 대해서 장황하
게 늘어놓기도 했다. 미연은 그의 얘기에 고개를 끄덕거리
며 응수도 해가면서 차분한 자세로 듣고 있었다.

종빈이 핸드폰을 만지작거리며 미연에게 찡긋 눈웃음을
보냈다.

"소중한 사람을 만날 때는 핸드폰을 잠깐 꺼두는 것도
괜찮겠지?"

종빈은 도중에 차를 세워 수박 한 통을 샀다. 또 수박을
쪼갤 칼도 한 자루 샀다. 수박을 차에 싣고 다시 자동차를
달려서 양평에 접어들었다. 차는 한적한 곳으로 빠져 미끄
러져 갔고, 그 주위도 이미 어둑살이 깔려 있었다. 한낮의
땡볕은 밤이라는 장막에 밀려 낮 동안의 열기를 식히며 제
모습을 감추고 있었다.

종빈은 강변에 야트막한 곳에 주차시켰다. 그곳은 산을 끼고 강이 흐르는 곳으로 낮에 왔더라면 탁 트인 전경이 좋은 경관을 만끽할 만한 곳이었다.

미연은 주위를 둘러보았다. 강바람을 타고 비릿한 물내가 한꺼번에 몰려드는 거 말고는 인적은 보이지 않았다. 저만치 멀리 보이는 곳에 마을의 불빛이 여러 개 몰려 있었다.

"밖에 나오니까 기분이 상쾌하지?"

종빈은 미연을 보며 흐뭇한 미소를 지어 보였다.

"네, 좋아요."

"앞으로 어디 나가고 싶을 때는 나한테 말해. 미연 씨가 가고 싶은 곳이라면 내가 어디든 데려다 줄게."

종빈은 미연 같은 아리따운 여자랑 함께 야외로 나왔다는 사실에 무척 흡족한 듯 얼굴 가득 만면에 웃음을 드러냈다. 미연도 역시 싫지 않은 표정으로 간간이 종빈에게 미소로 답하곤 했다.

종빈은 강가에 낚싯대를 설치하고는 앉기 좋은 편편한 바닥에 돗자리를 깔았다. 미연은 돗자리 위에 자리하고 앉았다. 주위가 어둡긴 했지만 강을 타고 불어오는 바람결이 시원했고 하늘에는 별들이 총총 박혀 있었다. 한 여름밤을 즐기기에 분위기는 그런 대로 운치가 있었다.

종빈은 옆에 앉아 있는 미연에게 그윽한 눈길을 보냈다. 때때로 그는 그녀에게서 어딘가 불안한 기색이나 슬픔이 묻어 있는 우울함을 읽을 수 있었다. 그러나 그런 느낌은 결혼 전인 여자들에게서 통상 느낄 수 있는 그런 종류의 감정이라고 여겼다.

불확실한 미래나 현재 처해진 상황에 불만족했을 때 생겨나기 쉬운 일종의 히스테리 비슷한 감정이며, 그 나이 또래의 여자들에게서 흔히 생겨나기 쉬운 감정의 기복이라고 생각했다.

미연은 무슨 생각에 잠긴 듯 골똘한 표정을 하고는 강가를 내려다보고 있었다. 종빈은 그런 그녀의 모습이 한없이 애처로워 보이면서 사랑스럽게 여겨졌다.

종빈은 미연을 오래도록 곁에 두고 싶었다. 마음이 언제까지 머물지는 모르겠지만 그녀를 애인으로 머물게 하고 싶다는 욕심이었다.

종빈은 강가에 낚싯대를 드리워 두었지만 정작 고기 잡는 데는 신경을 접어두고 미연 옆에 앉아서 그녀의 내음을 만끽하느라 여념이 없었다.

그 향기가 '새샘 넘버 4'라는 사실을 까맣게 모른 채 종빈은 차에서 수박과 칼을 가지고 나와서는 수박을 쪼개고 썰었다. 수박은 너무도 빨갛게 잘 익어서 보기에도 먹음직스러웠다.

"자, 수박 좀 먹어봐."

종빈은 수박 한 조각을 집어서는 다정스레 미연에게 건네주었다.

"근데, 며칠동안 사무실엔 왜 안 나온 거지?"

종빈은 그녀의 어깨 위로 다정스레 손을 얹으며 말했다.

"몸이 좀 안 좋아서요."

미연의 그 말에 종빈은 마음이 놓였다. 그런 이유라면 그다지 신경쓸 것은 없을 것 같았다.

"앞으로 내가 미연이에게 규모있는 패스트푸드점 같은 가게를 내 줄 테니까, 내 옆에 꼭 붙어 있으라구, 알았지? 어려운 일이 있으면 혼자서 고민하지 말고 나한테 털어놓고. 사람 사는 게 다 무언가? 서로의 정을 나눠가면서 돈독하게 사는 게 인생이지."

종빈은 나름대로의 인생관까지 늘어놓으며 미연의 마음을 붙들어 두려 애를 썼다.

한 줄기 바람이 불어와 미연의 머리카락이 흩날렸다. 종빈은 손으로 미연의 흩어진 머리카락을 귀 뒤로 쓸어서 넘겨주었다. 그때 미연은 종빈의 얼굴을 바라보았다. 그녀의 눈빛 안에 그가 담겨져 있었다. 종빈은 자신을 바라보는 그녀를 안았다. 그녀에게서 언젠가 맡아본 적이 있던 향수 냄새가 났다.

"향수 이름이 뭐랬지?"

"새샘 넘버 4."

"아, 그랬었지."

종빈은 그녀 전체를 들이마시기라도 하려는 듯 잔뜩 숨을 들이쉬었다. 전에는 뜻하지 않은 남들 때문에 일을 성사시키지 못했는데 오늘이야말로 그럴 듯한 분위기에서 멋진 섹스를 벌일 생각을 하니 절로 가슴이 설레며 숨이 벅차 오기까지 했다.

주위는 이미 가까운 사물도 식별하기 어려울 만큼 어두웠다. 종빈은 미연을 안고는 그대로 그녀를 바닥에 눕혔다. 그는 숨을 길게 내쉬며 그녀의 입술을 덮쳤다. 수박을 먹어서인지 그녀의 입에서 상큼한 수박 내음이 났다.

종빈은 미연의 입술을 아낌없이 빨고 애무했다. 그리고 난 다음 그녀의 티셔츠를 가슴 위로 걷어올렸다. 하얀 유방이 어둠 속에서이지만 빛을 발하며 신비스런 자태를 드러냈다. 그리고 그녀의 가슴에 얼굴을 묻었다. 여자의 유방은 언제나 그에게 말할 수 없는 평안함과 안식을 주곤 했다. 그 주체가 미연처럼 여리고 싱그러운 여자라면 더더욱 그랬다.

종빈은 오늘만큼은 그녀에게 멋진 밤으로 기억되게 하리라 마음 속으로 다짐하며 애무하는 입술에 힘을 주었다. 미연은 아픈지 신음소리를 흘렸지만 종빈은 크게 신경쓰지 않았다. 여자들은 하나같이 똑 같은 족속이라고 생각했다. 좋아도 싫은 척, 안 아파도 아픈 척 하는 게 여자라고 믿고 있었다.

종빈은 그녀에게 남자의 터프한 매력이 무엇인지 본격적으로 알려줘야겠다고 생각했다. 주위는 쥐 죽은 듯 조용했다. 이따금 풀벌레 우는 소리만 간간이 들려올 뿐이었다.

미연은 눈꺼풀을 살짝 밀어 올렸다. 눈 앞에 종빈의 얼굴이 찌그러진 주전자처럼 떠 있었다. 자신의 몸 위에서 여기저기 옮겨가며 입술로 거칠게 탐하고 있었다. 미연은 시선을 하늘에다 두었다. 별이 쏟아질 듯 상쾌한 하늘이 펼쳐져 있었다. 그러나 미연은 그런 감상적인 여흥을 즐길 만한 기분이 아니었다. 종빈이 자신의 의도를 알아차리기 전에 또 누군가가 찾아오기 전에 해야 할 일을 끝내야 한다는 조급함에 쫓기고 있었다.

미연은 손을 뻗으면 닿을 수 있는 곳에 예리한 비수가 놓여 있음을 감지하고 눈을 감았다. 그 비수는 조금 전에 수박을 쪼갰던 바로 그 칼이었다.

종빈은 여전히 미연의 배 위에서 허덕였다. 미연은 그가 얼른 본격적인 행위에 들어가기만을 기다렸다. 그러나 그의 애무가 집요할수록 미연은 입에서 나오는 숨소리를 죽이며 입술을 깨물곤 했다.

그녀의 깊숙한 곳에서 뜨거운 기운이 스멀거리며 올라왔고, 그와 더불어 강렬한 살의도 함께 꿈틀거리며 요동치고 있었다.

종빈은 거친 숨을 내쉬며 그녀의 윗도리를 완전히 벗기고는 자신의 웃옷마저 벗었다. 어둠 속이었지만 서른 여섯의 종빈은 건강한 가슴과 탄탄하게 자리잡은 근육을 자랑하고 있었다. 그는 끓어오르는 육욕을 제어하지 못하고 본능에 따른 행위를 시도하려 바지를 내리던 중에 어디선가

찬물을 끼얹는 듯한 소리가 들려왔다.

"거기 누구여?"

누군가가 종빈의 얼굴에다 손전등(후래쉬)을 비추며 물어왔다. 종빈은 갑작스레 내뿜는 불빛에 얼굴을 심하게 찡그렸고, 미연은 얼른 일어나 몸을 강쪽으로 돌려서 얼굴을 무릎 사이 깊이 파묻었다.

"아이구, 한참 재미보는 데 미안합니다. 난 또 우리 아들인 줄 알고요. 그 놈아가 아직 안 들어와서 찾으러 나왔다가…… 죄송하구만요."

아들을 찾으러 나온 근처에 사는 노인네 같았다. 종빈은 미연과의 떳떳치 못한 행위가 들켜 버린 데에 대한 황당함과 수치감에 잠시 난감해 했다.

노인은 저만치 발길을 돌리며 몇 발짝 가더니만 다시 고개를 돌려 종빈에게 이르듯 말했다.

"참, 요 근처에 불량배들이 돌아다니니까 조심들 하시오. 며칠 전에도 요 근처서 재미보던 남자랑 여자가 붙들려서는 못된 짓을 당했다고 하던데……. 걱정이 돼서하는 말이오. 그리구 남녀가 재미보던 중에 남자가 여자한테 과도로 찔리기도 했다오. 그래서 남자는 여자한테 원한을 사면 안 된다오. 에구, 난 이만 가봐야지. 그럼 무사히 재미들 보슈."

노인의 발소리가 멀어져서야 미연은 서서히 고개를 들었다. 그녀는 노인에게 얼굴이 노출이 되지 않은 데에 안도를 했다. 하지만 그 노인이 하는 말은 자신이 행하려는 일을 앞질러서 하는 말이어서 의아했지만 별 신경을 쓰지 않았다.

종빈은 무르익던 분위기가 확 깨져 버린 데에 허탈해 하면서 쓴웃음을 짓기까지 했다.

"참 내, 왜 이러지?"

미연은 미연 대로 종빈은 종빈 대로 일이 확 틀어진 데에 대한 심사를 속으로 삭히고 있었다. 거기에다 미연은 시간이 지체되면 될수록 초조감은 더해 왔다. 요 근처서 며칠 전에 사고가 났다면 경찰들의 감시도 강화되었을 게 뻔했기에 미연은 이쯤에서 종빈과의 행위를 접어야겠다는 생각을 했다. 일이 성사된다 할지라도 시내까지 무사히 빠져 나가기가 아무래도 어려울 것 같았다.

"왜 그래? 분위기 깨져서 그래?"

미연이 옷을 챙겨 입는 것을 보고 종빈은 짜증내며 물었다.

"아까부터 몸이 좋질 않았어요. 그만 돌아가고 싶어요."

미연은 흐트러진 머리를 손으로 바로 잡아 넘기며 말했다.

"그만 가자고?"

종빈은 흡족한 정사에 대한 미련 때문에 그녀를 만류했지만 미연은 확고한 뜻을 비쳤다. 더 이상 머뭇거리다가는 아무래도 불리할 것 같은 예감이 들어서였다.

그들은 함께 차에 올라서는 서울로 향했다.

서울로 향하는 길에 종빈은 여러 차례 러브호텔에 들어가자고 종용했지만, 미연은 아니 여진은 몸이 안 좋다는 핑계로 끝까지 피했다.

# 3. 사랑의 동반자

여진은 집에서 마음을 정리하고 다시 미연이 아닌 여진으로 돌아왔다. 여진은 침대에 누워서 잠을 청하다가 잠이 드는가 싶었는데 가위에 눌려 잠을 깨고 말았다. 물론 자주 있는 현상이었다. 적어도 일주일에 한두 번 꼴로 일어나는 병적인 정신이상 증세였다.

여진은 고개를 좌우로 흔들며 가위에 눌린 것을 고통스러워 했다. 그런 것들이 자신을 끈끈하게 잡아놓고 놓아주지 않았다. 여진은 몸서리치면서까지 꿈에서 빠져 나오려고 안간힘을 썼지만 쉽지가 않았다.

여진은 꿈속에서 다섯 남자에게 차례로 윤간을 당하고 있었다. 그들은 미처 여물지도 않은 풋과일과도 같은 어린 소녀를 실험실의 개구리처럼 사지를 벌려 눕혀놓고는 한 사람씩 한 사람씩 다섯 명이 순서대로 올라타서는 무지막지하게 허리를 움직여댔다가 일을 마치고 느끼한 웃음을 흘렸다.

여진은 생전 처음 당해 보는 고통과 치욕스러움에 몸을

떨면서 제발 이러지 말라며 사정하고 애원했지만 그들은 허기진 짐승으로 변해서 여진의 애원하는 말은 들은 척도 하지 않았다. 그저 굶주린 늑대처럼 자기들의 욕심만을 채우는 데 급급했다. 무엇보다 그들이 낄낄거리는 것에 더 증오에 찼었다. 거기다 누가 더 오래 하나 내기를 하자며 시간을 재어보는 것 등으로 여진을 분노케 했다.

또한 몸이 피곤하면 대학생이 자신을 강간하고 아버지를 죽이고 자신을 죽이려 하는 가위에 눌려 잠에서 깨곤 했다.

여진은 그들에게 돌이킬 수 없는 모욕을 당하면서 '죽음과 살인'이라는 단어를 떠올리고 있었다. 그 단어는 여진의 갈기갈기 찢겨진 육체 안에서 무서운 속도로 소용돌이치듯 움터 올랐다. 언젠가 그들에게 자신이 당한 만큼의 응분의 대가를 치르게 한다는 결의이기도 했다.

여진은 찢겨진 입술 가득 피를 흘리면서 처절한 복수에의 열망을 무섭게 키웠다. 그럼에도 불구하고 여진을 짓밟았던 그들의 얼굴이 경호, 종빈, 동팔, 태성, 영근 차례로 확대되면서 여진을 괴롭혀대고 있었다.

밤마다 이런 고통을 받으니 차라리 자살이라도 하려고 생각했었다. 그러나 목숨이라는 게 함부로 내던져지지 않았다. 아니 뜻대로 이루지 못했다고 해야 맞는 말이었다. 목숨이 남아 있는 한 아무 것도 기억해 낼 수 없는 망각의 세월로 가고 싶었다. 그래서 어떤 날에는 기억상실증에 걸리고 싶어서 달리는 차에 부딪쳐 보았고, 달리는 열차에 뛰어 들기도 했었다. 그러나 몸만 골병들 뿐 정신과는 아무런 상관이 없었다.

그래서 여진은 높은 아파트에 살지 않고 1층에서 살고 있었다. 그런 악몽과 가위에 눌릴 때 정신이상으로 어떻게 돌변할지 몰라서였다. 그들한테 받은 만큼의 대가를 돌려주기 위해선 삶을 포기할 수는 없다는 것도 잊지 않았다. 여진은 악착 같은 생명에의 집착을 보이며 두 눈을 번쩍 떴다.

딴 세계에서 간신히 헤엄쳐 나와 의식의 세계로 돌아온 것이다. 땀 범벅이 된 여진은 손바닥으로 얼굴을 훔쳐냈다. 그리고 길게 한숨을 토해냈다.

오래도록 여진을 괴롭혀 온 꿈이었다. 그녀는 밤마다 그들에게 괴롭힘을 당하는 꿈에 시달려야만 했고, 또 그 고통에서 벗어나려고 무던히도 애를 썼었다.

여진은 정신을 가다듬고 몸을 돌려 누우며 그리운 얼굴 하나를 떠올리고 있었다. 그녀의 첫사랑이자 마지막 사랑인 준하였다.

여진에게 있어 준하는 이 세상에 둘도 없는 소중한 사람이었다. 돌이킬 수 없는 지나간 사랑에 대한 절절한 아픔을 애써 달래고 있었다. 그러나 다음 순간 더 이상 약해져서는 안 된다는 생각을 다지며 몸을 일으켜 침대에서 빠져나왔다.

거실로 나온 여진은 자신을 괴롭히던 악몽과 준하에 대한 상념으로 뒤죽박죽 범벅된 머리 속을 정리라도 하듯 주전자의 주둥이를 입 속에다 처넣고 물을 빨아 벌컥벌컥 들이켰다. 물은 식도를 통하여 시원하게 흘러 들어가고 조여들었던 사지가 풀리는 듯했다.

때때로 여진의 정서는 매우 불안했다. 또 내부에서 심하게 소용돌이치는 혼란을 느꼈다. 종빈에 대한 일이 두 번씩 뒤틀어진 데에 따른 불안이 크게 다가들기 시작했다.

그 불안은 감정을 히스테릭하게 흐트러 놓고 있었다. 점점 견디기 힘들 정도로 혼란스러워지고 있는 그녀 자신을 느끼며 그런 어지러운 감정에서 벗어나기 위해 안간힘을 쓰고 있었다.

그러나 여진을 둘러싼 모든 것들이 비웃으며 다가드는 듯했다. 적막하게 내려앉은 실내공기도 그렇고 옥죄듯 다가드는 시계 초침소리도 그러했다.

여진은 양손바닥으로 귀를 틀어막았다. 그리고 머리를 세차게 흔들어댔다. 종빈을 비롯한 그들이 옛날처럼 느끼하게 웃는 얼굴로 자신을 조롱하는 듯해 기분이 나빠졌다. 더구나 그녀의 몸 어딘가에 그들의 체액이 줄줄 흘러 들어 끈적끈적하게 남아 맴도는 듯해 구역질도 났다.

여진은 머리를 마구 헝클어뜨리며 테이블 위에 놓여 있던 스텐레스 주전자가 담긴 차반을 손으로 세차게 밀어붙여 바닥에 내던졌다. 주전자와 차반이 바닥에 부딪치면서 요란한 굉음을 냈다. 거실을 울리는 요란한 울림에 소리가 소파 밑에서 기어 나오며 야옹거렸다.

소리가 놀랬던 모양이었다. 소리는 지극히 불안하게 흔들리는 주인의 모습을 의아한 눈빛으로 바라보았다. 여진은 벽에 걸린 시계를 힐끔 올려다보았다. 밤 11시가 조금 지나고 있었다.

여진은 이러고 있으면 곧 미칠 것만 같았다. 이렇게 태연하게 있을 때가 아니었다. 여진은 얼굴을 긴장시켰다.

종빈, 종빈을 매번 실패작전으로 돌아가게 했던 것에 대해 앞으로 어떡해야 할지 식탁 의자에 앉아 생각해 보았다. 생각 끝에 무엇인가 떠올렸다. 동시에 몸을 벌떡 세우며 일어섰다.

종빈이 이틀에 한 번 꼴로 새벽마다 빌딩 근처 사우나에 습관적으로 간다는 사실을 떠올리고는 여진은 기이한 눈빛을 냈다.

그리고 바로 다가올 새벽이 그가 사우나에 가는 날이라는 걸 확인하고 여진은 외출을 서둘렀다. 핸드백 안에 장갑과 모자, 그리고 휴대용 비수가 들어 있는지를 재확인하고는 자신의 아파트를 나섰다.

마포에 도착한 여진은 전화기를 꺼내 들었다. 시간을 보았다. 자정이 넘어 1시가 다가오고 있었다. 날이 밝으려면 상당한 시간을 흘려보내야 했다. 어떻게 시간을 보내야 할까 하다가 심야극장 앞을 지나고 있었다.

극장 앞에 많은 사람들이 웅성웅성 모인 걸 보았다. 웬일인가 싶어 올려다보았다. 거기엔 심야영화를 상영한다는 대형 간판이 붙어 있었다. 여진은 상영 시간과 영화 내용을 안내판에서 잠시 훑어보고는 매표소에서 표를 샀다. 여진은 심야극장이 처음이었지만 시간을 때우기엔 안성맞춤이었다. 또 영화 프로도 다 괜찮아 보였다.

여진은 관객에 섞여 안으로 들어갔다. 앉은 곳은 좌석 맨 끝줄로 양옆으로 모두 빈 자리였다. 대부분 앞쪽으로는 사람들이 몰려 있었지만 뒷쪽으로 올수록 자리는 빈 곳이 많았다. 주로 여럿이 온 친구들이거나 단 둘이 온 데이트 족들이었다.

여진은 어차피 종빈을 맞이하기엔 시간도 너무 이르고 극장에서 영화나 보면서 머리를 식혀야겠다는 마음을 가지며 자세를 고쳐 편하게 앉았다.

실내 불은 꺼지고 스크린에 영상이 움직였다. 공포물로 '어딕션'이었다. 뱀파이어에게 물린 젊은 철학도의 고뇌와 방황을 그린 영화로 공포영화치고는 좀 색다르다 싶은 느낌이 들었다.

그리고 둘째 영화가 시작되었다. 역시 외국영화 '크래쉬'였다. 영화를 보는 여진의 옆자리에 한 남자가 다가와서 앉았다. 여진은 힐끔 눈길을 주고는 다시 스크린에 주목했다. 두 번째 영화도 색다르고 독특한 취향의 감독이 만들어서 다 보고 싶었지만 여름은 새벽 4시면 밝아진다는 생각을 했다.

여진은 전화기의 시간을 들여다보았다. 새벽 3시 반이었다. 화장실 볼 일을 보고 극장을 나서면 어느 정도 시간이 맞겠구나 싶었다. 어쨌든 여유 있는 시간이었다.

여진은 자리에서 엉덩이를 떼고 일어나 걸어 나왔다. 극장 내 화장실에 들어갔다. 그런데 누군가 뒤따라온다는 것이 느껴졌다. 분명 인기척이 있어 신경을 곤두세우다가도 여자 화장실에 볼 일을 보러 온 여자이거니 생각하고 무심코 넘겼다.

여진은 좌변기에 앉아 일을 봤다. 대충 옷매무시를 바로 잡고 문을 열고 나오려는데 누군가 무서운 기세로 여진에게 들이닥치는 것이었다.

그제서야 여진은 뒤따라온 사람이 여자가 아니라 남자 치한이었다는 사실을 알았다. 남자 치한은 다름 아닌 여진의 옆자리에서 영화를 보던 바로 그 남자였다.

치한은 완력으로 여진을 밀어붙였다. 그 바람에 변기 뚜껑이 닫혀 버렸고 여진은 그 위에 털썩 주저앉고 말았다. 핸드백도 아무렇게나 바닥에 내질러졌다.

그 치한은 양손으로 여진의 목을 아프도록 누르면서 윽박질렀다.

"소리내면 죽여 버릴 거야. 조용히 해! 조금만 참으면 돼."

그렇다고 해서 여진은 무서워하거나 두려워 하지 않았

다.

치한은 몹시도 여자에 굶주린 것 같았다. 나이는 삼십대 후반쯤 돼 보였는데 얼굴은 말끔하고 부티나게 생겼다. 그런데 전체적인 행색으로 보아 거리를 떠도는 부랑자 같아 보였다.

치한은 한 손으로 여진의 목을 누른 채 한 손으로는 급하게 여진의 웃옷을 걷어올렸다. 하얀 가슴 살덩이가 드러나자 남자는 급하게 숨을 들이키며 기묘한 눈빛으로 쏘아봤다. 여진은 반항하지 않고 그가 하는 대로 내버려두었다.

여진은 몸을 내맡기며 태연한 눈빛으로 그를 바라보았다. 이미 응징에 대한 살의가 잠재해 있는 여진에게 다소 어설퍼 보이는 그 치한은 더 이상 두려운 존재가 아니었다.

치한은 여진이 지나치게 침착하다는 게 이상했던지 잠시 행동을 멈추고는 여진의 얼굴을 바라보았다. 여진은 여전히 태연한 자세로 앉아 있었고, 치한은 안심했던지 아니면 자신을 좋아한다고 여겼는지 입가에 여유 있는 미소를 흘리며 하던 행동을 계속해 나갔다.

또한 치한은 더 이상의 완력이 필요 없다고 여겼던지 여진의 목을 짓누르던 한 손을 풀어 주었다. 두 손으로 허옇게 드러난 가슴을 꽉 움켜잡았다. 그리고 여진의 목덜미를 거칠게 탐하기 시작했다. 여진은 그의 두꺼운 입술이 피부에 와 닿자 자신도 모르게 목에서 터져 나오는 '아!' 하는 짧은 신음을 삼키며 몸을 뒤로 제키고 말았다.

　이상했다. 여진은 의식과는 반대로 그런 사내를 순순히 받아들이고 있었다. 여진의 몸 어딘가에 뜨거운 불기둥이 솟는 걸 느꼈으며, 그런 감정을 얼른 잠재워야 한다는 생각도 가졌다. 몸이 뜨거워지면 뜨거워질수록 여진의 내부에서 상대를 해치려는 독기 또한 무섭게 일어나고 있다는 걸 그녀는 이미 터득한 바였다.

　"흐흐, 너무 맘에 드는 여자야."

　"너 나 먹고 후회하지는 마."

　"후회하지 말라니. 내가 너희들 같은 애들한테 한두 번 속은 줄 알아."

　"분명 경고했어!"

　"너 에이즈 걸렸다고 말히려고 했지?"

　"나 그런 병 안 키워. 하지만 넌 날 여자라고 깔보는데 넌 꼭 후회하게 될 거야."

　"개 같은 년. 내가 너 같은 년들에게 후회할 거면 내가 이런 짓 하겠냐?"

　"다시 한 번 경고한다. 난 종이여인이다. 나한테 이러면 후회한다고!"

　"종이여인?"

　그래도 그 남자는 막무가내로 여진을 주물렀다. 여진은 온 몸에서 세포 하나 하나가 서서히 일어나고 있는 느낌을 받았다. 그 느낌은 강렬한 쾌감인 동시에 저주이기도 했

사랑의 동반자

77

다.

여진은 더 이상의 희생은 불필요하다고 스스로를 다지고 있었다. 그리고 그녀가 스스로 제어하기 힘들 만큼 시간이 흐르기 전에 단호한 입장을 취해야 한다고 마음먹고는 세차게 고개를 흔들어댔다.

마치 뜨거운 쾌락의 절정에 빠지려는 스스로를 위험한 늪에서 건져내려는 처절한 몸부림과도 같은 그런 몸짓이었다.

여진은 손을 아래로 뻗었다. 핸드백에서 떨어진 휴대용 칼을 집어들었다. 남자는 여진의 출렁이는 가슴을 탐하느라 여념이 없었다. 여진의 엄지 손가락이 칼의 손잡이 단추를 누르자 칼날이 비수로 뻗쳐 날카롭게 번뜩였다. 그 예리한 비수를 남자의 목에다 바짝 겨누었다.

"후회한다고 했지. 어서 내 손에 죽기 전에 빨리 꺼져 이 개자식아!"

돌연 여자의 변화에 치한은 마치 단꿈이 깨진 듯한 표정을 지으며 어정쩡한 몰골로 겁을 잔뜩 집어 먹은 채 모든 동작을 멈추고 있었다.

"내 말 안 들려? 빨리 꺼져!"

여진은 광분하듯 소리를 질러댔고, 치한은 겁먹은 표정으로 서서히 몸을 일으켰다. 그리고 잔뜩 쉰 목소리로 낮게 뇌까렸다.

"이제 보니 종이여인이 아니라 미친년이로구먼."

"꺼져!"

여진은 무서운 기세로 윽박질렀고 동시에 치한은 몸을 뒤로 빼며 뒷걸음질치다 벌렁 나자빠지고 말았다.

"에이, 재수 없게 제기랄."

치한은 벌레를 씹은 듯한 얼굴로 그녀를 노려보다가 이내 화장실을 빠져 나갔다.

여진은 흘러내린 옷들을 끌어올리고는 변기 앞에 주저앉듯 내려앉았다. 그리고 울었다. 울다 보니 이런 눈물조차 사치라고 생각했다. 이내 눈물을 거두고 금방 있었던 상황을 정리하듯 숨을 고르며 잠시 쪼그리고 있다가 핸드폰의 시계를 들여다보았다. 곧 나서야 할 시간이었다.

여진은 모자를 깊게 눌러쓰고는 화장실을 나왔다. 문 밖을 두 발 정도 내딛으려는데 누군가가 갑자기 나타나 여진의 핸드백을 낚아챘다. 여진은 갑자기 들이닥친 일이라 그가 뛰어가는 방향만 멍하니 쳐다보았다. 화장실에서 강간을 하려던 그 치한이었다. 그 치한이 뛰어 가는 걸 그냥 보고만 있을 수가 없어 그가 뛰어가는 골목으로 쫓아 갔다. 그 치한은 저만치 뛰어가다가 멈추어 섰다. 순간 여진도 뛰던 것을 멈추고 그의 동태를 살폈다. 그런데 그는 다가오라고 손짓을 했다. 보아하니 핸드백에서 칼을 꺼내 보복이라도 할 요량이라는 걸 여진은 얼른 알아 차렸다.

여진은 시간이 없어 핸드백을 포기하고 그에게 팔뚝질로 감자를 먹이고 뒤돌아섰다. 그리고 골목길을 돌아 사우나가 있는 지름길로 뛰었다.

종빈의 빌딩 뒷골목 도로였다. 철둑길 도로 옆에 사우나 건물이 보였다. 종빈이 새벽운동을 끝내고 사우나 건물로 가는 중일 거라고 여진은 생각했다. 그런데 종빈을 해치울 도구가 없음을 깨달았다. 빨리 핸드백을 찾아야 한다고 생각하고 그 치한을 찾아 나섰다.

여진은 철둑길 부근 골목에서 바로 그 핸드백을 날치기 해 갔던 치한을 발견했다. 여진은 얼른 몸을 숨겼다. 새벽에 이런 꼴이라니 우습기도 했다.

여진은 그 치한의 뒤를 밟았다. 그의 빠른 걸음에 여진도 걸음을 서둘렀고 그는 24시간 편의점 앞에 세워둔 짚차에 올랐다. 그는 짚차를 몰고 가는가 싶었는데 시동을 걸어놓고 다시 차에서 내려 편의점으로 들어가는 것이 아닌가.

여진은 몸을 낮추어 그 치한의 짚차에 날쌔게 올랐다. 생각했던 대로 핸드백은 차안에 있었다. 순간 머리 속을 스치는 것이 있어 핸드백을 열고 지문을 남기지 않을 요량으로 장갑을 꺼내 양손에 끼었다. 언뜻 고개를 돌려서 편의점 안을 들여다 보았다. 치한은 카운터에서 담배 값을 계산하고 있었다. 그 치한에게 당한 만큼 돌려주겠다는 보복심리로 미안한 감도 없이 자동차의 핸들을 잡고는 차를 움직였다. 그리고 편의점 앞을 벗어났다.

편의점에서 나온 치한은 자신의 차가 없어졌다는 사실을 알고는 발을 굴러댔지만 이미 차는 그의 시야에서 자취를

감췄다.

"내가 뭐랬냐? 이 개자식아. 분명 넌 후회한다고 했잖아."

여진은 차 안에서 운전하면서 혼자 중얼댔다.

여진은 일단 헬스클럽이 딸린 사우나 옆 건물 약간 경사진 곳에 차를 세우고 앞을 주시했다. 주위는 서서히 아침이 밝아오면서 무겁게 내려앉은 어둠을 거세게 물리치고 있었다. 잠시지만 초조하게 기다리던 여진은 사우나 건물에서 종빈이 걸어오는 모습을 발견했다. 그런데 그 뒤에서 치한이 자신의 짚차를 발견하고 미친 듯이 뛰어 오는 모습도 보였다. 여진은 종빈을 향해 이를 악물고 자동차를 움직이려 했으나, 그 치한이 종빈을 앞서서 뛰어오는 바람에 움직이지 못했다.

여진은 이 짚차로 종빈을 깔아뭉갤 생각이었으나 그 치한이 앞서 뛰어오는 바람에 여진은 망설이고 있었다.

여진은 다급해서 모든 걸 포기하고 차 문을 열고 뛰어내렸다. 그런데 급한 나머지 기어를 빼고 핸드브레이크를 풀어 논 상태로 내린 터라 자동차는 문이 열린 채로 움직이고 있었다. 차는 점점 빠르게 밀려 내려가고 있었다. 그때그 치한이 밀리는 차에 올랐으나 당황하고 있어 어떻게 할줄 모르고 악셀레이터를 밟았는지 차는 순간적으로 속력을 내었다. 그는 당황해 하며 핸들을 움직여 버렸다. 한순간에 차가 인도로 돌진해 버렸다.

'쿵!'

불과 몇 초 사이에 벌어진 일이었다. 다행히 짚차는 전봇
대에 받쳐 있어 건물에 파고들지는 않았다. 그러나 몸을
이리저리 움직이며 올라오던 종빈을 치고 말았다.

종빈은 짚차가 돌변하여 갑작스레 달려드는 바람에 어쩔
사이가 없었던 것이다.

여진은 저만치 나가떨어진 종빈을 바라보고 있었다. 그
래도 한때 뜨거운 정념을 나누며 몸을 섞었던 종빈이 아니
었던가.

종빈의 죽음은 새샘의 멤버들에겐 경호의 죽음 못지 않
게 커다란 충격으로 다가들었다. 새샘 멤버의 나머지인 동
팔, 태성, 영근은 공원묘지에다 종빈을 매장하고 내려오는
길이었다. 그들은 야트막한 평지에 적당히 모여 앉았다.

그들은 하나같이 검은 양복을 입고 있었다. 표정들도 음
울하고 침울하게 굳어져 있었다.

그들은 친구들이 한 명씩 불귀의 객이 되는 사실에 대해
적지 않은 두려움을 품고 있었지만 딱히 이렇다 할 불안의
근원은 밝혀 내지 못하고 있었다. 이를테면 어떤 종류의
불안이라는 걸 감지는 했지만 그 정체가 무엇인지 밝혀진
것이 없었기에 미심쩍어 하고 있던 터였다.

또 한편으로는 죽은 경호나 종빈이 운이 없어서 그런 불
행을 당했을지도 모른다는 생각도 크게 작용했다. 세상이

하도 어지럽고 어수선하다 보니 그런 일들은 충분히 일어날 수도 있었기에 새샘의 나머지 회원들은 그런 쪽으로 생각을 몰아가고 있었다. 그러나 찜찜하게 다가드는 기분은 어쩔 수 없었다.

영근은 친구의 갑작스런 불행을 감내하지 못한 탓인지 얼굴이 다소 헬쑥해 보였다. 그는 허망한 눈길을 하늘로 잠시 두었다가는 담배 연기를 길게 내뿜으며 말했다.

"지금이라도 어디선가 종빈이의 목소리가 들릴 것만 같아."

사실이었다. 그는 금방이라도 그의 어깨를 툭 치며 다가들 것만 같은 종빈의 생각에 마음 한 구석이 저릿하게 저며옴을 느꼈다.

"형사의 말에 의하면, 누군가가 종빈이를 의도적으로 살해할 목적으로 운전한 거 같다던데."

동팔이 다소 겁먹은 얼굴로 영근과 태성을 번갈아 보며 말을 했다. 그 역시 연이은 친구들의 불행을 받아들이기가 쉽지가 않았던지 어두운 얼굴빛이 역력했다.

"경찰이 목격자를 찾고 있던 중에 '종이여인'이라고 적힌 편지가 날아들었다는 거야. 그게 이상하잖아."

태성이 말했다.

"종이여인?"

순간 동팔은 자리에서 벌떡 몸을 일으켜 세우고 두 눈을 번쩍 떴다.

'종이여인요. 종이여인이 얼마나 무서운지 꼭 보여 드릴게요. 그리고 어느 누구한테도 저를 종이여인이라고 말하지 말아요. 종이여인이라고 말하면 한 달 안에 오빠는 죽어요.'

어금니 사이에서 독을 품고 말했던 한 소녀의 기억이 되살아났다.

"뭐 좀 집히는 거 있어?"

"응, 옛날 우리 성남에서…… 아, 아닐 거야."

"뭐야, 말해 봐. 그래야 범인을 빨리 잡지."

동팔의 머리 속에는 종이여인이라고 말하면 한 달 안에 죽는다는 기억도 생생했다. 그런 일을 지금까지 까맣게 잊고 살아왔다.

"이거 말하면 곤란하지만, 설마일 거야."

"지금 그런 따위가 문제냐?"

"성남에서 우리가 조졌던 예쁘장한 여학생 있잖냐. 내가 걔를 종이여인이라고 했거든."

"그럼 뭘 꾸물대, 신고해야지."

"걔 이름이 여진이라고 했지 아마. 어디에 살고 있는 줄 알고 신고하냐? 또 확실한 증거도 없잖냐."

"그건 그래 종이여인이 걔 말고 또 있을 수도 있고."

"최근에 말야. 종빈이 주변에 이상한 사람이나 귀찮게 하는 사람이 있다는 얘기는 혹시 듣지 못 했어?"

영근이 문득 심각한 어조로 두 친구를 둘러보며 물었다.

"글쎄, 근래에 특별히 얘기하는 거 듣진 못 했거든. 동팔이 너는?"

태성이 잠시 뭔가를 생각하는 듯하다가 심각하게 입을 열었다.

"나도야. 별 얘기 안 하던데."

영근을 비롯한 새샘의 회원들은 친구의 죽음에 관한 별다른 의혹을 밝혀내지 못하고 하늘만 막막하게 바라볼 뿐이었다. 좀 전까지만 해도 맑던 하늘이 서쪽 한편에서부터 시커먼 구름이 잔뜩 몰려들고 있었다. 한 차례 소낙비가 내릴 모양인지 주위 공기도 서늘하게 깔리기 시작했다.

영근과 태성, 그리고 동팔은 하늘에서 뚝뚝 떨어지는 빗방울에 그만 자리에서 일어났다. 이미 두 친구를 잃어버린 새샘의 그들은 날씨만큼 점점 가라앉는 기분을 애써 다스리고 있었다.

# 4. 복수를 위한 살생

여진은 침대에서 몸을 일으켰다. 숙면한 덕택인지 상쾌함을 느끼며 길게 기지개를 켰다. 몸을 세워서 거실로 나가 소파에 털썩 앉았다. 팬티만 걸친 몸으로 편하게 앉았는데 그녀의 그런 실루엣은 정감 어리면서 귀여워 보이기까지 했다. 그녀는 늘 집에서는 간편한 차림을 즐기다 보니 벗고 있을 때가 더 많았다.

여진은 냉장고에서 미리 타두었던 냉커피를 꺼내어 컵에다 따르고 한껏 들이켰다. 냉커피는 목줄기를 타고 차갑게 흘러들었다. 갈증이 한꺼번에 풀리는 것 같아 후련함을 느끼며 여유있는 표정을 지었다. 그녀의 그런 표정에는 해야 할 일을 어느 정도 치른 만족감이 배어 있었다. 그러나 한편으로는 떳떳하지 못한 일들을 하고 난 후의 초조함 또한 배제할 수 없었다.

여진의 발 밑에서 소리를 발견했다. 소리가 실 꾸러미를 굴리며 장난을 치고 있었다. 소리가 실을 가지고 놀다 진력이 났던지 여진의 무릎 위로 냉큼 뛰어올랐다. 여진은 길다란 손가락으로 소리의 등을 부드럽게 쓸어주었다.

"그래, 너밖에 없구나. 귀여운 것."

여진은 친근한 말투로 중얼거렸다.

정말 그랬다. 그녀에게는 소리밖에 없었다. 예전이나 지금이나 여진에게는 딱히 마음을 줄 상대가 없었다. 여진은 어릴 때 집을 나간 어머니를 못 본 지가 몇 년이나 되었는지 손꼽아 보았다. 벌써 14년이나 되었다. 여진의 나이 15세 때 어머니는 가족을 버리고 돈 많은 남자를 만나서 행복하게 살고 있었다고 들었다. 그 몸에서 자식도 둘이나 생겨나 있었다. 여진은 병든 아버지와 어린 자신을 버리고 떠난 어머니에게서 하등의 미련도 애정도 느껴지지 않아 찾기를 포기했다.

여진은 아스라한 옛날 생각에 젖어들었다. 두 눈을 감고는 소파에 깊숙이 몸을 기대었다. 힘들었지만 아버지와 행복하게 살던 날들이 그녀에게 꿈결같이 다가들었다. 그러나 그 작은 행복은 그녀를 짓밟았던 비열한 남자들에 의해 처참히도 깨지고 말았다.

1988년 88서울올림픽이 끝나고 1989년, 여진은 성남시 은행동 달나라라는 동네서 8평짜리 집에서 전세로 아버지와 단 둘이 살고 있었다.

여진네는 서울 말죽거리에 과수원농장으로 5000평이 넘는 농토가 있었다. 그때만 해도 무척 행복했었다.

1980년부터 개발 바람이 불면서 이웃에 사는 종빈네가 도장을 빌려 달라고 해서 여진의 어머니가 도장을 꺼내 주었다. 종빈의 아버지는 그 도장으로 빚 보증서류에 도장을 찍고 땅 등기에다 수십억 원이라는 금액을 근저당 설정해 두었다. 그 사실을 모르는 여진이 아버지는 법원으로부터 땅 차압이 되면서 사기를 당했구나 하고 고스란히 그 땅을 내주고는 빈털터리로 성남으로 이주해 왔었다.

알고 봤더니 종빈이 아버지와 여진이 어머니는 2년 동안 내연관계로 지내오다 땅 사기를 했던 것이다. 그러니 여진의 아버지는 고스란히 사기를 당할 수밖에 없었다.

여진의 아버지는 농약병을 들고 다니면서 그들을 죽여버리고 자신도 죽어버리겠다고 했다. 그러나 그들은 이미 피해 버렸고, 혼자 죽자니 여진이 마음에 걸렸다. 하루는 딸 여진에게 같이 죽어버리자고 했으나 아버지를 잘 모시고 다시 시작해서 여보란 듯 잘 살자고 설득해서 동반자살은 피했다.

새롭게 시작하기 위해 성남시 은행동 달나라 동네에 이사를 했다. 그 동네 집들은 처마끼리 겹치고 겹쳐서 빼곡하게 들어서 있었다. 그래도 여진은 14세의 소녀로 미래의 꿈을 안고 있었다.

아버지는 화병을 앓다가 여진이 혼자 열심히 살아보려고 애쓰는 것을 바라만 볼 수가 없어 벌이를 찾아 나섰다.

여진은 밤늦게까지 아버지가 오지 않아 걱정을 하고 있

었다. 방안에서만 기다릴 수가 없어 아버지를 마중해야 한다며 밖으로 나왔다.

밖을 나서기 무섭게 지저분한 쓰레기 냄새가 났다. 그런 냄새가 풍기는 달나라 동네를 빠져 나와 인적이 끊어진 골목을 지나고 있었다. 거무튀튀한 어둠이 감싸고 돌았다. 여진은 그 어둠이 무섭다는 생각이 들어 걸음을 재촉하여 금광시장 쪽으로 걸었다.

여진은 어둠에 잠긴 공터에서 뭔가가 불쑥 튀어나올 것만 같은 두려움을 느끼며 걸음을 재촉했다. 엄습해 오는 두려움에서 벗어나기 위해 호떡이라도 사들고 올 아버지를 생각했다. 여진에게 공상은 외로움을 잊게 해주는 좋은 방법이 되기도 했다.

어느덧 금광시장까지 내려오게 되었다. 아버지가 막노동일을 끝내고 중앙하천 변에서 36번 버스나 66번 버스에서 내리기 때문에 이곳을 통해야 했다.

아버지는 성남에 있는 전자회사에 영업사원으로 있었는데, 그만 뜻하지 않은 교통사고를 당하는 바람에 회사를 계속 다닐 수 없게 되었다. 어머니는 이미 종빈네 아버지와 짜고 땅을 차지해서 집 나간 지 오래고, 집에는 어린 여진이만 남겨져 있었다. 아버지는 굵고 거칠은 숨소리로 시름에 젖어 자신의 처지를 슬퍼하며 세상을 비관하기도 했었다. 그러나 어린 딸 여진을 놔두고 세상을 등질 수도 없는 터, 시시각각으로 옥죄어 오는 허리의 고통에도 불구하고 막노동판 잡부 일을 하고 있었다.

어쨌든 먹고는 살아야 했기에 험한 일도 감수해야만 했다.

여진은 어머니가 그립고 생활이 고달파 견디기 힘들었다. 하지만 아버지를 생각하며 학교생활에 충실한 착한 소녀로 자라주고 있었다.

그렇게 한 해를 보내고 나이 한 살 더 먹게 되어 여진은 15세의 소녀 티가 물씬 풍겼다. 아직 솜털이 채 가시지 않은 피부는 손끝으로 만지면 금세라도 물이 묻어날 것만 같은 여리고 여린 풋풋한 기운이 흘렀다.

여진은 가슴이나 엉덩이도 제법 살이 올라 있어, 지나가는 남학생들의 힐끔거리는 시선을 받기 일쑤였다.

여진은 어두운 밤길을 걸어가고 있었다. 순간 죽음의 냄새가 확 끼치는 것을 느꼈다. 그건 온갖 죽음을 기다리고 있는 땅을 밟고 가는 기분이었다. 섬뜩하게 음산하고 칙칙한 기분보다 몇 갑절 강렬한 것이었다. 그래도 여진은 걷고 있는 길이 다소 어둡고 후미진 길이긴 하지만 곧 아버지를 보게 될 거라는 기대감으로 부지런히 어둠 속을 헤쳐 나가고 있었다.

바로 그 때였다. 여진의 걸음을 낚아채듯 누군가의 음성이 여진을 붙들어 놓았다.

다름 아닌 영근이었다. 영근은 여진과 한 동네에 사는 오빠로 평소 오빠 동생하며 흉허물없이 지내는 사이이기도 했다.

영근은 가끔씩 여진에게 분식집과 빵집에서 먹을 것을 사주며 친근한 말을 건네주곤 했다. 여진은 어머니와 형제 자매가 없는 터라 따뜻한 가족의 정을 느끼게 해주는 영근 오빠를 좋아했다.

영근은 친구로 보이는 또래들과 같이 있었다. 그들은 공 터의 어두컴컴한 벽에 기대 서서 담배를 피워 물고 있었 다.

여진은 영근과 그 친구의 모습이 다소 불량스러워 보이 긴 했지만 그들은 대학생의 신분이라 담배를 피우는 데에 는 별 문제는 없다고 생각했다.

"밤늦게 어딜 가니? 우리 이쁜이가."

영근이 여진에게 웃으며 다정스럽게 말했다.

영근은 여진을 '이쁜이'라고 칭하곤 했었다. 평소 영근 을 '오빠오빠' 하면서 잘 따랐던 여진은 늦은 밤에 만났지 만 내심 반가워하고 있었다.

옆집 아주머니는 영근을 행실이 좋지 않은 대학생이라고 비아냥거리곤 했지만 여진은 그건 사실이 아니라고 말해 주고 싶어했다. 아마도 그 아주머니의 아들이 대학을 가지 못한 데서 오는 일종의 시기 섞인 열등감에서 그런 얘기를 하는 거라고 나름대로 해석하곤 했다.

"아버지가 아직 안 오셔서요."

여진은 살풋 미소를 지으며 영근을 바라보고 말했다.

"누구야? 귀여운데."

영근 옆에 서 있던 친구가 비릿한 웃음을 흘리고는 영근에게 물었다.

"응, 나랑 제일 친한 동생이야. 우리 동네에서 제일 예쁘지."

"자식, 보는 눈은 있어 가지고. 너 근데 도둑놈 아냐? 저렇게 어린애를."

"무슨 소리야, 임마?"

영근은 친구의 얼굴을 마주 보며 시시덕거렸다. 여진은 왠지 영근 옆에 있는 친구가 거슬렸다.

"이쁜아, 저 오빠를 모르지만 느네 아빠랑 쟤네 아버지랑 다 아는 사이야."

여진은 아무리 거슬려도 영근과 어울리는 걸 보면 그리 나쁜 사람들은 아닐 거라고 생각했다.

"너네 아버지는 태성이네 집에 있으셔. 내가 아까 오다가 봤는데 거기서 태성이 아버지랑 술 마시고 있더라."

여진은 영근의 말을 믿고 고개를 끄덕였다. 여진은 아버지가 태성 아버지와 영근 아버지랑 또는 동팔이 아버지와도 곧잘 어울려서 밤늦도록 술을 마시는 걸 가끔 보아서, 영근의 얘기가 전혀 이상하게 들리지 않았다.

"같이 가자. 안 그래도 태성이네 집에 갈려던 참이었는데."

여진은 별 의심없이 영근을 따라갔고 그의 친구는 뭐가

즐거운지 연신 히히덕거리며 뒤따라오는 여진을 힐끗거렸
다.

순간 여진은 이상한 느낌을 가졌다. 별로 따라가고 싶지
않았다. 떨어지지 않는 발걸음이 무게를 실었지만 아버지
가 있다는 말을 듣고 안 갈 수도 없었다.

태성의 집에 도착했다. 여진의 아버지는 없었다. 여진은
크게 내색하지 않았다.

태성의 집에는 여진의 아버지가 아닌 태성이 말고도 다
른 두 명의 친구와 3명이서 술판을 벌이고 있었다. 여기저
기 나뒹굴고 있는 소주병들을 보아 많은 시간을 보내고 있
었구나 싶었다. 그들은 이미 술이 올라 있어 얼굴이 벌개
져 있었다.

여진은 낯익은 얼굴을 하나 발견했다. 그 얼굴은 말죽거
리에서 한 동네에 살았던 종빈이었다.

"종빈 오빠!"

여진은 반가움에 종빈을 불러보았다.

"너 날 알아? 난 널 몰라, 이 아가씨야."

종빈이 장난으로 안면몰수하자, 모두 껄껄대며 웃어댔
다. 여진은 너무 황당하고 당황스러웠다. 거기다 너무 부
끄럽고 창피함에 얼굴을 붉혔다.

종빈이 아버지가 여진이 어머니와 내통해 서로 짜고 여
진네 땅을 사기해 차지하는 바람에 아버지와 단 둘이 가난
하게 살아가고 있다는 걸 여진 자신이 잘 알고 있었다. 여

진은 종빈에게 자신의 어머니가 어디에 살고 있는가를 물어보고 싶었다. 그런데 저렇게도 모르는 체하고 있어 화가 치밀었다.

"종빈 오빠, 나 여진이야."

"여진이고 지진이고 난 너를 모른다니까."

종빈은 여전히 안면몰수해 여진은 더 난감해서 눈물을 흘려 버렸다.

"야 임마, 그래도 말죽거리에서 이웃에 살았다면서 너무 모르는 체하니 이쁘고 귀여운 아가씨가 저렇게 울잖아."

"그래 날 안다고? 나를 안다면 어서 내 옆에 앉아서 술이나 따루어라."

여진은 다섯 명의 대학생들이 놀려대자 겁이 났다. 어서 그곳을 벗어나려고 기회를 노렸으나, 그들의 기세에 눌려서인지 이상하게 몸이 움직이지 않았다.

여진은 그들 모두가 대학생으로 알고 있었다. 그래서 그들 모두가 지성인이라고 생각했는데, 지성인은 고사하고 불량배들이라는 것이 이해가 가지 않았다. 그래도 영근만은 거짓말이나 나쁜 짓하는 대학생이 아니라고 믿고 싶었다. 하지만 그 믿음은 어느새 불안감으로 초조하게 만들었다.

여진은 술 냄새를 풍풍 풍기는 그들이 무섭게 느껴졌지만 그래도 옆에는 영근 오빠가 있었기에 별 문제는 없을 거라고 여겼다. 만약 자신을 괴롭히거나 놀려댄다 해도 착한 영근 오빠가 그들을 대신 막아 주리라는 큰 기대를 하고 마음을 편하게 가졌다.

여진은 불량기 있는 그들이 두려워 서둘러 집으로 나서려고 했다. 그러나 그들은 웬일인지 여진을 놔주질 않았다. 오히려 그들은 어린 여진을 음흉스런 눈길로 쳐다보며 그녀를 둘러싸는 거였다. 무엇보다 믿을 수 없었던 건 영근이었다. 영근도 그들과 같이 어울리고 있었다.

여진은 일이 단단히 틀어지고 있음을 느꼈다. 어쨌든 몰려오는 위기감과 동시에 여길 벗어나야 한다는 생각만이 뇌리를 스쳤다. 그러나 여진을 둘러싼 그들은 조금도 틈을 보이지 않았다. 오히려 점점 틈을 좁혀오며 비릿한 웃음을 흘리고 있었다.

바로 그때였다.

"아참 종빈아, 우리 아버지가 그라는데, 느네 아버지가 쟤네 엄마랑 같이 산다며?"

여진은 그 소리에 깜짝 놀라고 있었다. 여진은 종빈을 뚫어져라 바라보았다.

"뭐야 임마. 쟤네 엄마가 아니야 임마."

난감해 하던 종빈은 느닷없이 여진을 끌고 방에 가서 자신의 옆에다 앉혔다. 여진은 영근이 자신을 구해 줄 거라고 믿고 있었으나 영근마저도 역시 미동도 없이 그들과 다름없는 웃음을 흘리며 여진을 빤히 바라만 보고 있었다.

세상은 온통 암흑 속에 잠겨 있었다. 지옥처럼 변해 버린 방안이었다. 아니 지옥 속에 파묻힌 채 여물지도 못한 육체와 영혼이 여전히 의미 없는 어둠 속에 붙잡히고 있었다.

여진은 새장 속에 갇힌 새처럼 또는 유리장 속에 갇힌 마네킹처럼 꼼짝 못하고 잡혀 버렸다. 밀려들어온 한 줄기 밤바람이 창문으로 들어와 여진의 머리카락을 쓸고 지나갔다. 그때 두 개의 커다란 눈동자가 쏘아보고 있어 벌벌 떨었다.

그들은 이미 술로 인해 술이 상했다거나 변질되었다는 이야기를 들어본 적이 없다는 등으로 순수하지 못한 인간이 되어 버렸다.

술에 의해 순수함을 이기지 못하고 변질되어 가는 게 본질이다. 만취한 사람은 눈만 뜨고 있으니까 살아 있다고 하는 것이지 인간이라고 보아지지 않는다고 생각한 여진이었다. 그래서 사람들은 술을 먹어선 안 된다고 생각했다. 술을 입 속에 붓는 순간 그들의 가식과 오만과 조잡한 슬픔 따위가 결국 구토로 이어져 쏟아지기 때문이다.

"이쁜 아가씨야 한 잔 따라라."

종빈은 여진의 앞에다 잔을 디밀고 술을 따를 것을 요구했다. 아니 명령했다. 여진은 떨리는 손으로 술병을 잡고 잔에다 술을 따를 수밖에 없었는데, 병과 잔이 서로 부딪히는 소리가 났다.

"야, 너 옷 벗고 술 한 번 따라봐라."

여진은 너무 놀란 나머지 술병을 놓치고 말았다.

종빈을 여진은 이웃 오빠로 잘 따르며 같이 자랐었는데 저렇게 변했다는 것이 믿어지지 않았다.

여진은 '아버지!' 하고 간절하게 소리를 질렀지만 그들의 기세에 눌려 입안에서 맴돌고 말았다. 여진을 향해 다가오는 히죽거리는 웃음들이 점점 커져 오면서 여진을 해하려는 탐욕스런 모습들이 괴물처럼 휘감고 있었다.

그들은 여진을 끌어안거나 가슴을 만졌다. 다리도 만지고 입에다 강제키스도 했다. 반항하다 여진은 주먹으로 맞기도 했다.

결국 고양이들 앞에 한 마리의 쥐처럼 절망적인 공포에 떠밀려 벌벌 떨고 있었다.

"제발 절 보내 주세요."

"너 죽지 않으려면 옷부터 벗어."

"제발 이러질 말아요."

그 순간 누군가가 발로 축구공을 차듯이 여진을 걷어찼다.

"헉!"

여진은 벽에 부딪혀 쓰러졌다. 숨통이 조여오는지 한참 동안 호흡 조절을 해야 했다. 동시에 그들은 굶주린 다섯 마리의 늑대로 돌변해서 어린 여진의 옷을 강제로 벗겼다. 여진은 실험실 도마 위에 올려진 개구리가 해부를 기다리는 것처럼 사지를 벌린 채 바르르 떨고 있었다. 그러는 사이 그들은 가위 바위 보로 여진의 몸에 올라갈 순서를 정해 놓고 있었다.

여진의 얼굴은 파랗게 질렸고 이따금 온몸을 버둥거렸다. 진땀이 얼굴 가득 맺히기 시작했다. 여진은 옆구리의 통증보다는 호흡곤란으로 내장이 꼬이는 듯한 아픔을 느꼈다. 다시 호흡을 가다듬을 틈도 없이 다음 순서로 이어졌다.

"이거 잘 안 들어가는데?"

그들 중의 한 명이 아랫도리만 벗고는 여진을 올라타서 허리를 움직였다.

"야야 빨랑 해. 다음은 내 차례야!"

그들은 여진의 몸 위를 순서대로 올라탔다. 여진은 기진맥진한 상태로 움직임조차 포기하고 있었지만 아랫도리가 욱신욱신 쑤시고 짓이기는 것만큼은 참을 수가 없어 간신히 팔을 움직여 아랫도리를 만져 보았다. 손에는 무엇인지 모르게 뜨뜻하고 물컹한 게 만져졌다. 피와 정액이 뒤섞여 흐르는 것이었다.

여진은 갑자기 집나간 어머니가 보고 싶어졌다. 그 어머니라면 이렇게 당한 딸을 정성스럽게 치료해 주며 보듬어 줄 것이라 생각하며 한없이 눈물을 흘렸다.

여진은 자신의 옆구리를 끌어안고 뒹굴었다. 그들이 심하게 올라탄 탓인지 갈비 뼈가 부러져 나간 듯, 날카롭게 솟아난 뼈끝이 옆구리를 쑤셔댔다. 뱃속의 창자란 창자는 모두 뒤틀리듯 통증이 온몸으로 전해졌다.

아직도 순서를 기다리는 나머지 한 명이 사정없이 여진의 몸 속으로 찍어 디밀고 들어왔다. 그는 기계처럼 정확하게 몸놀림을 반복했다. 여진은 굵은 소나기처럼 쏟아지는 그의 운동 앞에 비명 한 번 제대로 내지르지 못했다. 짓이겨진 파리처럼, 목이 졸려 죽어 가는 개처럼 최후의 살 떨림이 왔다. 방바닥에 처박힌 얼굴은 진땀으로 더럽기 짝이 없었고, 단발 머리카락은 배어 나온 땀과 함께 대붓처럼 엉겨 붙었다. 마치 어린아이들이 패대기친 개구리의 허벅지가 가늘게 떨 듯 허벅지의 살이 파르르 경련했다.

뱃속의 창자가 돼지 곱창처럼 토막토막 잘려지는 것 같았다. 자궁은 무딘 칼날로 쑤셔대는 아픔이 몸 전체로 느껴졌다.

여진은 파란 불꽃을 증오처럼 뿜어내며 최후의 살을 떠는 개처럼 떨었다. 아랫도리는 불에 달군 인두로 지지는 것 같아 필사적으로 뒹굴었다. 발가벗겨진 몸 여기저기에 하얀 섬유질의 정액이 번들거렸다.

"야 임마, 너 또 하냐. 우리 이쁜이 죽겠다."

여진은 쓰러진 채 턱 밑으로 끈끈한 침을 흘리며 입을 반쯤 벌린 채 넋나가 있었다. 여진의 긴 날숨이 바닥으로 뿜어질 때마다 젖지 않은 먼지들이 날렸다. 초점을 잃은 여진의 눈동자가 파도처럼 움직이는 그들을 바라보았다.

눈물이 왈칵 쏟아졌다. 그러나 여진은 아랫입술을 지그

시 깨물어 쏟아지는 눈물을 막으려고 애를 썼다.

여진은 그렇게 몸과 마음의 깊은 상처로 병원 한 번 못 가 보고 5일 동안 학교에도 못 갔다. 고통스럽고 극악함에 허덕였다. 그들이 또 찾아올 것만 같은 공포에 휩싸여 있다. 6일째 되는 날이었다.

두려움에 여진은 살 수가 없었다. 당장 그들이 들이닥치는 것 같아 자그마한 소리에도 놀라곤 했다. 거기다 너무 억울하고 분통해서 참을 수가 없었다. 그들을 죽이고 싶은 마음밖에 없었다. 그렇다고 어린 여자인 여진이 그들을 어떻게 할 방법이 없었다.

여진은 생각하고 생각한 끝에 밖을 나섰다. 경찰서로 발길을 돌렸다. 경찰서에 가서 사정을 다 말하고 그들을 성폭행범으로 신고했다.

신고를 하고 다음 날 경찰서에 출석하라는 통보를 받았다. 여진이 경찰서에 갔을 때는 태성과 영근 등 5명이 나란히 잡혀와 있었다. 그런데 그들은 한결같이 아니라고 잡아뗐다. 그 말을 듣던 여진은 너무 어이가 없어 울기만 했다.

경찰은 확실한 증거가 없다면서 산부인과에 가서 진단서를 끊어오라고 했다. 여진은 없는 돈을 가지고 병원에 갔다. 병원에서는 자궁파열로 수술부터 받아야 한다고 했다. 여진은 괜찮다고 했지만 의사는 불임과 후유증이 심할 것이라고 말했다. 그러나 여진은 그 말뜻을 잘 몰라 그냥 진단서만 끊어서 다시 경찰서로 돌아왔다.

경찰서에는 그들의 부모들까지 와 있었다. 그들의 부모들은 여진을 붙잡고 진단서를 보자고 해서 그 진단서를 건네주었다. 여진은 진단서를 되찾아 경찰에게 제출했다. 그런데 경찰은 아무런 반응이 없었다. 그들의 부모들은 여진을 불러내어 돈을 주면서 위로해 주는 척했다. 여진은 그 돈을 받지 않았다.

경찰서에서 구속영장을 신청하게 될 것이니까 안심하고 집에 가라고 해서 돌아왔다.

이틀 뒤였다. 역시 아파서 학교에 가지 않았다. 여진은 하혈을 하고 있어 약국에 생리대를 사러 가려던 참이었다. 경찰서 철창에 있어야 할 영근이 체육복 차림으로 만화책을 한 아름 안고 집으로 향하고 있었다. 그때 여진은 숨어 있었다.

여진은 이럴 수 없다면서 벌벌 떨면서 공포감에 휩싸였다. 구속시킨다고 했는데 왜 그들이 쉽게 나오게 되었는지 여진은 동네 사람에게 부탁해서 알아봐 달라고 했다. 그들은 돈을 써서 경찰서에서 나왔다는 것을 알게 되었다.

여진은 경찰서에 찾아가서 왜 그들을 풀어 줬냐고 따졌더니, 경찰은 그들의 증거도 불확실하고 죄가 되지 않는다고 했다. 여진은 다시 신고하겠다고 하자 오히려 경찰한테 여자가 조신하게 몸단속 못한 것도 잘못이라며 창피와 면

복수를 위한 살생

101

박만 받고 나왔다.

여진은 그제서야 힘없는 사람은 이렇게 당하나 하고 생각했다.

바로 그 날 저녁에 그들 중 태성이 여진을 찾아왔다. 여진은 태성을 보는 순간 파르르 떨며 쓰러졌다.

"너 또 경찰서로 신고하러 갔다며?"

여진은 역시 말을 못하고 떨기만 했다.

"너 조용히 있지 않으면 쥐도 새도 모르게 죽어. 살고 싶으면 가만 있어."

태성은 여진에게 협박해 놓고 가버렸다.

그 일이 있은 후로 여진은 세상 사람들이 싫어지기 시작했다. 길거리를 지나다가도 남자들만 마주치면 놀래서 도망치기 일쑤였다. 그런 사실을 전혀 모르는 아버지는 점점 자기만의 세계로 벽을 쌓아 가는 딸을 안타까워해야 했다. 남자의 다정함보다는 이기적인 추악함을 먼저 알아버린 여진은 그 후로 심각한 자폐증상에 빠지곤 했다.

그러던 그 해 겨울 방학이었다. 저녁 오후에 누군가가 집에 찾아왔다. 작년에 태성이네 집에서 성폭행을 했던 다섯 명 중 동팔이 그 대학생이었다.

순간 여진은 가슴이 덜컥 내려앉았다. 들어오라고 하지도 않았는데 동팔은 불쑥 방에 들어와 방문을 닫았다.

"네가 경찰에다 신고하는 바람에 난 아버지한테 혼났었

잖아."

동팔은 대뜸 그렇게 말했다.

"잘못했어요. 그땐 너무 무서워서 신고했어요."

"무서웠다고? 네가 아무리 신고한다고 해도 우리는 깜빵에서 절대로 안 살아."

"잘못했어요."

"그래 알아. 대신 널 내 걸로 하는 거다. 그 동안 난 네가 그리워 미쳐 죽을 뻔했다."

여진은 부르르 치를 떨었다. 여진은 도망쳐야겠다며 뒷걸음질로 물러서서 방문을 열려고 할 때 동팔에게 잡혔다.

동팔의 욕망은 일시에 솟구치는 것 같았다. 예쁘고 아름다운 소녀를 갖고 싶다는 파괴본능이라고나 할까. 얼떨결에 입이 막히고 비명조차 지를 수 없는 상태가 된 여진은 속수무책으로 동팔의 품안에서 파르르 떨어야만 했다. 험악하게 생긴 동팔의 팔에 안긴 여진은 두려움으로 소리를 질렀지만 입이 막혀 무의미했다.

"그렇지, 그렇게 반항해야 할 맛 나지."

동팔은 여진의 가슴을 만지기 시작했다.

"아 악! 살려주세요!"

애절하게 비명을 토해내며 여진은 몸을 빠져 나오려고 발버둥쳤지만 황소 같은 동팔에게서 꼼짝할 수 없었다. 마치 덫에 걸린 사슴처럼 애처로웠다.

동팔의 완력에 의해 움직일 수조차 없는 여진은 마치 살

복수를 위한 살생

103

을 찢기라도 하는 것처럼 고통스런 자세에서 옷이 벗겨져
나갔다.

여진은 아찔했다. 다급함에 이제 비명도 나오지 않는 상
황에서 몇 번이나 몸부림쳐 보았지만 소용 없었다. 오히려
맥만 더 빠져 나갈 뿐이었다.

"살려 주세요!"

마지막 몸부림으로 혼신의 힘을 다해 외쳤으나 그 외침
이 끝나기가 무섭게 얼굴을 한 방 얻어맞은 여진은 그만
실신하고 말았다.

여진으로서는 작년에 다섯 명에게 당한 후유증으로 자폐
증 환자처럼 말도 제대로 못하고 숨죽여 지내왔는데 또 이
렇게 당하다니 정신적으로나 육체적으로 만신창이가 되어
버렸다.

"그래 네가 충격 먹은 거 내가 치료해 주려고 한단 말이
야. 울지 말고 넌 내 치료를 받아야 돼."

풍요롭지도 않은 가슴과 매끄럽지도 않은 몸매, 그러나
군살 없는 허리와 가느다란 다리는 얼른 보아도 미소녀였
다.

여진은 수치심과 공포로 온몸을 떨다가 맥을 놓았다. 동
팔의 손이 여진의 몸을 마음대로 휘젓고 다녔다.

여진의 가슴이 답답하게 짓눌려 왔다. 여진은 떨리는 손
을 꽉 쥐었다. 눈을 치켜 뜨며 간질병 환자처럼 버둥댔다.
최후의 발악이었다. 수치심으로 얼굴이 화끈 달아올랐다.

그 수치심은 점점 커져 엄청난 적개심과 증오감으로 폭발 일보 직전이었다.

바로 그때, 방문이 열리면서 고함소리가 들려왔다.

여진이 아버지였다. 눈이 뒤집힌 여진의 아버지는 부엌에서 연탄 집게를 들고 들어와 동팔을 내리치려고 했다. 순간 동팔은 몸을 날려 여진 아버지가 들고 있던 연탄 집게를 빼앗았다. 그리고 세게 밀어 붙였다. 여진 아버지는 뒷걸음치다 방문에서 마당으로 나가 떨어졌다. '악' 하는 외마디 비명소리만 남긴 채 여진 아버지는 조용했다.

너무 짧은 시간에 일어난 일이었다.

그 사이 동팔은 옷을 고쳐 입고 여유있게 빠져 나갔다.

여진은 아버지가 너무 조용해서 이상히 여기고 맨발로 달려들었으나 그때는 이미 숨이 끊긴 뒤였다.

여진은 아버지를 흔들며 눈을 떠보라고 애원해 보았지만, 아버지는 머리에서 피를 흘리며 영원히 눈을 감고 말았다.

여진은 자신에게 너무 큰일이 닥친 것이라 실신해 버렸다. 얼마 후에 정신을 가다듬고 눈을 떠보니 주위가 어두웠다. 다시 정신을 가다듬고 아버지가 죽었음을 알고는 통곡을 했다. 갑자기 어머니 생각이 났다. 이럴 때 어머니라도 있었으면 했다.

갑자기 지난 해 다섯 명으로부터 강간당했을 때 들은 얘기가 떠올랐다. 그들 중 종빈에게 '느네 엄마가 쟤네 엄마랑 산다며' 하는 말이 기억났다.

여진은 책상을 뒤진 끝에 종빈네 전화 번호를 알아내어 어머니와 전화 연락이 닿았다. 그러나 여진 어머니는 냉정하게 나타나지도 않았다.

별 수 없이 여진은 아버지의 죽음을 경찰에다 신고했다. 그리고 사건 내막을 그대로 말했다. 그러나 잡혀 온 동팔은 여진네 집에 간 사실이 없다고 발뺌했다. 그러자 경찰은 여진에게 그 날 상황에 대해 증인을 대라고 했다. 여진은 할 말을 잃고 말았다.

여진의 아버지 시신은 부검을 해야 된다면서 병원으로 실려 갔다.

사망 소견은 갑작스런 충격에 의한 심장마비라는 어이없는 결론이었다. 분명 아버지는 머리에서 피를 흘렸는데도 말이다. 여진은 동팔네와 경찰이 짜고 사전 조작했다고 생각했다.

여진은 아버지 시신에서 머리를 다시 살폈다. 분명 뒷머리 부분이 깨져 있었다. 여진은 다시 경찰서로 달려가서 따졌다.

"저의 아버지는 박동팔 그 사람이 방안에서 마당으로 밀어 넘겨 넘어지면서 머리를 부딪쳐 깨졌는데, 왜 갑작스런 심장마비예요. 저와 같이 가서 보세요."

"머리가 깨졌는지 내가 어떻게 알아. 결과가 그렇게 나왔는데."

"전 너무 억울해요. 저의 아버지는 심장마비가 아니예요. 저의 아버지 깨진 머리를 보시고 다시 조사해 주세요."

"좋아, 네가 정히 재조사를 원한다면 해주지. 증인이 필요하니까 우선 대기하고 있어."

경찰서에서 대기하면서 밤 10시가 넘었다. 여진은 아버지 시신을 남겨 놓고 온 생각에 계속해서 울고만 있었다. 우선 걱정이 되어서 좀이 쑤셨다. 여진은 더 이상 있을 수가 없어 그냥 보내달라고 했으나 경찰은 조사가 끝나지 않았다는 이유로 보내 주지 않았다. 다음날 아침이 되었어도 마찬가지였다.

"난 보내주고 싶은데, 박동팔이라는 그 사람이 와야 조사를 할 거 아냐. 좀 더 기다려 봐."

여진은 초조해졌다. 그런 초조함으로 또 다시 저녁이 되었다. 그래도 여진을 보내주지 않았다. 여진은 배 고프고 피곤에 지쳐 울면서 경찰에게 제발 보내달라고 사정을 했다. 이윽고 경찰은 무슨 큰 사정이라도 봐 주는 것처럼 각서에다 지장을 찍고 가라는 것이었다. 여진은 돌아가고 싶은 마음에 아무 것도 쓰여 있지 않은 하얀 종이 위에다 엄지 손가락 지장을 찍고 경찰서에서 빠져 나왔다.

오후 6시경 이틀만에 집에 돌아왔다. 집 앞 골목에 사람들이 모여 있었다. 여진은 아버지의 죽음으로 해서 모인 것으로 생각했다.

동네 사람들 얘기가 여진네가 가난해서 아버지 시신을

동네 사람들과 협의하여 구청에서 무연고자로 처리해 화
장해 버렸다는 것이었다.

너무나도 황당했다. 여진은 또 한 번의 엄청난 충격으로
그 자리에 쓰러지고 말았다.

다시 깨어나서도 이미 재가 되어 버린 아버지의 허상을
의식하고는 자신이 직접 장례를 치루지 못한 것에 대해 경
찰을 원망하며 울었다. 해가 지고 밤이 와도, 밤이 새도록
무서움과 서러움, 억울함과 외로움으로 울었다.

슬픔에 못이겨 울음으로 보낸 지 5일 후였다.

여진은 아버지의 시신이 화장돼 버린 줄만 알았는데 그
시신이 대학병원에 실습용으로 팔려 갔다는 얘기가 들려
왔다.

여진은 그제서야 아버지의 시신을 몰래 팔아 넘기기 위
해 경찰서에서 고의로 30여 시간을 감금시켰다는 사실도
알게 되었다. 게다가 자신을 붙잡아 놓은 것도 동팔의 부
모가 동팔을 구속시키지 않으려고 경찰에게 엄청난 청탁
을 하고 모든 사실을 허위로 조작했다는 것도 알게 되었
다.

여진이 스스로가 한시라도 빨리 나오고 싶은 마음에 백
지 위에다 지장을 찍었던 것이 잘못 되었다. 그들은 그 백
지를 아버지 부검에 이의 없음과 시신을 대학병원에 실습
용으로 기증하고 박동팔이 용의자가 아니라는 내용의 각
서로 이용해서 모든 것을 조작해 두었던 것이다.

그러나 여진은 너무도 어리고 힘이 없어 어떻게 할 도리가 없었다. 눈으로 보고 훤히 알면서도 고스란히 당하고만 있었다.

여진은 실의에 빠졌고, 긴장감과 공포에 질려서 거의 미친 아이처럼 방구석에 쪼그리고 앉아 있는데 동팔이 찾아들었다. 여진은 동팔을 보자 벌벌 떨고 몸을 움츠리고 있었다.

"너 돈 없지? 우리 엄마가 이 돈으로 쌀 팔고 밥해 먹으래."

동팔은 문을 열고 하얀 봉투를 던져 넣었다.

"그딴 종이 조각 필요 없어요. 오빠들이 저를 계속 종이 조각으로 아는데 종이로 보지 마세요."

"캬! 너 무서워졌다. 아무리 무서워졌다고 해도 넌 종이여인에 불과해, 알아?"

여진은 계속해서 자신을 어떻게 하겠다는 뜻으로 알아들었다.

"종이여인? 종이여인이 얼마나 무서운지 꼭 보여 드릴게요. 그리고 어느 누구한테도 저를 종이여인이라고 말하지 말아요. 종이여인이라고 말하면 한 달 안에 오빠는 죽게 되니깐요."

여진은 어금니 사이에서 독이 새는 소리를 내며 눈을 치켜 떴다.

"너 완전히 돌았군. 그래도 넌 내 거야."

동팔은 돌아갔다. 여진은 생각조차 하기 싫은 동팔이 자꾸 찾아와 그 동네에서 떠나야겠다고 생각했다. 그보다 세상이 싫어졌다. 또 죽고 싶었다. 여진은 점점 여위어져 갔다.

그러던 또 어느 하루, 햄버거 식당으로 가는 길에 영근의 일당들에게 납치 당해 갔다. 영근의 빚으로 엉뚱하게 여진이 인신매매단에게 팔렸던 것인데 우여곡절 끝에 탈출하여 몇 개월 후 성남에 돌아왔다.

여진은 영근과 동팔이 찾아올까봐 일단 달나라 동네에서 나왔다. 그곳은 무섭고 더 이상 살 수가 없었다.

여진은 박동팔로 인해 아버지를 잃게 되었고, 세상에 홀로 남겨져 슬픔과 절망감에 몸부림쳐야 했다.

여진은 일가친척도 없었다. 그러니 갈 데도 없었다. 실의에 빠진 여진을 이웃 사람들이 챙겨 어머니한테 가게 되었다.

여진의 어머니 집은 한남동 외인단지 내에 있었다. 집도 엄청나게 컸고 또한 정원은 이루 말할 수 없이 넓었다. 무엇보다 동호대교와 한남대교가 내려다보이고 한강이 한눈에 들어오는 곳에 위치해 있었다.

그 집에 들어서는 순간 여진은 놀라지 않을 수 없었다. 기억 속에 아련히 자리해 있던 어머니가 서 있는 것이 아닌가. 여진은 순간 미움이 복받쳐 울음을 터트렸다.

여진은 일단 그 집에서 머물게 되었다. 아니 어머니에게 보복하고 말겠다는 생각으로 그 집에 들어갔는지도 모른다.

여진은 아버지의 죽음으로 인한 충격이 가시지 않은 상태라 말이 없었고. 거의 의식이 없는 정신 나간 나날을 보냈다. 그렇게 말 한 마디 없이 두 달 동안 골방에 처박혀 있었다.

여진은 방에 있으면서 이 집이 종빈네 집이 아닌가 싶었다. 여진은 계속해서 '느네 아버지 쟤네 엄마랑 같이 산다면서' 하던 말이 맴돌았기 때문이다. 물론 어머니는 종빈이 아버지와 바람나 자신의 아버지 땅을 사기해서 같이 살고 있다는 것도 잘 알고 있었다. 그렇지만 설마 하는 생각에 확인해 보고 싶었던 것이다.

가을 어느 일요일 오후였다. 추석을 앞두고 여진은 몸 단장하고 그 방에서 나왔다. 여진은 잔디가 깔린 마당에 나와 해부터 쳐다보았다. 눈이 부셨다. 부신 눈앞에 두 그림자가 다가오고 있었다. 그건 여진이 어머니와 그녀의 새 남편이었다.

바로 여진네 땅을 사기했던 종빈이 아버지가 그였다. 그리고 집 나갔던 어머니와 같이 살고 있는 것도 분명했다.

종빈 아버지와 여진이 어머니는 서로 내통해서 여진네의 땅을 통채로 차지해 부자가 되어 호화롭게 살고 있었다.

여진은 정신을 가다듬어 종빈을 찾는 말로 말문을 열었다. 종빈은 이 집에 없고 지금 군에 가 있었다. 여진은 문

밖으로 나가려 했으나 사람이 무서워 나가지 못했다. 그나
마 다행인 것은 종빈이 아버지가 잘해 주는 바람에 어느
정도 밝은 표정을 찾게 되었다. 그런 표정을 바라보고 좋
아하는 사람은 여진이 어머니였다.

그렇게 여진은 학창생활을 중지한 채로 18세의 나이가
흐르고 있었다.

18세 처녀는 빨갛게 달아올라 잘 알아보기 힘들 정도의
여인으로 변해져 있었다. 여대생처럼 변해 버린 여진은 외
모와 옷차림 등으로 볼 때 전의 소녀가 아니었다.

몇 개월이 지났을까. 여진에게 잘해 주던 의부가 이상하
게 느껴졌다. 그 남자의 끈끈하고 징그러운 시선이었다.
그 시선을 물리쳐야 하는 것이 고역이었다. 말로는 아버지
라고 부르라고 하지만 그의 눈빛은 그렇지가 않았다.

노태우 정권 말기에 그 남자는 엄청난 돈을 주고 시의원
을 샀다. 또 욕심이 생겨 돈을 도배하듯 깔고 뿌려서 국회
의원이란 자리까지 얻었다. 그는 국회의원이란 권력의 부
스러기로 엄청난 활개를 치고 다녔다. 그런 그가 여진이가
예쁘고 해서 자신의 국회의사당 사무실에 있어 줄 것을 요
구해 왔다. 그 말에 여진은 속으로 좋아했었다.

그러기로 결정짓던 바로 그 날 오후였다. 여진은 방에서
졸려 잠을 자고 있었다. 그런데 무겁게 자신을 내리누르는
무게감에 눈을 떴다. 자신의 몸 위에 의부가 올라타 옷을
벗기고 있었다. 여진은 순간 어머니에 대한 보복심리로 그

가 하는 대로 가만 내버려두었다. 그가 여진의 팬티까지 벗기고 마지막 작업을 시도할 무렵 여진의 머리 속에서는 종빈 등 5명의 남자들로 해서 가슴 아프게 박혀 있던 악몽이 되살아났다.

여진은 자신의 의도와 상관없이 필사적으로 반항을 했다. 그래도 그가 물러나지 않자 여진은 손에 잡히는 무언가를 들었다. 그리고 의부의 머리를 내려쳤다. 의부는 이마에 상처를 입고 병원에 실려 가게 되었다.

여진은 당장 쫓겨나게 생겼다. 아니 있는다고 하더라도 어머니나 의부가 용서를 하지 않을 것이었다. 여진은 무일푼으로 어디로 갈 것인가로 고민에 빠져 있었다. 그런 고민을 하고 있을 때 누가 찾아왔다.

여진은 사람을 접하고 싶지 않았지만 대문 밖에 추석선물을 가지고 왔다고 해서 대문을 열어주었다.

근엄하게 생긴 신사였고 그 뒤에 사과상자를 들고 있는 두 신사가 있었다.

"사모님을 닮은 것을 보니 따님이신가 보죠?"

"……."

그가 묻기에 여진은 얼떨결에 고개를 끄덕였다.

"의원님과 약속하고 왔는데요."

"지금 급한 일로 나가시고 안 계시는데요."

"아 그렇습니까. 차라리 잘 됐네. 추석 선물을 가지고 왔습니다. 의원님이 들어오시면 전해 주십시오."

여진은 아무 대답도 하지 않았는데 그들은 무턱대고 들어와 집안 거실에 사과 두 상자를 놓고 나가 버렸다.

'주식회사 은혜은행, 은행장 유승호' 라고 사과 상자 위에 명함이 붙여져 있었다.

여진은 사과상자를 보자 사과가 먹고 싶었다. 사과상자를 여는 순간 여진은 놀라 뒤로 물러서고 말았다.

상자 안에는 있어야 할 사과가 아니라 돈이 다발로 묶인 채 차곡차곡 쌓여져 있었다 그것도 신권으로 두 상자였다.

여진은 마음이 바빠지기 시작했다. 이런 눈 먼 돈은 자신이 차지해도 괜찮다는 생각을 해 보았다. 그리고 절호의 기회가 온 것이라고 판단했다. 이 돈을 가지고 이 집에서 나가기로 작정했다. 그런데 이 큰돈을 어떻게 운반할 것이고, 이 돈을 어디다 보관할 것인가 생각하다가 의부가 들어오기 전에 일단 이 돈을 가지고 나서기로 했다. 그런 결정을 내리자 온몸이 마구 떨려왔다.

여진은 택시를 불렀다. 그리고 돈 상자를 대문 앞에다 옮겨 택시가 오기를 기다렸다.

이 돈을 일단 지하철 보관함 같은 곳에 넣어 두기로 했다. 그보다 앞으로 이 돈으로 혼자 살아가는 데 어려움이나 고생은 면할 생각을 하니 흐뭇했다. 그러면서도 누구에게 들킬까봐 두려웠다.

마침 택시가 들어오고 있었다. 여진은 한숨을 내뱉고 가슴을 진정시켰다. 택시가 멈추자 여진은 택시 문을 열고 돈 상자를 안으로 밀어 넣었다. 그리고 나머지 한 상자도 안에다 실었다. 바로 그때였다.

병원에 갔던 의부가 돌아와 차에서 어머니와 내렸다. 대문 앞에 서 있는 택시를 발견하고 의부와 어머니가 다가오고 있었다.

"여진아, 너 아버지를 그렇게 해 놓고 어딜 가?"

어머니가 다가서며 말했다.

"안 가 그냥 잠깐."

"괜찮아. 그리고 걱정 안 해도 되니까 안으로 들어가자."

여진은 택시를 타려고 안간힘을 쓰고 있을 때, 의부가 그 택시를 그냥 보내고 말았다.

"택시! 돈 돈! 난 이제 몰라."

여진은 소리쳐 보지만 택시는 이미 떠난 후였다.

"돈이라니 무슨 돈이야?"

"이제 난 몰라. 다 엄마 때문이야."

여진이 울고 있을 때 의부가 다가왔다.

"내가 미안했다."

"택시는 내 허락도 없이 왜 보내. 나쁜 놈, 너도 인간이야? 개자식."

"뭐야 이런 어디서 굴러먹다 들어와서 나한테 덤벼! 당장 내 집에서 나가!"

"그렇잖아도 나가려던 참이었어요. 하지만 나가기 전에 한 마디만 더 하고 가겠어요. 내가 이렇게 된 건, 당신이

복수를 위한 살생

우리 엄마와 우리 땅을 몽땅 앗아갔기 때문이에요. 그걸
당신께 복수를 못하고 간다는 게 억울할 뿐이네요. 언제고
복수할 날이 있을 거예요. 그 날까지 은행장이나 회장들한
테 뇌물이나 받아먹고 잘 사세요."

여진은 그 집에서 쫓겨나고 말았다.

여진은 쫓겨나자 당장 오고 갈 곳도 없는 신세가 되고 말
았다. 성남에 다시 들어왔다. 아는 곳이 성남이라고 성남
에 들어왔지만 갈 곳이 없어 발길은 중동 창녀촌으로 향했
다.

여진은 돈이 필요하면 목말라 하는 억센 사내들에게 촉
촉한 물을 주기만 하면 되는 줄 알았다. 그렇게 힘들지 않
고 돈 있는 사내 하나만 유혹하면 생각지도 않은 돈이 두
손 안에 들어 올 것이라는 생각을 하고 발을 들여놓았다.
그런 생각만 해도 가슴이 꽉 찬 듯한 버거움이었다.

그러나 생각보다 엉뚱했다. 옷을 벗고 남자를 받아들일
라치며 그때마다 강간했던 5명의 악몽으로 인해 사고를 내
고 말았다. 결국 그곳에서도 쫓겨나고 말았다.

다시 단란주점에 들어가 접대부로 있었다. 그런데 남자
들은 꼭 2차로 여관에 연결이 되어 있었다. 남자와 여관까
지 들어가는 데는 성공했지만 옷을 벗고 알몸으로 남자와
엉기기만 하면, 다시 또 5명의 그 악몽이 되살아나 간질병
환자처럼 발작해 버렸다. 그러는 바람에 결국 그런 곳에도

있지 못했다.

여진의 순탄치 못한 행로는 또 다시 길바닥에 내던져진 신세가 되고 말았다. 그래서 죽기 위해 수면제도 먹어봤고, 손목에 칼을 대어 동맥을 끊기도 했지만 모진 목숨은 그것마저 허락치 않았다.

여진은 죽음에서 비켜난 후로 더욱 이를 악물게 되었다. 더 험한 세상이 올 테면 와보라는 식으로 마음을 고쳐 먹게 되었다. 그 악몽과도 같은 수렁에 빠트렸던 다섯 남자들을 꼭 찾아서 기필코 파렴치한 행동에 대한 응징을 가해야겠다는 다짐을 품게 되었다.

그런 다짐을 하게 되자 여진의 마음은 한결 편해졌고, 또한 성에 대한 콤플렉스도 자연스럽게 없어졌다.

여진은 점점 강해져 갔고 치열함을 갖고 세상과 부딪쳤다. 그러면서 그녀는 조금씩 세상에 익숙해져 나갔다. 공장을 다니는가 하면 커피 휴게실의 아르바이트나 서점의 점원에 이르기까지 닥치는 대로 일을 하며 생활비를 벌었다. 시간이 있으면 태권도장과 수영장을 다니면서 강인한 체력도 다졌다.

휴일이면 여진은 강원도 깊은 산골에 들어가 닭을 사서 칼로 목을 치고 솟구치는 그 피를 빨아 먹었다. 토끼를 사서 살아 있는 채로 가죽을 벗겨내는 방법으로 담력도 키웠다. 어느 정도의 담력이 생겨날 성 싶었다 하면 염소 몇 마리를 사서 비수로 심장을 찔러 죽이기도 했다. 그렇게 몇 달을 보내게 되자 여진은 여자가 아닌 살의로 똘똘 뭉친 무서운 사람으로 변해 버렸다.

여진은 무슨 무술 영화에 나오는 주인공처럼 복수를 위해 무술을 연마하는 여자 같았다.

어느 휴일에 돼지를 샀다. 그 돼지를 산길에 걸어가게 하고 자동차로 치어 죽게 하는 연습도 했다. 몇 개월 더 연습하고 싶었지만 산골 동네 사람들이 이유없이 살생하는 걸 보고 정신병자로 취급하는 바람에 그 곳에서 철수하고 말았다.

그 정도의 강한 체력과 살생에 관한 담력을 길렀음인지 많은 사람들과 접촉을 하면서 어느 정도 마음의 병도 조금씩 치유되어 갔다.


여진은 긴 잠에서 깨어나듯 감았던 눈을 떴다. 마음을 포로 떠내어 소금을 끼얹는 듯한 아픔이 전해져 왔다. 인고의 한계를 훨씬 넘어선 소리없는 비명이었다. 산 채로 겪는 초열지옥의 고문과도 같았다. 심한 갈증을 느꼈다.

갑자기 준하의 얼굴을 떠올렸다. 생각 말자 했지만 마음은 한없이 아파 오면서 사무친 그리움에 목말랐다. 준하는 서점에서 아르바이트하면서 알게 된 멋진 남자였다. 서로 사랑하는 사이로 결혼까지 약속한 사이였다.

생각해 보면 준하와 연애하던 6개월 동안은 잊지 못할 꿈같은 나날들이었다. 여진은 준하를 만나면서 이 세상이

결코 더러운 악으로만 뒤덮인 곳이 아니라는 사실을 깨닫게 되었다. 그를 생각만 해도 가슴이 벅차 올랐다. 준하를 바라보고 있을 때는 뿌듯한 행복감이 한없이 밀려들었다.

둘 사이는 누가 보더라도 부러울 만큼 진전이 됐었고, 급기야 준하는 여진에게 결혼을 약속했다. 그 역시 여진은 가족이 없다는 것과 자라 온 환경이 순탄치 않았음을 알고 있었지만 둘의 진득한 사랑으로 그런 건 문제 삼지 않았다.

준하와의 꿈같던 사랑은 약혼여행을 강릉 경포대로 떠났었는데 그만 그곳에서 돌발사태가 벌어져 결혼 약속도 그만 깨져 버리게 되었다.

여진은 다시는 떠올리고 싶지 않은 상처를 헤집기 싫은 듯 고개를 옆으로 흔들었다. 이제는 멀리 떠나가 버린 사람. 여진은 준하를 생각하지 않으려고 노력했지만 그와의 추억은 아픈 상처가 되어 고통스럽게 후벼파곤 했다.

여진은 준하와의 상념에서 벗어나기라도 하듯 몸을 일으켰다. 이렇게 한가롭게 감상에만 젖어 있을 때가 아니라는 사실을 인지하고는 간단하게 세수를 하고 화장을 하고 옷을 입었다.

시간이 흐르기 전에 다시 일을 해야 한다는 생각을 했다.

여진은 그 순간 한 남자의 이름을 떠올리고 있었다. 급기야 그녀는 입술을 움직이며 낮은 어투로 음울하게 중얼거렸다.

복수를 위한 살생

119

"아빠를 죽인 살인마 박, 동, 팔."

여진의 이빨 사이로 나오는 혼잣말을 한 음절씩 한 음절씩 씹어 뱉었다. 그리고 여진의 입술에서 기괴한 웃음이 배어 나왔다. 곧 쓰디쓴 웃음으로 변해서 독기를 품은 눈빛을 번뜩였다. 그리고 여진은 여행 준비를 서둘렀다.

# 5. 여행지에서

해수욕장은 주옥같이 맑고 깨끗했다. 창파와 백사장을 병풍처럼 감싸고 있는 낙락장송 해송림이 둘러져 있어 경관이 뛰어났다. 무엇보다 반짝이는 은모래가 생기를 더해주는 빛나는 은빛 백사장이 있어 좋았다.

강릉 경포대 해수욕장은 사장거리 6km에 달하는 동해안 제일의 해수욕장이다.

빛나는 은빛 사장 위에 여름의 열기를 식히려는 피서객들로 궂은 여름날 생선에 붙은 구더기처럼 바글바글댔다. 피서객들은 가족끼리 오거나 친구들 혹은 연인끼리 쌍쌍이 찾아서 얼마 남지 않은 여름의 끄트머리를 잡으려는 듯 바둥바둥거리며 물놀이를 즐기고 있었다.

그러나 바다 먼 해상에서 태풍이 몰려온다는 기상예보에 경포대 바닷가는 얼마 전보다는 많은 사람들이 빠져 나간 뒤였다.

동팔은 수영복 차림으로 모래 위에 엉덩이를 붙이고 앉아서는 물놀이를 하려고 모여든 인파들에게 눈길을 주고

있었다.

먼저 눈에 들어오는 건 비키니를 입은 늘씬한 여인들이었다. 여체에 곡선을 이룬 아름다운 여인들이 아슬아슬한 몸매를 드러내면서 백사장을 걷는 모습이나 물살을 헤쳐 나가는 모습은 그의 얼굴에 은밀한 웃음을 자아내게 했다.

동팔은 아들의 유치원 방학을 맞아 강릉 경포대에 오긴 했지만 오길 참 잘 했다고 생각했다. 유치원생인 아들 진수가 바다에 가자는 성화에 견디다 못해 중학교에 다니는 조카인 인수와 함께 바닷가를 찾은 것이다.

얕은 바닷가에서 튜브를 타고 인수와 놀고 있는 진수를 바라보면서 흐뭇한 표정을 짓고 있었다. 동팔은 모래밭에 벌렁 누워 피부를 그을리고 있었다. 간간이 아리따운 젊은 여자들이 옆으로 지나가면 눈길을 돌려서 눈요기를 즐겼다.

동팔은 반할 만한 한 여인을 발견했다. 누웠던 몸을 오뚝이처럼 일으켜서 눈을 크게 뜨고 있었다. 바로 눈 앞에서 구릿빛 피부를 자랑하며 태양 아래 시원스런 몸매를 뽐내고 있는 여인을 발견했던 것이다.

수영복 사이로 터질 듯이 탱탱한 가슴과 동그란 엉덩이가 동팔의 시선을 어지럽혔다. 저런 여인들과 화끈한 연애 한 번 해봤으면 하는 치한의 생각이 절로 들었다.

또한 옆에는 부부로 보이는 사람들이 서로 오일을 발라 주며 다정하게 얘기를 나누고 있는 모습도 보였다. 문득 동팔은 이혼한 아내 생각이 났다.

아내와는 작년에 갈라섰다. 아내는 다른 남자가 있었다. 동팔은 그 남자와 정리하라고 했다. 아내는 친구 사이라고 했다.

그런데 아내는 그 남자를 보고 오빠라고 불렀다. 그 정도도 동팔은 이해를 했다. 몇 달 후 아내가 친구라고 하는 그 남자와 정사 나누는 걸 덮쳐서 간통으로 고소했다. 그 바람에 이혼하게 되었다.

동팔은 간간이 아내의 생각을 하곤 했으나 이젠 돌이킬 수 없는 일이라고 체념했다. 그보다는 아들 진수가 엄마 타령을 하고 있어서 어디서 참한 여자를 만나면 새 출발을 하리라고 마음을 다지던 중이었다.

바닷가에 모인 천태만상 인파들의 모습을 보고 있던 동팔은 핸드폰이 울리는 소리에 핸드폰을 꺼내들어 귀에 갖다대었다. 영근이었다. 그는 동팔에게 피서 재미 어떠냐고 물어왔고, 동팔은 그런 대로 기분전환하기 좋다고 답했다.

"별 일은 없고?"

영근이 동팔에게 물었고, 동팔은 내리쬐는 햇볕에 얼굴을 조금 찡그리면서 말했다.

"별 일은 무슨, 그냥 바다 구경하다 가는 거지."

"왠지 네가 바닷가에 있는 것이 불안하다는 마음이 들어서 전화를 했다."

"너 배 아프냐?"

"아니야 임마. 너 암튼 물조심과 여자 조심해라."

그들은 서울에서 만나자며 동팔은 영근과 인사말을 나누고 전화를 끊었다.

동팔은 경호와 종빈의 죽음 이후에 침체돼 있는 친구들의 기분을 십분 이해하고도 남았다. 그들의 죽음에 대해 어딘가 찜찜한 구석이 있다는 걸 어렴풋이 느끼고 있었지만, 아마도 운이 나빠서 죽음을 맞은 거라고 동팔은 그렇게 여기고 있었다.

하늘 저쪽에서 햇살을 삼키며 조금씩 구름이 몰려들었다. 바람도 좀 전보다 점점 서늘하게 다가들고 파도도 높아지고 있었다. 동팔은 백사장을 달구던 열기가 서늘한 바람에 밀려 수그러드는 선선함을 맛봄과 동시에 서서히 잠에 빠져 들었다.

얼마나 시간이 흘렀는지 모른다. 동팔은 주위가 어수선한 기운에 눈을 떴고 눈을 뜨자 하늘에서 비를 조금씩 뿌리고 있었다. 주위를 둘러보니 해변에 인파는 눈에 띄게 줄어들어 있었다. 띄엄띄엄 자리를 걷는 사람들이 간간이 보일 정도였다.

동팔은 문득 물조심하라는 영근의 말에 기분이 좋지 않다는 느낌과 함께 아들을 찾았다. 한참을 둘러봐도 아들은 보이지 않았다.

다급해진 그는 여기저기 둘러보고 있는데 조카가 하얗게 질린 얼굴로 부리나케 뛰어오는 것이었다.

동팔은 아무래도 뭔가가 크게 잘못됐다는 느낌이 뇌리를 스쳐 지났다.

조카 인수는 동팔에게 가까이 다가오면서 손으로 바다 쪽으로 가리키며 다급하게 소리쳤다.

"진수가, 진수가 물에 빠져 안 보여요!"

"뭐? 진수가 물에 빠져?"

동팔은 허둥지둥 서둘러 바닷물로 뛰어 들어갔다. 그리고 여기저기 둘러보며 큰 소리로 아들의 이름을 불렀다. 조카는 잔뜩 겁에 질린 얼굴로 손으로 바다 저쪽을 가리키며 울먹였다.

"튜브 타고 노는데 집채만한 파도가 밀려와서 진수를 덮치는 바람에, 튜브는 보이는데 진수가 보이질 않는 거예요."

동팔은 모래톱에 밀려온 진수의 튜브로 눈길을 주었다가는 다시 바다 속으로 헤엄쳐 들어갔다. 하늘에서는 이미 굵어진 빗줄기가 쏟아지는 바람에 모래사장에는 사람들이 거의 철수하고 없었다.

그는 점점 사나워지는 파도를 헤치고 버둥거렸다. 진수마저 잃는다면……. 동팔은 당장 눈앞이 깜깜해져 오는 것 같았다. 아내와 이혼할 때 아들에 대한 양육권을 놓고 치열하게 싸웠던 기억과 동시에 마음 한편으로는 아들이 잘못 될 경우에 대한 불안감이 섬칫하게 다가들었다. 하나뿐인 아들도 제대로 돌보지 못한 자신에 대한 책망에 또 책망만 할 뿐이었다.

동팔은 '진수야!' 하고 외치면서 세찬 물결을 손으로 휘젓고 다녔다. 진수마저 잃는다면 그의 인생도 끝이라는 생각과 늙으신 부모님 얼굴을 대할 면목도 없다는 생각도 언뜻 스쳤다.

동팔은 두리번거리며 성난 파도 속을 헤매는데 저쪽에서 누군가가 어린 남자 아이를 안고 헤엄쳐 오는 모습이 보였다. 동팔은 그쪽을 바라보고 있었다.

혹시 아들이 아닌가 싶었던 것인데, 한 아가씨가 아이를 안고 헤엄쳐 오고 있었다. 아가씨가 안은 아이는 분명 아들이었다. 동팔은 아들임을 확인하고 아들을 구했다는 반가운 마음에 얼른 그쪽으로 다가가 아이를 받아 안고 모래밭으로 나왔다.

인공호흡으로 기도에 막힌 물을 빼내자 그의 아들은 눈을 떴다. 그리고 울었다. 놀랜 아들은 의식을 찾아 아버지를 찾자, 동팔은 그제서야 아들을 살렸다고 안도의 한숨을 쉬었다. 그리고 아들을 구한 아가씨에게 감사의 표시를 했다.

바로 그 아가씨는 여진이었다. 동팔은 여진임을 모른 채 고마움에 어쩔 줄 몰라 했다. 여진은 짙은 선글라스를 끼고 있었다. 혹시 알아보지 않을까 해서 검은 안경을 끼고 있었다.

"아이구, 정말 이 은혜를 어떻게 갚아야 할지, 정말 감사

합니다."

여진은 동팔의 아들을 안고 헤엄친 탓에 몹시도 힘들었던지 거칠게 숨을 몰아쉬고 있었다.

"조금만 늦었어도 큰일 날 뻔했어요."

여진은 동팔에게 환하게 웃어 보였다.

"아빠, 나 추워."

동팔의 아들이 오들오들 떨며 말하자, 그는 아들을 번쩍 안아들었다. 그리고 동팔은 여진에게 말했다.

"저, 성함과 연락처를 알려주시면 제가……."

"그럴 필요까진 없어요. 아드님이 춥다고 하니까 얼른 안으로 데리고 들어가세요."

동팔은 여진에게 고맙다는 말을 몇 번 더 하고는 아들을 안고 콘도로 향했다.

여진은 그들이 사라진 것을 확인하고 선글라스를 벗었다. 덤덤한 눈빛으로 저 멀리 수평선 쪽을 바라보았다. 공중에 갈매기가 춤을 추고 있었다. 굽은 마음처럼 물결이 흔들렸다. 밀려오는 파도는 마른 가슴을 흠뻑 적셔 주는 것 같았다.

불어오는 바닷바람은 여진의 머릿결을 흩날렸다. 하늘을 바라보았다. 하늘에서는 이미 거침없는 빗줄기가 쏟아져 내렸고 바람 줄기가 여름과는 어울리지 않는 스산한 기운을 달고 여진에게 달려들었다.

여진은 다시 선글라스를 쓰고 의연한 미소를 지으며 백

사장을 걸었다. 이 순간부터 그녀의 이름은 여진이 아닌 미경이라는 걸 생각했다.

오늘만은 야해져 본다. 뜨거운 태양 빛 아래 검게 그을린 부부들, 푸른 해변을 울긋불긋하게 물들이는 계절이라고 하지 않았던가. 여진에게 정열의 여름이란 이름으로 또 하나 빼놓을 수 없는 패션 아이템은 유난히 야한 수영복이었다. 물론 해변가를 압도하고 있었다.

콘도로 돌아온 동팔은 아들에게 우선 따뜻한 물로 목욕을 시키고 먹을 것을 챙겨줬다. 그리고 조카와 함께 쉬라며 침대에다 재웠다.

그는 거실에 앉아 차를 마셨다. 그 아가씨와 있었던 일들이 그의 망막에 스치며 빠르게 되살아났다. 하마터면 아들을 잃을 뻔한 사건에 그만 정신이 까마득해지는 아찔함을 느꼈다. 그 아가씨가 아니었더라면 분명 아들은 죽었을 것이다.

경황 중이었지만 그 아가씨는 야한 비키니 수영복을 입고 있었는데 언뜻 보기에도 몸매가 너무 근사하게 잘 빠진 아가씨였다는 생각이 그의 뇌리를 스쳤다. 무엇보다 미끈한 목덜미와 도톰하게 튀어 오른 앞가슴, 그리고 완만하게 흘러 내려간 엉덩이의 곡선이 동팔의 눈앞에 삼삼하게 그려져 있었다.

그는 아내와 이혼한 후로 물론 다른 여자와의 접촉이 전혀 없었던 것은 아니었다. 그러나 나름대로 문란하지 않으려 노력을 했기에 늘 여자의 품이 그리운 건 사실이었다.

동팔은 베란다 앞에 서서 바다 쪽을 내려다보았다. 비는 그쳤지만 아직 바람은 여전히 남아 있는 듯했다. 동팔은 이번 바닷가에서 근사한 기억 하나를 만들어 가야겠다는 기대를 하고 있었다. 바로 이전에 만났던 여자가 그 기대를 채워 줄 수도 있을 것 같은 예감이 들었다.

어두워지고 있었다. 창밖으로 내려다보이는 밤 풍경은 포장마차 불빛들의 행렬로 바닷가에 그럴 듯한 불기둥을 만들어 내고 있었다. 마치 외국에 온 듯한 이국적인 풍취마저 들었다. 모래사장에는 드문드문 사람들의 왕래도 있어 보였다.

동팔은 안에 있기가 답답하다는 생각을 하고는 옷장을 열고 위에 남방을 걸쳤다. 그리고 방을 나섰다.

바닷가로 나온 동팔은 하릴없이 여기저기를 쏘다녔다. 쌍쌍이 다니는 아베크족들을 보면 그들의 사랑이 부럽게도 여겨졌다. 그들은 모래사장에 누워 진한 키스신을 연출하거나 서로 부둥켜안는 등 야한 포즈를 취하기도 했다. 그래서 젊은 남녀들은 이런 바닷가에서 추억을 만들고자 하는 것이 아니던가.

또 10대들은 성 접촉으로 첫경험이니 첫사랑이니 하며 들뜬 기분에 신중하게 처신을 하지 못하여 인생을 후회하거나 망가지는 것이라고 생각했다. 그래서 남녀들은 누구나 이런 바닷가의 분위기에 약해지는 것이 아닌가를 생각하며 걸었다.

멋진 솔밭으로 조화를 이뤄 경관에 반할 만도 하지만 그 여인을 그리며 그의 발걸음은 저절로 잦아지게 했다. 그는 바다의 소리를 들으면서 백사장을 거닐었다. 육지를 뒤덮을 듯이 추켜세워 밀려왔던 파도가 해변에 깔려 다시 돌아갈 때 하얀 포말을 굴리는 소리가 온갖 시름을 쓸어 가는 듯했다.

그 여인이 거기에 있어야 제 구색을 갖출 수가 있다는 생각이 들었다. 자연의 하나가 된 그곳의 풍정이 한결 아름답고 남겨둔 대화의 끄트머리를 이어 갈려고 발걸음을 또 재촉하는 것이 아닌가 싶었다.

그 여인을 만나 장난질을 하는 갈매기의 이야기, 바깥 세상 보러 유랑 나왔다가 뿌르르 달아나는 게 이야기, 바위에 붙었다가 퐁퐁 바다 속으로 떨어지는 고동 이야기, 세상살이만큼이나 다양한 해변의 이야기는 끝이 없을 것 같았다.

그 여인과 대화를 통하여 인간의 정신세계가 사람이 살아가는 데 있어 제 맛을 챙겨주는 공간이라는 것을 조금씩 실감하게 될 것이라고 생각했다.

그러나 자신에게는 모두가 허상이라고 생각하며 주머니에서 담배 한 개비를 꺼내서 입에 물고 라이터로 불을 당겼다. 그리고 발목이 푹푹 빠지는 백사장을 걸었다. 그렇게 걷는데 바로 앞에 반할 만한 여인이 바다바람에 머리카락을 날리며 앉아 있었다.

아마도 밤바다를 즐기러 나온 여인이려니 하고 지나치려 했다. 아무래도 동팔은 그 여자가 너무 아름다워 여인의 얼굴을 들여다보고는 놀라지 않을 수 없었다. 그 여인은 바로 자신의 아들을 구해 준 그 아가씨였다.

"저, 절 기억하시죠? 아까 우리 애 구해 주셨지 않았습니까?"

여진은 고개를 치켜들고 동팔을 빤히 쳐다 보았다. 여진은 밤인데도 선글라스를 끼고 있었다. 동팔의 생각은 아가씨가 선글라스를 무척 애용하는 취미를 가진 여자라고 짐작했다.

"누구…… 아, 아까 그 분이신가요?"

여진은 이내 동팔을 알아봤다. 동팔은 아가씨와 헤어져 괜스레 마음 한 구석이 허전했는데 여기서 이렇게 마주치다니 너무도 반가운 마음이 들었다.

동팔은 여진 옆에 나란히 앉았다. 서늘한 바닷바람이 불어와 두 남녀의 머리카락을 흐트려 놓았다. 동팔은 바람에 머리카락이 휘날리는 게 자꾸 신경이 쓰였다. 그의 머리카락은 하루가 다르게 빠져가던 차라 아리따운 아가씨에게 자신의 머리숱이 적다는 걸 확인시켜 주기는 싫었다.

"춥지 않으세요? 아까부터 날씨가 선선하던데."

동팔은 은근한 말을 걸었다.

"춥긴요, 오히려 시원한데요."

여진은 아무렇지 않다는 듯이 말했다. 바람결에 묻혀 여진에게서 은은한 향이 흘렀다.

"아가씨의 향기가 좋습니다. 그 향기를 오래도록 즐기고 싶습니다. 그런데 무슨 향수입니까."

"새샘 넘버 3예요."

"아, 그런 향수도 있습니까. 아참 새샘이라고 했나요?"

"네, 새샘 넘버 3."

"새샘하면 친구들의 모임 이름이 새샘입니다. 그러고 보니 우린 인연 같은 것이 있나 봅니다.

"같은 새샘이라니, 반갑네요. 그런데 그 쪽 모임은 회원이 몇 명이나 되나요."

"다 죽고 세 명밖에 없습니다."

여진은 힘없는 동팔의 말을 듣고는 쿡쿡 하고 웃었다.

"아참 미안해요. 새샘 회원이 3명이라고 해서 웃음이 나오네요. 회원이 3명이라면 회장 총무 감사를 셋이서 다 하잖아요."

여진은 또 쿡쿡 하고 웃었다.

동팔은 웃는 여진의 하얀 목덜미와 두드러지게 탱탱한 가슴을 힐끗거렸다. 여름의 바닷가에서 빼어난 몸매의 여자와 어깨를 나란히 하고 앉아 있으려니 가슴이 한없이 설레여 왔다.

"그렇죠. 내가 생각해도 우습네요. 하지만 본래 5명이었는데, 얼마 전 비명에 2명의 친구를 잃었습니다."

"미안해요. 전 그런 줄도 모르고."

"아닙니다. 사실 아까 낮에, 아가씨가 아니었다면 우리 아이 큰일 날 뻔했잖습니까?"

동팔은 다시 한 번 그녀에게 감사의 표시를 했다.

"제가 아니었어도 다른 사람이 구해줬을 거예요."

동팔은 얼른 손을 내저으며 흥분된 어조로 말했다.

"아닙니다. 아가씨 아니었으면 큰일 날 뻔했습니다. 정말 이 은혜는 잊지 않겠습니다. 근데 성함이?"

동팔은 궁금한 어투로 물어 보자 여진은 쑥스러운 듯 하얀 이를 드러내고 웃었다.

"저는 조미경이라고 해요."

여진은 당연히 가명을 댔다.

"전 박동팔이라고 합니다. 이름이 참 이쁘십니다."

"이쁘긴요, 그냥 평범하죠."

동팔과 여진은 서로 얼굴을 마주 보고 환하게 웃었다. 동팔은 자기 옆에 앉은 아름다운 여인과 모종의 인연이 맺어졌으면 하는 바램을 내심 갖고 있었다. 그는 여진의 얼굴을 자세히 보고 싶었다. 그러나 선글라스에 가려져서 눈이 어떤 눈이지 궁금했다.

"선글라스를 벗으면 더 미인일 것 같은데요."

여진은 섬뜩했다. 검은 색안경을 벗으면 자신을 알아 볼까봐 불안하기도 했다.

"그럴까요?"

여진은 망설였다. 그러나 언제까지 이렇게 쓰고만 있을
수가 없어 선글라스를 벗었다. 그 속에 자리한 두 눈은 크
고도 서늘한 느낌을 줄 만큼 선연한 아름다움으로 빛나고
있었다.

"벗으니까 훨씬 나은데요."

다행히 알아보지 못했다. 여진은 안도하면서 웃음으로
흘려보냈다.

"호호, 그래요?"

동팔과 여진은 차츰 친밀감이 생겨지고 있었다. 동팔은
이번 바닷가에 오길 정말 잘 했다는 생각을 또 해보았다.
친구들의 연이은 죽음으로 피서를 하지 말까 망설였는데,
그 생각이 어리석은 것 같았다.

죽은 사람은 죽음으로 끝이고 산 사람은 즐겁게 살아야
했다. 그들의 불행을 나 몰라라 하는 건 아니었다. 하지만
지금 이 순간만큼은 아름다운 여인에게 충실하고 싶었다.
또 원체 동팔의 성격이 그리 진지하거나 심각한 문제에 골
몰하는 걸 싫어했다.

그저 내키는 대로 행동하고 얘기하는 걸 좋아했으며 또
모름지기 남자들이란 다 그래야 한다는 게 그의 지론이었
다. 지금은 동팔 자신의 행복을 찾기 위해 노력을 기울여
야 한다고 마음 먹고 있었다.

좀 전까지만 해도 하늘에 머물던 구름이 저만치 물러나
면서 바람도 한결 잠잠해졌다. 밤이 깊어짐에 따라 모래밭

을 거니는 사람들은 줄었지만 저 멀리서 기타 치며 노래 부르는 한 무리의 젊은이들로 분위기는 낭만적으로 무르익어 갔다.

동팔은 자못 기분이 좋아졌다. 매혹적인 여자와 도란도란 애기꽃을 피우기엔 너무도 그럴 듯한 밤이었다.

여진은 답답하다고 느꼈던지 위에 걸쳤던 티셔츠를 벗었다. 그 안에는 짧은 배꼽티를 입고 있었는데 어둠 속이긴 해도 하얗게 익은 목덜미와 움푹 파인 배꼽이 무척 예뻐 보였다.

아니 섹시함에 더 반하고 있었다면 솔직한 표현일 것이다. 또한 여진은 다리가 저렸는지 동팔이 쪽으로 두 다리도 쭉 뻗어 내렸다. 동팔은 늘씬한 그녀의 각선미에 순간 숨을 들이키며 아찔함에 빠져들었다.

"수영 잘 하시죠?"

"수영요? 잘은 못 하고 조금 하는 정돕니다."

"그럼 우리 같이 수영할래요?"

여진은 동팔에게 싱그러운 미소를 던지며 말했다.

"이 밤에 말입니까?"

"뭐 어때서요? 진짜 수영은 밤에 해야 제멋이라는 거 몰라요? 특히나 오늘같이 어둡고 침침한 밤이라면 기분 끝내주죠."

"아, 그렇습니까?"

"어서요. 기분 좋아질 걸요."

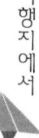

여행지에서

135

동팔은 여진이 좋다는 데에 망설일 필요는 없었다. 동팔은 남방을 훌렁 벗어 던지고 반바지를 입은 차림으로 바다로 뛰어 들었다. 여진도 역시 배꼽티와 핫팬티 차림으로 바다로 뛰어 들어갔다. 주변에는 인적이 드물었기 때문에 두 남녀가 바다로 뛰어드는 광경을 눈여겨보는 사람은 없었다.

"에구, 차가워라."

순간에 젖어드는 바닷물로 인해 동팔은 양어깨를 손으로 감싸 안았다. 그러나 기분은 그리 나쁘지 않았다. 여진은 까르륵거리며 동팔에게 물을 끼얹어댔다. 동팔도 질세라 그녀에게 물세례를 퍼부었다. 그 와중에 여진은 미끈거리는 몸과 스치며 부딪쳤는데 동팔은 전신의 감각이 일어서는 듯한 혼미함에 몸을 떨었다.

여진도 인어처럼 헤엄쳐 나갔다. 그녀와 어깨를 나란히 하고 헤엄을 치는데 문득문득 스치는 그녀의 봉긋한 가슴과 매끄러운 피부에서 동팔은 한동안 잊고 지냈던 여자에의 강렬한 욕정이 불처럼 솟구쳐 오름을 느꼈다. 여진도 헤엄을 치느라 힘들었는지 간간이 거친 숨을 몰아쉬고 있었다.

그렇게 밤늦게까지 물놀이를 하다가 헤어졌다.

동팔에겐 또 다른 시간이 가까이 다가서고 있었다. 인간의 정신세계가 얼마나 넓고 거대하고 아름다운가를 깨닫는 속에 그 여인에 대한 향긋한 정을 음미하며 섞여 들기 시작했던 것이다. 포근하게 보듬어 주는 자연과 더불어 말을 이해할 수 있는 사람과 함께 시간을 갖는다는 것은 참으로 행복한 일이 아닐 수 없었다. 시간이 흐름에 따라 정체가 오묘한 것이 마음 한쪽에 슬그머니 자리잡아 가는 것을 어찌하겠으랴. 초승달처럼 가늘게 그리고 알 듯 말 듯 한 연정이 서려드는 동팔의 마음에는 그녀에 대한 정이 어슴푸레 고여들었다.

밤은 평화스럽게 통과하고 여름의 새 날이 밝아왔다. 동팔은 아직도 콘도 방에 누워서 몸 구석구석에 남아 있는 아름다운 여인의 잔상을 떠올리고 있었다. 조카와 아들은 콘도 내에 설치돼 있는 놀이 시설에 간다고 나갔고, 20평짜리 콘도 안에 혼자 남아 지난 밤늦게까지 아름다운 여인과 수영했던 기억을 되살렸다.

그리고 흐뭇했다. 물이 차갑긴 했지만 순간순간 그녀의 몸과 맞닿을 때의 짜릿했던 그 순간들의 그 느낌을 잊을 수 없었다. 그녀와 한동안 물 속에서 수영을 즐길 즈음에 그녀가 그만 가봐야 한다기에 헤어져야만 했었다. 그래도 다행인 것은 오늘 저녁에 다시 만나기로 했다는 사실에 온몸이 상쾌하게 느껴졌다.

동팔은 몸을 돌려 누우며 내심 즐거워했다. 다가오는 밤에도 어쩜 그 아름다운 여인과 함께 수영할는지도 모른다는 기대감에 부풀어 있었다. 오늘밤은 어젯밤보다 더 농밀하게 그녀와 접촉을 할 수 있을지도 모른다는 생각이 들자, 그의 몸 어딘가에 뜨거운 열기가 솟구치고 있었다. 그는 여진의 늘씬한 몸매를 떠올리기라도 하듯 눈을 게슴츠레 떴다.

그는 밤에 아름다운 그녀를 만나면 넌지시 프로포즈도 해볼 생각이었다. 언제까지 이혼남이라는 딱지를 달고 살 수만은 없는 노릇이었다.

그녀에게 자신의 처지를 다 털어놔야겠다는 생각을 하며 마음을 다잡았다. 아름다운 그녀와 새 출발을 한다면 미래에 대한 계획이나 설계도를 거창하게 들려줘야겠다는 결의도 가졌다.

한편으로는 그녀가 거절할지도 모른다는 염려도 들었다. 그러나 지성이면 감천이라는 말이 있듯 진실된 고백을 한다면 그녀도 그 정도는 받아주지 않을까 하는 기대를 품었다.

동팔은 잠시 그렇게 누워 있다가 몸을 일으켰다. 거울 쪽을 바라보다가 거울 앞에 다가갔다. 인물은 그리 떨어지지 않는 편이었다. 다만 키가 약간 작은 것이 약점이지만 몸만은 다부졌다.

떡 벌어진 가슴이나 튼실하게 보이는 팔 다리는 여자들의 호감을 사기에 충분했다. 다만 걱정이 있다면 점점 빠져 가는 머리숱이었다.

동팔은 거울 밑에 놓인 빗을 들고는 머리를 살살 빗어 넘겼다. 너무 세게 빗으면 머리카락이 빠지기 십상이라 머리카락을 소중한 물건 다루는 손길처럼 조심스럽게 빗질을 했다. 아니나 다를까, 머리카락이 몇 올 묻어 나왔다.

동팔은 속상한 마음을 애써 달래며 빠진 머리카락이 마치 금이라도 되는 양 소중하게 집어서는 휴지통에 넣었다. 아직은 남들 눈에 뜨일 만큼 머리가 많이 빠진 건 아니었다. 그러나 이대로 가다가는 언제 두상을 훤히 드러낼지 모를 일이라 은근히 신경이 쓰이던 차였다.

그러나 진정한 사랑이라면 그런 부수적인 문제에 크게 집착하지 않을 것이라는 생각으로 위안을 했다. 일단 상대는 아들의 목숨을 구해준 고마운 은인이 아닌가. 세속적인 재미에 길들여진 영악한 여자가 아닐 것이라는 생각을 가지면서 동팔은 다소 마음이 편해졌다.

동팔은 벽시계를 올려다보았다. 아직 밤이 되려면 좀 더 있어야 했다. 그런데 왜 이렇게 시간은 빨리 흐르지 않는가. 어서 해가 졌으면 하는 바램이었다. 그녀의 생글거리는 얼굴과 늘씬한 몸매가 다시금 그의 망막을 어지럽히며 다가들었기에 한시라도 그녀가 빨리 보고 싶었다.

여름 기운이 훅훅 끼쳤다.

달구어진 햇볕에서 한 줄기 놋쇠 냄새가 났다. 더위에 익었다. 이렇게 더울 때는 비라도 쏟아졌으면 좋으련만 땀이 흘러 젖고, 땅에서 올라오는 스팀 같은 습기에 젖고 위에서 내리쪼이는 놋쇠 같은 햇빛 때문에 헉헉 숨이 막혔다.

여진은 묵고 있는 호텔 옥상에서 갈색 피부를 만들고자

그런 햇볕에다 그을리고 있었다. 그런 여진은 이곳 경포대
가 처음은 아니었다. 몇 년 전 준하와 같이 온 적도 있었
다. 그때도 바로 이 호텔이었다.

호텔 그 옥상에는 길게 누울 수 있는 선텐용 의자가 여러
개 비치되어 있었다.

저 멀리 수평선이 한 눈에 들어오는 옥상이었다. 하늘 저
쪽에서 구름이 머물고 있는 탓인지 더운 바람도 훅훅 끼쳤
다. 그래도 한낮보다 기온은 낮춰진 상태였다. 그래서인지
피부를 선텐하고자 하는 여자들의 수가 늘어나고 있었다.
이렇게 강한 태양의 광선을 즐기는 여자들도 있는 탓에 여
기저기 구릿빛으로 피부를 물들이려는 여자들의 모습이
많았다.

여진은 검은 색안경으로 구름 사이로 내비치는 햇볕을
차단하고 누워 있었다. 그녀는 하얀 색의 비키니 수영복
차림이었는데 온 몸에는 오일을 발라 번들번들하게 광채
가 일었다. 아직 심하게 타진 않았지만 전신은 보기 좋을
정도로 그을려 있었다.

태양도 아까보다는 많이 누그러져 선텐하기에 그리 뜨겁
지 않아 좋다는 생각을 가지며 여진은 몸을 길게 이완시켜
자세를 고쳐 누웠다.

지난 밤 늦게까지 동팔과 수영한 탓에 몸 여기저기가 쑤
셔오고 아파왔지만 그리 심하지는 않아 견딜 만했다.

여진은 동팔의 얼굴을 떠올렸다. 성격이 어눌하고 어떻

게 보면 촌스러운 구석이 다분한 게 죽은 경호나 종빈의 경우보다 어렵지 않을 것 같아 마음이 놓였다.

그들은 여진을 보고도 그 옛날 자신들이 범했던 소녀라는 사실을 전혀 눈치 채지 못했다. 어쩜 당연한 얘기인지도 모른다. 십 년이 훨씬 지난 세월은 여진의 용모를 쉽게 기억해 낼 수 없는 변신의 성인으로 만들어 놓았고, 그들의 기억도 망각이란 세월에 흐릿해졌을 게 뻔했다.

하지만 여진은 그 날의 사건을 한 순간도 빼놓지 않고 기억하고 있었다. 분노했고 증오해 오면서 동팔이를 세 번째 '새샘 넘버 3'의 남자로 정해 놓고 있다는 사실도 물론 잊어버리지 않았다. 여진은 자신을 짓밟은 순서대로 새샘의 남자들은 차례차례 죄의 대가를 치르는 것뿐이라고 다짐했다.

오늘밤이 바로 D-데이라고 여진은 마음을 다잡았다.

경포대는 사람들이 바글바글 몰리는 휴양지다. 물론 그 많은 피서객을 기억해 내는 사람들은 많지 않겠지만 그래도 사람들의 눈에 뜨이는 건 위험하기에 빨리 서둘러야 했다.

구름 속에 갇혔던 햇살이 다시 뜨겁게 내리쬠과 동시에 여진은 몸을 돌려 엎드린 자세로 누웠다. 보기 좋을 정도로 그을렸으니 조금만 시간을 할애하면 될 듯 싶었다. 그녀는 마치 하품하는 고양이와도 같은 몸짓으로 몸을 들썩이고는 두 팔을 길게 뻗어 내렸다.

오늘 밤이면 그 남자와 같이 시간을 보내야 한다고 생각하니 미리 잠을 자둬야 할 필요가 있을 것 같았다. 그녀는 눈을 감았다.

같은 시각, 서울에서는 한 음식점에서 영근과 태성이 마주 앉아 냉면을 먹고 있었다. 말하자면 도심의 여름을 식히는 중이었다.

서울의 날씨는 습하고 무더웠다. 한반도에 걸쳐 있다는 장마전선이 빠져 나갈 생각을 하지 않고 계속 머물면서 간간이 억수 같은 빗줄기를 뿌려 사람들을 짜증스럽게 했다.

영근과 태성은 동해안으로 피서를 떠난 동팔을 내심 부러워하며 한 여름 더위에 찌든 식욕을 시원한 냉면으로 돋구고 시원한 맥주를 마시며 더위를 달랬다.

"나이트클럽 놔두고 다른 가게서 마시는 맥주 맛이 괜찮아?"

태성의 물음에 영근은 대답 않고 그냥 웃기만 했다. 영근도 자신이 운영하는 대형 나이트클럽 때문에 물리도록 마시기 때문이다.

"요즘 IMF다 뭐다 하는 몇 년이 지났는데 공장은 잘 돌아가냐?"

영근은 짐짓 태성이 운영하는 회사가 걱정이 되어 한 마디 했다.

"힘들긴 한데, 요즘 골프 열풍이 불어서 조금은 견딜 만해."

태성은 흘러내리는 안경을 치켜올리며 대답했다. 그는
골프관련회사를 운영하고 있었다.

식당 종업원이 와서는 종이컵에 탄 커피를 두 잔 서비스
로 놓고 갔다. 영근은 커피를 들어 입에 들이키고는 다소
무거운 말투로 말했다.

"형사가 왔다 갔는데 종빈이에 대해 뭐 좀 물어보고 갔
어."

"형사가? 뭘 묻기에?"

태성은 궁금하다는 듯 눈을 크게 뜨고 물었다.

"종빈이한테 원한을 살 만한 인물이 없었느냐고 묻더라
고."

"그래서 뭐랬는데?"

영근은 섬뜩함을 느꼈다.

"당연히 모른다고 했지. 사실 모르기도 하고."

잠시 침묵을 지키던 태성은 무슨 생각이 떠오른 듯 눈빛
을 빛내며 말했다.

"참, 종빈이 빌딩에 근무하던 비서 말야. 얼마 전 비서가
바뀌었다고 자랑하는 얘기를 들은 기억이 났거든."

"비서?"

"응."

영근은 의혹이 담긴 눈길로 미심쩍어 하면서 말했다.

"비서는 수시로 바뀌었잖아. 어떨 때는 한 달도 못 채우

고 바뀐 적도 있다고 그랬어. 왜 그 비서에 대해서 종빈이
한테 특별히 들은 거라도 있어?"

"아니, 그런 건 없어. 그냥 생각이 나서 얘기해 본 것 뿐
이야."

둘은 잠시 말없이 맥주만 들이켰다. 아무래도 태성의 발
언은 사건과는 별 상관이 없을 거라고 영근은 생각했다.
종빈을 그 지경으로 만든 작자는 아마도 다른 곳에서 날카
로운 발톱을 감추고 있었을 거라는 추측을 했다.

"근데 동팔이 그 자식은 동해안에 가더니 아예 눌러앉을
생각인가? 서울엔 언제 온대?"

태성은 궁금하다는 듯 물었고 영근은 조금 남은 맥주를
마저 들이키고는 말했다.

"며칠 지나고 온댔으니까 곧 오겠지 뭐."

영근은 짐짓 덤덤한 말투로 말하고 있었지만 마음 한 구
석에는 동팔에 대한 걱정을 떨칠 수가 없었다.

죽은 경호나 종빈은 제 각각 죄질이 나쁜 사람한테 당했
다고 해도 새샘의 회원들이 한 사람씩 죽어 가는 모습은
아무리 생각해도 꺼림칙하게 다가드는 현실이었다.

영근은 고개를 돌려 창 밖을 내다보면서 한가로운 여름
의 뒤안길을 바다에서 지낼 동팔에게 아무 일이 없기를 내
심 바라면서 담배를 피워 물었다.

경포대의 전망 좋은 곳에 위치한 콘도에 동팔은 지금 막

갈아입은 옷맵시를 보려고 거울 앞에 섰다. 이리저리 몸을 돌려가며 재어보았다. 남방과 반바지는 작년 하와이에 갔다가 맘에 들어 구입한 것이었다. 옷은 야자수 나무 무늬의 하와이안 풍으로 보기에도 시원해 보였다.

그는 기분이 흡족했다. 다가오는 밤이면 아름다운 그녀와 깊고도 은밀한 대화를 나눌 것이라 생각하면서 옷차림에도 신경을 썼다.

그때 조카와 아들이 한바탕 웃음보를 터뜨리며 콘도 거실로 뛰어 들어왔다. 동팔은 여전히 시선을 거울로 향한 채 조카더러 느긋하게 일렀다.

"너 진수랑 샤워하고 일찍 자라. 지난 번처럼 비디오 본다고 티브이 켜놓고 자지 말고."

"아빠 어디 갈 거야?"

진수가 동팔에게 묻자, 그는 짐짓 점잖은 말투로 말했다.

"아빠가 어디 좀 갔다 오려고 그래."

"어딜?"

호기심 많은 아들이 다시 물어왔다.

"이런 바닷가에 와서 가만히 방에만 틀어박혀 있는 것도 그렇잖아. 혼자 산책 좀 하게."

"그런데 아빠, 오늘은 나가지 마."

동팔의 아들은 가지 말라고 떼를 쓰고 있었다.

"요 녀석이 오늘 따라 왜 이래."

"아빠가 나가면 아빠는 나를 버리고 아주 멀리 가는 것 같단 말이야."

"아빠는 우리 아들 진수밖에 없는데, 왜 내가 아들을 버린단 말이야. 그런 쓸데없는 신경 끊고 어서 잠이나 자라."

동팔은 조카더러 아들 진수를 보라는 부탁을 하고는 방을 나섰다. 그녀와의 약속 시간에 늦지 않기 위해 서둘러야 했다.

동팔은 나서면서 무척이나 들떠 있었다. 여러 가지 생각 중에 자신의 삶을 어떻게 이끌어 나가야 잘 사는 것인가를 떠올렸다. 세상을 보는 것은 또 어떻게 보면 되는 것일까. 사람마다 생각하는 인생관이 다르지만 그 자신의 인생세계를 어떻게 인식하느냐에 따라 삶을 음미하는 멋과 향기가 다르다.

이 세상은 삶을 부(富)나 명예에만 집착시키는 지혜의 장이 아니라 깊숙한 삶의 의미를 숙달하는 슬기의 머루라고 그는 생각했다. 자연스럽게 이어지는 사랑의 움은 점점 두껍게 자라고, 아름다운 향기를 흠뻑 감상하며 지낼 날이 다가온다고 믿고 있었다.

백사장에 도착했을 때 아름다운 그 여자는 보이지 않았다. 아마도 지금 오는 중이라고 여기며 그의 손에 들었던 핸드폰을 뒷주머니에다 꽂았다.

아름다운 그녀와의 만남에 핸드폰은 아무래도 방해가 될 거 같은 줄 알면서도 콘도에 남겨둔 아들과 조카 때문에 혹시나 해서 들고 온 거였다.

주위는 이미 거뭇거뭇한 어둠이 내려앉아 모래사장을 향해 달려드는 파도도 검푸른 색조를 띄고 있었다.

아직 태풍은 완전히 물러나지 않고 동해 바다 먼 해상에 머물고 있다 했다. 그 영향 때문인지 파도를 타고 백사장을 향해 달려드는 바람의 기세가 만만치 않았다. 낮 동안의 열기를 담은 탓인지 해변의 바람은 텁텁하기만 했다.

동팔은 아름다운 그녀와 만나기로 한 해변의 일각에 가서는 잠시 바닷가에 앉았다. 밤바다를 즐기려는 사람들이 드문드문 백사장을 거니는 모습이 보였다.

그는 괜히 마음을 둘 데가 없어 우두커니 앉아 그녀를 기다리는 마음으로 바다 내음이 흠뻑 배인 서정과 어울려 있었다. 부서지는 파도에 외로움들이 어둠을 타고 우루루 몰려오는 것을 망연히 바라보았다.

얼마 후 여진이 모습을 드러냈다. 동팔은 반갑게 손을 번쩍 들어 보였다. 여진은 무릎까지 오는 하늘거리는 스커트에 얇은 블라우스를 걸쳤는데, 그런 옷차림은 언뜻 보기에도 상당한 세련미가 넘치는 여인으로 보이게 했다. 그러나 블라우스와 스커트가 얇아서 어깨나 무릎의 속살이 훤히 내비쳤다. 그런 그녀를 바라보는 동팔의 가슴은 한없이 설레기만 했다.

"저어 같이 걸을까요?"

동팔은 그녀를 다시 만난다는 기쁨에 젖어 무슨 말부터 해야 할지 망설이다가 천천히 입을 열었다. 우선은 백사장

여행지에서

147

을 거닐며 분위기를 잡을 필요가 있을 것 같았다.

여진과 동팔의 대화는 언제나 강물처럼 흘러갔다. 매듭이 있지도 않았고 흑백논리가 있을 것도 없었다. 파도가 바로 앞에까지 밀려와서 구르던 포말을 두고 파도는 어느새 저 멀리 바다 복판으로 가버렸다. 세월을 끌고 가는 거대한 힘이 저런 것인가 싶었지만 그들의 사랑을 송두리째 쓸어가 버리지는 못할 것 같은 생각이 들기도 했다.

"제가 봐둔 곳이 있어요. 조용해서 얘기 나누기 좋은데, 거길 가실래요?"

여진은 코를 찡긋하며 동팔에게 말했다. 그는 여부가 있냐는 표정을 지으며 그녀가 이르는 곳으로 함께 걸었다. 그러면서 말만 잘 하면 오늘 그녀에게 결혼 얘기를 꺼낼 수 있다는 기대감에 발걸음은 무척 가벼웠다.

여진이 이르는 곳으로 가려면 일단 백사장을 벗어나야 했다. 그도 경포대에 오자마자 아이들과 바다 근방을 둘러봤기에 그녀가 이르는 곳이 어딘지 대충 짐작을 할 수 있었다.

그 곳은 낮에 대야를 끼고 아줌마들이 장사를 하는 곳이었다. 해송 밭 속의 바다동산 도로를 걷다가 현대호텔 쪽 백사장으로 접어들었다.

동팔은 여진과 나란히 하고 파도가 때리는 바위로 올랐다. 울퉁불퉁 솟은 바위가 좀 험하긴 했지만 그리 나쁘지는 않았다.

그곳은 휴양지로 구석진 곳이었다. 앞에는 바다였고, 뒤로는 동산 위 현대호텔이 달랑 올라앉아 병풍처럼 있었다. 그리고 온통 파도였다.

　밤이 되면서 을씨년스러움마저 감돌았다. 장사의 흔적으로 보이는 비닐봉지가 여러 개 버려진 거 말고는 그녀와 그를 제외한 인적은 보이지 않았다.

　낮에 백사장에서 작게 보이는 곳이지만 상당히 큰 암석들이 있었다. 하물며 어둠이 내려앉은 밤에 찾아들었으니 두 남녀가 은밀한 곳에서 자리를 같이 하는 장면을 누구한테라도 들킬 염려는 없었다.

　동팔은 고개를 돌려서 주변을 둘러보았다. 불쑥불쑥 솟은 바위덩어리마저 어둠에 짓눌려 컴컴한 암흑 덩어리처럼 보였다. 기분이 썩 좋진 않았지만 옆에 아리따운 아가씨가 앉아 있는 걸로 위안 삼으며 깊어 가는 한여름 밤을 한껏 느껴보리라 마음먹었다.

　두 사람은 야트막한 바위 반석에 앉았다. 일단 두 사람은 무엇을 생각하는지 입을 다물었다. 한참 후 선율이 흐르듯 대화가 시작된다. 명상이란 조용히 정신을 가다듬어서 맑고 고요한 마음을 한결같이 가지는 것이라고 했다. 그렇다면 이들이 시간을 잊은 채 파도 위에 마음을 싣고 갈매기의 날개짓에 정신을 팔고 있는 것은 인간 본향의 가장 깊은 곳에 도달한 경지라 할 수 있었다.

　금세라도 그들을 향해 달려들 것 같은 파도는 바위를 때리고는 하얀 포말 알갱이들을 거칠게 뿜어냈다.

여진은 알알이 부서지는 파도에 눈길을 붙들린 채 가만히 앉아 있었다. 동팔은 그녀와 많은 대화를 더 나눠야만 친해질 수 있다는 생각을 했다.

동팔은 그녀가 묻지도 않은 여러 가지 얘기들을 털어놓았다. 자신의 아들에 대한 얘기부터 이혼한 사연, 그리고 얼마 전에 상가를 지어 분양해서 분양대금을 받아 공사대금을 주지 않고 그 돈을 뒤로 빼돌리고 부도를 냈다고 했다.

고의적으로 한 짓이 아니라면서 요즘 경기가 좋지 않아 자신이 앞으로 살길과 노후를 위해 든든하게 마련해 놓았을 뿐이라고 했다. 그래서 이렇게 잠시 놀고 있다며, 앞으로 좋은 반려자를 만나면 30억원 정도를 들여 대형 건물을 하나 사고 근사한 점포도 차려주겠다는 계획도 빠뜨리지 않았다.

"그렇게 고의적으로 부도를 내면 거기에 따른 인부라든가 하루하루 벌어 먹고 사는 빈민들은 어떻게 되나 생각해 보셨나요?"

여진은 동팔을 여전히 나쁜 인간이라고 생각했다. 저런 인간들이 있기 때문에 없이 사는 많은 사람들이 손해를 보고 절망하고 억울함에 못이겨 자살하는 것이 아닌가. 그래서 저런 인간부터 이 사회에서 제거되어야 한다고 여진은 생각했다.

"그래도 강도짓 하는 것보단 났죠. 그래도 어떤 짓을 하더라도 자본주의에서는 돈이 최고가 아닙니까. 우리 사회에서는 떳떳치 못한 돈이라도 돈은 많아야 인간 대접을 받으니깐요."

"강도에게 당한 사람은 한두 사람이지만, 사장님처럼 의도적 부도를 내면 수백 명이 당한다는 사실을 모르시나 보죠."

동팔을 아무 말을 못했다. 그리고 따지고 드는 여진이 만만치 않음을 감지했다.

"이혼은 왜 하셨나요?"

여진이 또 따지듯 물었다.

"그 여자가 나를 놔두고 다른 남자와 눈이 맞아 도망갔지요. 지금쯤 그 놈이랑 결혼해 잘 살고 있을 겁니다."

여진은 동팔의 그런 얘기에 귀를 기울이며 다소곳한 자세로 앉아서는 이따금씩 잔잔한 미소를 보내기도 했다. 동팔은 분위기가 무르익기만을 기다렸다. 그래야만 아름다운 여인의 살내음을 맡을 수 있을 것만 같았다.

여진은 앉아 있기 불편한지 몸을 비스듬히 바위에 기댔고, 동팔도 그녀 옆에 나란히 기댔다. 시야에는 구름으로 뒤덮인 회색 하늘이 펼쳐져 있었다. 여진은 졸리운지 하품을 해댔다.

여 행지에 서

동팔은 어쩜 이러다 황금 같은 밤을 이쯤해서 접어야 하는 낭패가 올지도 모른다는 생각을 하자 마음이 급해졌다.

어서 서두르지 않으면 안 될 것만 같았다.

여진이 자리를 뜨자고 말하기 전에 분위기에 불을 당겨야 한다고 마음먹었다. 하지만 우유부단하고 소극적인 동팔은 더 이상 여자에게 접근하지 못하고 마음만 졸이고 있었다.

동팔은 속으로 그 자신이 얼마나 바보스럽고 어리석은가를 꾸짖고 있었다. 여자가 이렇게 호젓한 장소로 데려온 것도 나름대로 동팔이 마음에 있어서일 텐데, 그런 좋은 기회를 활용하지 못한다는 건 두고두고 후회할 것 같았다.

동팔은 무슨 행동인가를 취해야 했지만 뜻대로 잘 되지 않았다. 마음만은 굴뚝같았지만 행동은 따라주질 않아 난감해 했다. 남자다운 성격이 다분한데도 가끔씩 예쁜 여자 앞에만 가면 말문을 잃는다든지 쩔쩔매던 경험을 여러 번 갖고 있는 그였다. 이런 매력적인 여자라면 그럴 소지가 충분히 있었다.

동팔은 속으로 끙끙 앓고만 있었다. 그 눈치를 알아차린 여진은 틈을 열어주었다. 그윽한 눈길을 보내며 입술을 열었다. 그녀의 입술은 금방이라도 갖고 싶을 만큼 탐스럽게 열려져 있었다.

"오늘 같은 밤, 키스하는 연인들은 참 행복할 거예요."

"키스요?"

동팔은 동시에 눈을 크게 떴다. 자신이 잘못 들은 건 아닌가 싶어 순간 의아했다. 그러나 분명 그녀의 입에서 키스라는 단어가 튀어나왔다. 그가 내심 바라고 고대하던 단어였다. 그런 그녀가 너무도 고마웠다. 막혀 있던 물꼬를 터준 그녀가 더없이 사랑스러웠다.

동팔은 혀로 자신의 입술을 한 번 쓱 닦아 올리고는 말했다.

"키스하고 싶습니까?"

아주 조심스럽게 말했다. 행여 그녀가 화를 내지는 않을까 조바심도 들었지만 그녀는 다행히 화를 내지 않았다. 다만 풋 하고 짧게 웃을 따름이었다.

"누가 키스하고 싶댔나요? 그냥 그러는 사람들이 생각이 나서 얘기한 거죠."

동팔은 이 순간을 놓치면 아마도 여진처럼 아름다운 여자와 평생 키스 한 번 못해 볼 거라는 생각을 했다. 더구나 그녀가 먼저 물꼬를 터준 지금, 크게 망설이거나 주저할 필요는 없을 거라는 생각도 들었다.

"미경 씨가 키스하고 싶다면, 제가 그 희망사항을 들어줄 수가 있습니다만."

동팔은 말끝을 조금 흐렸다. 아직 분위기를 주도해 나갈 자신이 없어서일까, 그의 음성은 조금 떨리기까지 했다.

갑자기 여진은 까르륵거리며 배를 잡고 한참을 웃었다. 동팔은 이유도 모른 채 덩달아 너털웃음을 터트렸다. 한동안 웃던 여진은 웃음을 뚝 그쳤다. 그리고 입술을 들썩였다.

"키스를 할 때 항상 여자더러 허락을 받고 하나요?"

여진은 소녀 시절에 그에게 당할 때의 강도 심보는 전혀 찾을 수가 없었다. 사람이 이렇게 변하기도 하는 것인가 여진은 의아해 하지 않을 수 없었다.

"네? 저, 그게 아니라."

동팔은 갑자기 머리에 방망이로 한 대 얻어맞은 기분이었다. 어떻게 변명을 해야 할지 망설였다. 하지만 그런 변명을 하기도 전에 여진은 발랄한 어조로 받아쳤다.

"이제 보니 겁이 많으신 분이군요."

동팔은 그 말에 기분이 조금 나빠졌다. 그래도 사나이 대장부가 서른이 훨씬 지난 나이에 겁이 많다는 소리를 듣기에 거북했다. 그래서 동팔은 그녀에게 겁쟁이가 아니라는 걸 보여줘야 한다고 마음을 굳게 먹었다.

"저, 미경 씨!"

나지막하게 목소리를 내리깔며 그녀를 불렀다. 여진은 고개를 돌려서 왜 그러느냐는 눈빛을 했다. 이때다 싶은 동팔은 여진에게 다가들며 그녀의 입술을 덮었다. 그녀는 뒤로 넘어지면서 뭐라고 입술을 달싹거렸지만 이내 꼼짝없이 눌리고 말았다. 그녀는 날카로운 돌부리 땜에 등이 아파 옴을 느꼈지만 소리를 내진 않았다.

서로 입술을 탐하는 동안 여진은 큰 저항이나 흔들림 없이 가만히 있었다. 그의 투박한 입술이 그녀의 입술을 지나 목덜미를 헤쳐 다닐 때 여진은 시선을 하늘에다 두었다. 하늘은 납색으로 구름이 깔려져 있었다.

동팔의 거칠기만 한 입술이 그녀의 블라우스를 헤치고 허옇게 드러난 가슴께로 내려갔을 때, 그의 뒷 주머니에서 핸드폰 울리는 소리가 났다. 처음에 동팔은 그 소리를 무시했으나 여러 번 울려대는 바람에 몸을 일으키고는 핸드폰을 꺼내 들고 귀에다 갖다대었다.

그런 동팔의 표정은 마치 맛깔 난 음식을 앞에 두고 성가신 일을 대할 때처럼 짜증이 잔뜩 묻어 있었다. 핸드폰을 꺼두지 않은 걸 후회하면서 신경질이 묻은 음성으로 말했다.

"여보세요."

시비조의 음성이었다. 그러나 잠시 후, 동팔의 목소리는 다소 누그러졌다.

"인수냐? 뭐, 진수가?"

그의 얼굴에 긴장이 감돌면서 핸드폰을 껐다. 그리고 그는 머리를 긁적거리면서 여진에게 양해를 구하듯 난감한 투로 말했다.

"우리 아들놈이 뭘 잘못 먹었는지. 체했다면서 약 좀 사오라는군요. 하필 이럴 때."

그는 아들로 인해 달콤한 순간이 깨진 데에 대한 낭패감을 느끼면서도 한편으로는 걱정이 되는 듯했다.

"어서 가 보세요. 속이 안 좋다면 얼른 약을 먹여야지요."

여진은 부드럽게 감싸는 듯한 눈길로 그를 바라보면서 말했다.

"그럼, 얼른 갔다 올 테니 여기서 조금만 기다려 주시겠습니까? 금방 다녀오겠습니다."

그는 행여 그녀가 열었던 마음을 닫을까 전전긍긍해 하는 눈치였다.

"너무 늦었는데 오늘은 이만 하는 게 좋지 않을까요?"

여진은 여전히 부드러운 미소를 머금은 얼굴로 답했다.

"빨리 갔다 올 테니 미경 씨 여기서 꼭 기다려 주십쇼. 그럼 저 갑니다."

그의 음성이 더 다급해졌다. 이런 여인을 놓친다면 아마도 영영 못 만날지도 모른다는 위기감이 들어 그는 입술이 바짝 타들어 가는 것만 같았다. 그래서 억지로라도 그녀를 기다리게 해야 한다고 마음 먹고 몸을 일으키고는 얼른 걸음을 옮겼다.

"그럼 오다가 마실 거 좀 사다 줄래요? 목이 좀 말라서 그래요."

여진은 기다리고 있겠다는 뜻으로 그를 불러 세우고는 말했다. 순간 동팔은 얼굴이 환해짐과 동시에 갑자기 술 생각도 났다.

"오다가 음료수하고 술 좀 사오겠습니다."

동팔은 곧 자리를 벗어났고 혼자 남겨진 여진은 가만히 누워 있었다. 그가 헤치다 만 가슴이 허옇게 드러난 채였지만, 여진은 블라우스를 여밀 생각은 하지 않고 슬픈 눈으로 하늘을 바라보았다. 하늘은 좀 전과 마찬가지로 검푸른 색조로 내리누르고 있었다. 어딜 둘러봐도 주위는 온통 시커먼 어둠과 적막뿐이었다.

사탄의 죽음과도 같은 심령 속에서 살아가는 것이나 다름없었다. 산 채로 죽음 냄새를 풍기는 것도 같았고, 무엇인가 사라질 것 같은 어둠에 여진은 불안을 느끼고 있었다. 복합되어진 비극에 당하지 않으면 안 되었다.

까닭 없이 불어나는 인간관계에서의 긴장, 어디서 비롯되어지는 것인지 잘 알고 있는 초조, 불안, 견딜 수 없는 외로움, 불행감, 절망감, 그런 저런 독 묻은 화살들이 방향도 없이 시간도 없이 날아들었다. 그래서 여진은 마음의 향방, 마음의 정처를 잘 살피고 깨달아야만 했다.

바위를 때리는 힘찬 파도 소리, 여러 모양의 암석들은 어둠과 합세해 여진에게 달려드는 듯했다. 여진은 이렇게 익숙치 않은 곳에서 혼자 남겨진 절대적인 고독을 느꼈다.

그러나 스스로 강해지고자 혹독한 시련을 겪은 여진을 위협할 정도의 무섭다거나 공포 같은 것은 없었다. 그저 숨막힐 듯 엄습해 오는 밤의 공기 속에서 여진은 두 눈을 또렷하게 뜨고 오로지 한 가지 생각에만 골몰하고 있었다.

동팔은 허겁지겁 약국을 들러 콘도에 왔는데 아들의 상태는 멀쩡했다. 일단 안도를 했다. 아들은 아버지가 있는지를 확인해 보고 싶어서 전화를 했다고 했다.

"누가 아빠를 잡아갈까 봐 무서워."

동팔은 아들의 말이 어이없어 화가 났다. 바닷물을 먹더니 좀 이상해졌나 싶었다.

아들은 아버지를 누가 잡아갈 것 같다면서 오늘만은 어디든 나가지 말고 꼭 붙어서 같이 자자고 했다. 그러나 동팔은 난감해 하면서 아름다운 여인이 기다리고 있다는 생각에 오직 그쪽으로 향해야 한다는 마음밖에 없었다.

동팔은 얼른 아들을 재워야 한다고 생각했다. 한참 뒤 조카와 아들을 재우는 데 성공했다.

동팔은 일단 콘도를 빠져 나왔다. 가게에 들러 음료수와 소주 한 병, 그리고 안주거리도 샀다.

동팔은 까만 비닐봉지를 들고 그녀가 있던 곳을 향했다. 정말로 기다리고 있을까 하는 마음에 서둘러 찾아갔다. 혹시나 했던 그녀는 다행히 기다리고 있었다.

끝까지 기다렸다는 점에서 그렇게 고마울 수가 없었다. 그는 그런 그녀가 한없이 예쁘고 사랑스럽게 여겨져서 당장이라도 끌어안고 싶었지만 분위기상 그런 행동을 옮길 상황이 아니었다.

동팔은 여진과 마주하고 앉았다. 동팔은 사 가지고 온 음료와 소주를 비닐봉지에서 꺼냈다. 여진은 술을 마실 줄 모른다며 거절을 했다. 그래도 동팔은 그녀에게 술을 권했지만 여진은 극구 사양했다. 할 수 없이 그는 혼자 술을 마실 수밖에 없었다.

이런저런 얘기를 나누며 마신 술, 소주 한 병을 다 비웠다. 여진은 그가 사온 오징어를 씹으며 늘어놓는 이야기들을 재미있다는 듯이 들었다.

동팔은 술이 들어가자 취기가 오르는 것과 동시에 몸이 뜨거워지고 있음을 알았다. 앞에 앉아 있는 여진도 아까보다 더 예뻐 보였고 섹시해 보이다 못해 욕정의 덩어리로 보였다. 그녀를 힘껏 안아주고픈 욕심을 떨치기가 힘이 들었다. 급기야 여진을 덥석 껴안고 말았다. 그녀가 뭐라고 하는 것 같았지만 이미 여진을 탐하고픈 욕심에 온몸이 제멋대로 움직였다.

동팔은 여진을 힘있게 넘어뜨렸다. 여진은 갑작스런 공격에 당황스러워 했다. 동팔은 여진의 유방을 만졌다. 점점 손이 여진의 옷 속을 파고들었다. 여진은 동팔의 움직임에 따라 움직였다.

그러다가도 약간 거부의 몸짓으로 동팔을 자극시키고 있었다. 동팔의 정욕은 더욱 불타 갔다.

여진은 갑자기 스커트 안이 허전한 기분이 들었다. 어느새 팬티를 벗겨냈는지 모를 정도로 동팔의 손놀림에 빠져 있었다. 그래서 여진은 정신을 똑바로 차려야 한다고 마음먹었다.

그런데 동팔은 갑자기 요의가 느껴졌다. 동팔은 몇 발짝 떨어진 바위 뒤에 가서 한바탕 오줌을 갈겼다. 그리고 다시 있던 자리로 되돌아왔는데 그녀가 보이지 않았다. 자신

을 놔두고 가버린 걸까 하는 생각을 하고 있는데, 바다 속
에서 손을 흔드는 그녀의 모습이 보였다.

"뭐해요? 빨리 들어와요!"

그녀의 나신이 물 수평에서 가슴께로 올랐다가 잠기는
것을 바라본 동팔은 몸에 열이 더 올랐다. 안 그래도 술기
운 때문에 몸이 뜨거워지고 있었다. 그런 데다 아름다운
여인이 들어오라고 부추기자 더 이상 거리낄 게 없다는 듯
옷을 훌렁 벗어 던졌다.

동팔도 나신이었다. 그는 만취된 상태로의 수영은 한 번
도 해본 적이 없어 겁도 났지만, 바다 속에서 손을 흔드는
아름다운 여인을 보자 그런 겁쟁이 생각은 일순간에 사라
져 버렸다.

그는 바다로 첨벙 뛰어들었다. 비가 오려는지 날씨가 후
텁지근하긴 했지만 막상 물에 들어가니 뼈 속 깊이 차가운
냉기가 흘러들었다. 그러나 크게 개의치는 않았다. 그는
무엇보다 그녀에게 가까이 가기 위해 파도를 헤치고 나갔
다.

파도는 거친 편이었다. 그러나 수영에 웬만큼 자신이 있
었던 동팔이 헤엄쳐 나가기에는 크게 어려움은 없었다. 동
팔은 헤엄쳐서 여진을 향해가자, 여진은 활짝 웃으며 가
까이 오라고 손짓을 했다.

동팔은 여진이 손에 잡히기만 하면 가만두지 않을 요량
으로 가까이 가서는 그녀의 손을 덥석 잡았다. 그리고 그

녀의 어깨를 힘껏 껴안았다. 물컹하고 와 닿는 촉감이 동팔의 전신에 불을 지르는 듯했다.

바닷물 속에서의 섹스는 한 번도 해본 적이 없기에 동팔은 색다른 느낌에 대한 기대감으로 가득 차 올랐다. 아마도 그녀는 평범한 걸 싫어하고 특이한 걸 좋아하는 여성 같았다. 저런 여자와 한 평생을 같이 한다면 죽을 때까지 질리지 않고 매일매일 색다른 경험을 하게 될 거라는 생각을 하며 괜스레 흡족한 웃음을 머금었다.

동팔의 팔에 잡힌 여진은 서 있기가 불편했던지 두 다리를 움직여가며 몸의 균형을 잡았다. 동팔이 보기에도 그녀가 자맥질을 하는 걸로 보아 매우 뛰어난 수영 실력의 소유자 같았다. 그래봐야 남자의 손아귀 안에 든 여자였고 인어일 뿐이었다.

동팔은 한없이 기분이 좋아졌다. 그를 두들겨대는 파도자락만 아니라면 일이 한층 수월할 텐데 하는 아쉬움이 들긴 했지만, 이런 경험을 쌓는 것도 괜찮을 거라는 호기심이 그를 충동질했다.

동팔은 그런 충동심에 힘입어 그의 입술을 그녀의 입술에다 뜨겁게 포개었다. 넘실대는 파도 위에서의 키스는 그 느낌이 두고두고 기억에 남을 만큼 남달랐다. 그는 한 손을 뻗어 그녀의 아래쪽을 더듬거렸다.

여진은 간지럽다고 웃어대며 그에게서 몸을 빼냈다. 그리고는 저만큼 헤엄쳐 나갔다. 동팔도 그녀를 따라 헤엄쳐

갔다. 약 올린 인어를 다시 잡아야겠다며 힘껏 몸을 움직
여 헤엄쳤다. 얼른 본격적인 행위에 돌입하여 남성다운 매
력을 보여주리라 마음먹었다.

여진은 장난을 칠 생각으로 동팔에게 물을 끼얹고는 저
만치 도망쳐 갔다. 동팔도 파도를 헤치며 그녀를 향해 헤
엄쳐 따랐다. 물은 점점 깊어져 가는지 발끝이 헛헛하니
바닥에 닿지 않았다. 그래도 그는 계속 헤엄쳐 나갔고 이
윽고 점점 숨이 가빠져 옴을 느꼈다. 그러나 여진은 저렇
듯 즐거워 하는데 여기서 그칠 수는 없는 노릇이었다.

얼마를 헤엄쳤던 것일까. 동팔은 불현듯 그녀가 눈에 보
이지 않음을 알았다. 그리고 그녀는 목소리도 없이 조용했
다. 그는 고개를 돌려 그녀를 찾기 시작했다. 설마 빠진 건
아닐까 하는 불안이 그의 뇌리를 확 스쳤다.

그러나 그의 걱정을 비웃기라도 하듯 눈 앞에서 그녀의
머리가 불쑥 솟아올랐다. 순간 동팔은 놀랐다. 그녀는 다
시 머리를 바다 물 속에다 처박고 해달처럼 잠수해 들어갔
고, 동팔은 고개를 좌우로 돌리며 그녀가 다시 나타나기를
기다렸다.

"미경 씨, 어딨어요?"

동팔은 수영에 어느 정도 자신이 있었지만 잠수는 해본
경험이 별로 없었다. 그래서 손만 이리저리 휘저어가며 몸
을 가누고 있는데 발 밑에서 감각이 왔다. 감각이 오기 무
섭게 발목을 잡아당겼다. 동팔은 순간 물 속에 쏙 빨려 들

어갔고 짠물을 먹게 되었다. 그래도 그녀가 짓궂은 장난을 하는 것이라고 여기며 그녀가 물 위에 나타나면 단단히 혼내 주리라 작정을 했다.

그러나 그녀의 장난은 그치지 않았다. 오히려 그 강도가 점점 지나치고 있었다. 동팔은 이대로 물 속에 빨려 들어가는 건 아닌가 싶어 겁을 털컥 집어먹었다. 이윽고 밑에서 동팔의 다리를 가지고 장난을 치던 손길이 잠잠해졌다.

동팔은 다행이다 싶어 손을 휘휘 저어가며 균형을 잡고 있는데 눈 앞에서 여진의 머리가 갑자기 솟아올랐다. 깜짝 놀란 동팔은 여진을 두 손으로 움켜잡았다. 그러나 그녀는 쉽게 손아귀에서 벗어나서는 다시 물 속으로 들어갔다.

"이제 그만해요. 미경 씨!"

다급해진 동팔은 큰 소리로 그녀를 불렀다. 이번에는 그의 뒤에서 여진이 솟아올랐다.

"지금까지 나쁜 일을 많이 했으니, 앞으로 좋은 일하고 싶지 않으세요?"

"좋은 일요? 그리고 난 나쁜 일 한 적 없는데요."

"그러세요. 그럼 한 번 기회를 주겠어요."

여진은 물개처럼 다시 물 속으로 들어갔다. 동팔은 무척 힘겨워 했다. 그때였다. 동팔은 그녀에게 발목을 잡히자 다시 물 속으로 끌려 들어가 물을 먹고는 두더지처럼 머리가 솟아올랐다. 바로 앞에 그녀가 솟았다.

"인간적인 인간으로 분양대금을 공사업자들에게 돌려주

세요. 그 사람들은 열심히 사는 사람들이잖아요. 인간이 인간적으로 살아야 하잖아요? 또 그래야 오래 오래 복 받고 살 수 있다고요."

"내가 미쳤어! 바보 같은 짓하게."

여진은 그 말에 다시 물 속으로 들어갔다가 동팔의 옆에서 머리를 불쑥 솟아 올렸다. 동팔은 얼른 몸을 돌렸다. 그 순간 여진과 눈이 마주쳤다. 동팔은 그녀의 눈빛에서 뭔가 심상치 않은 기운을 감지했다. 동팔을 바라보는 그녀의 눈빛은 여태껏 미경의 이름을 가진 눈빛이 아니었다.

왠지 처음 보는 듯한 낯선 여자의 것과도 같은 그런 눈빛이었는데, 성질을 알 수 없는 분노와 적개심이 가득 담겨져 있었다.

동팔은 그런 눈빛을 바라보고는 본능적으로 두 손을 휘저으며 뒤로 헤엄쳐 갔다. 그때 여진의 얼굴은 싸늘하게 굳어져 있었으며 섬칫한 살의마저 뿜어져 나왔다.

그 순간, 동팔은 죽은 경호와 종빈이 어떤 식으로 죽음의 공포를 맞았으며, 그 두려움의 실체가 바로 저 여자일 거라는 확신을 갖게 되었다. 동팔은 점점 가까이 다가오는 여진에게 소리쳤다.

"너! 넌 누구야?"

동팔은 곧 죽음의 공포로 질려 있었다.

"누구냐고? 나 종이여인."

"설마……."

"내 그때 '종이여인'이 얼마나 무서운지 꼭 보여 준다고 말했을 텐데, 그리고 어느 누구한테도 나를 종이여인이라고 말하면 한 달 안에 죽는다고도 덧붙였지. 그런데 그 말을 영근 씨와 태성 씨에게 말했더군."

"여진이란 말이야?"

"이제 아시는군. 오래 전, 성남에서 너희들 5명이서 저지른 못된 짓을 생각해 봐!"

"뭐야?"

"그래도 모르겠니? 넌 나를 강도 강간하고 그것도 모자라 내 아버지를 죽인 살인범, 기억나니?"

여진은 기괴한 미소를 지으며 말했다. 그 말을 들은 동팔은 오래된 기억 속을 역류해 마음에 걸릴 만한 사건을 떠올려 보았다. 한 소녀의 얼굴이 어렵지 않게 떠올랐다. 더구나 여자와 그 소녀의 얼굴이 일치한다는 놀라운 사실을 깨닫자, 그는 적지 않은 충격을 받으며 낮은 신음을 토해 냈다.

여태껏 아귀가 맞지 않는 사건들이 한 순간에 들어맞으며 그 동안 키워 왔던 의혹들을 깡그리 내모는 순간이었다. 막연히 생각만 해오던 것이 확연한 실체를 드러내고 숨통을 조이기 위해 무섭게 다가들고 있는 것이다.

동팔은 '누가 아빠를 잡아갈까 봐 무서워' 하던 아들의 말이 기억났다. 아들은 무엇에 이런 예감을 하고 있었던 것인가. 이럴 때 아들의 말을 듣는 것인데 하면서 후회를

여행지에서

165

했다.

이곳에 온 것을 후회하면서 동팔은 머리끝이 쭈뼛쭈뼛 서는 긴장과 공포감을 누르며 헤엄쳐 나갔다. 그러나 술에 취한 팔다리는 쉽게 따라주질 않았다. 더구나 그녀의 정체를 알아버린 충격과 불안이 가중되어 그의 몸은 점점 무겁게 느껴질 뿐이었다. 그럼에도 불구하고 그는 혼신의 힘을 다하여 헤엄쳐 나갔고 급기야 옷을 벗어놓은 곳에까지 이르는 데 성공했다.

뭍으로 올라온 동팔은 고개를 돌려 얼른 뒤돌아보았다. 여진의 모습은 보이지 않았다. 여진이 보이지 않는 것이 다행이라 생각하고는 벗어놓은 바지의 뒷주머니에서 핸드폰을 꺼냈다. 얼마나 긴장을 했던지 손이 벌벌 떨렸다.

동팔은 급하게 전화번호를 눌렀다. 여러 번의 신호가 울리는 동안이 그에게는 얼마나 길게 느껴졌는지 몰랐다.

"제발, 제발 좀……."

동팔은 그렇게 신음하고 있었다. 침이 마르는 듯한 긴박한 상황에서 신호음이 떨어짐과 동시에 누군가 전화를 받았다.

전화를 받은 사람은 영근이었다. 영근은 자다가 전화를 받아선지 음성이 늘어졌고 짜증마저 배어 나왔다.

"여보세요."

"나야, 동팔이. 물하고 여자 조심하라는 네 말을 들어야 했어!"

동팔은 다급하게 소리쳤다. 그의 긴박함이 예사롭지 않게 들렸는지 다시 들려오는 영근의 음성은 아까보다는 많이 또렷해져 있었다.

"동팔아! 지금 어디야?"

"내 말 잘 들어. 죽은 경호랑 종빈이를 누가 죽였는지 알았어."

"그게 누군데?"

영근의 음성도 이제 심상치 않다는 어조로 변해 있었다.

"그 여자, 옛날 성남에서 우리 다섯 명이서 조진 바로 그 소녀야!"

"그 소녀?"

영근이 소리 높여 물었다.

"13년 전. 성남에서 우리가 돌림판으로 조졌던 소녀 있잖냐?"

"여진이란 말이야?"

'여진', 이 세상에서 없어진 이름으로 까맣게 잊고 살아왔던 이름이었다.

"그래 임마 종이여인. 내가 뭐랬냐. 종이여인이 여진이라고."

그냥 불태워 버린 이름인 줄 알았던 모양이었다.

그건 까마득한 10년하고도 더 넘는 세월을 거쳐 환생한 망령이었다.

동팔은 다음 말을 하려고 했으나 이미 여진에게 전화기

를 빼앗긴 뒤였다.

여진은 그 전화기를 입에다 갖다댔다.

"당신이 영근이야? 내가 종이여인이다. 내가 당신을 오빠 오빠하고 따랐던 여진이야. 기억나니?"

영근의 귀로 여진의 목소리가 들렸다. 영근은 도끼로 마구 찍는 것 같은 통증이 만드는 신음을 씹었다.

"여 진……."

"동팔이 짐승 같은 놈이 우리 아버지를 죽인 거 알지? 그런데 그런 죄인들이 하나같이 잘 사는 거니?"

순간 동팔은 고개를 돌렸다. 거기엔 여진이 우뚝 서 있었다. 그녀는 그의 핸드폰을 바다로 향해 냅다 던져 버렸다. 그런데 그녀의 한 손에 칼 같은 뾰족한 돌이 들려져 있었다.

"어디까지 얘기했지?"

여진은 냉소를 머금고 말했다.

"다, 다 얘기했어. 이제 걔들이 올 거야."

동팔은 겁에 질린 얼굴로 간신히 대답했다.

"그렇다면 넌 그 사람을 볼 수 없게 만들어 주지. 내 아버지를 죽인 내 원수 이 살인마야!"

그녀의 어조는 냉혹했고 단호했다. 마치 동팔에게 남아 있는 생명의 줄을 단숨에 끊기라도 하겠다는 말투 같았다.

"제발, 제발 좀 살려줘! 그 때는 고의가 아니었어. 정말이야."

"고의가 아니라고. 그걸 말이라고 해. 내가 너희 때문에 내 인생이 완전히 망가졌어. 그래 놓고도 고의가 아니라고? 고의가 아닌 느네가 나를 이 지경으로 만들어 놓았니?"

"대신 그만한 보상을 해주면 안 될까?"

"보상이라고? 느네는 돈이면 다 해결되는 줄 아는 모양인데, 정말 웃기고 자빠졌네."

"진정해. 내가 부도낼 때 아무도 몰래 30억원을 숨겨 논 돈도 있다고, 원한다면 다 줄 테니 살려 줘."

"웃기지 마. 그딴 돈 필요없어. 그때 넌, 우리 집에 와서 날 강간만 하지 않았으면 우리 아빠는 안 죽었어. 거기까지 이해를 한다고 쳐. 느네 아버지 엄마가 살인자인 너를 감추기 위해 경찰에다 돈과 빽을 썼지. 그 바람에 나는 아버지 장례도 못 치르고 경찰서에서 느네들이 나타나지 않는다는 핑계로 나는 이틀 간 경찰서에서 감금당했어. 이틀 후 집에 오니 아버지 시신은 없었어. 알고 봤더니 느네가 우리 아버지 시신을 대학병원에다 기증하고 넌 살인자에서 면했더라. 당신은 완전범죄로 잘 살아 왔어. 느네 때문에 난 충격과 상처로 얼룩져 고통의 나날로 지금까지 살아 왔어. 너희들을 원망하면서 말이야."

동팔은 그 말을 듣는 순간 온몸을 부르르 떨었다. 동팔은 자신의 정체가 드러난 것에 가슴이 쿵하고 무너지는 충격에 부딪쳤다.

"그리고 너희들 5명, 새샘 멤버들. 나를 그 지경으로 만들어 놓고도 이 사회에서 어깨를 나란히 하고 살 줄 알았니? 너희들 때문에 난 자궁이 파열되어 불임이야. 그건 괜찮아. 너희 때문에 내 마음과 몸은 온통 멍이고 한이야. 그리고도 너희들은 한 평생 행복하게 살려고 했었니? 그건 너무 불공평하지. 안 그래? 박동팔 씨!"

"그땐……."

동팔은 말을 채 잇지 못하고 난감해 했다.

"한 소녀의 인생을 망가뜨려 놓고도 단 한 놈이라도 나서서 사과하는 놈이 없었어. 그리고 그때 너의 손에 내 아빠가 죽었어도 느네는 물론 아무도 들여다 보는 인간들이 없었어. 그게 더 분해서 분노와 증오로 살아왔어. 너희들도 알겠지만 우리 아빠랑 너희들 아버지랑 친목회 회원인 거 알잖아. 아빠 회원들까지 들여다 보지도 않았어. 그건 너의 아버지가 그렇게 만들었지. 어쨌든 느네가 우리 아빠를 죽였고, 또 사기 치고 이용해서 부자가 됐잖아. 억울하겠지만 넌 고스란히 그 값을 받는 거라구."

"사실 남자들 세계가 그렇잖아. 또 그렇게 당한 다른 여자들은 잊어버리고 행복하게 잘도 살잖아."

"그걸 말이라고 하니? 너희들의 자식이 나처럼 당했다고 생각해 봤니? 할 수 없겠지. 그럴 리가 없다고 믿겠지. 그래서 너희들 같은 남자들은 죽어야 한단 말이야. 다음 여자들을 위해서라도 말이야."

"잘못했어. 이번만 봐줘. 미경 씨! 아 여진 씨!"

"내 맘 약하게 하지 마. 그런 말하기엔 이미 늦었어. 내가 말하는 건 너희들은 죄의식도 없이 당연한 것처럼 남자의 강한 세계를 살아가고 있다는 거야. 그래서 너희들 같은 인간은 이 세상에 본보기로라도 죽어줘야 해. 그리고 네가 죽을 것이라는 '새샘 넘버 3'란 암시도 해 두었을 텐데."

"그럼 그 향수 이름이……."

"잘 알고 있군. 죽음의 향수였지. 너희들 다섯 명 때문에 내가 고통으로 어떻게 살아왔는지 모르지? 난 그 고통 때문에 죽으려고도 여러번 시도해 봤어. 너희들의 원한 때문인지 죽어지지 않았어. 그래서 깨달았지. 너희들이 죽어줘야 내가 죽어진다는 사실을. 너희들은 하나하나 죽어지는 거야. 그래서 넌 세 번째로 '새샘 넘버 3(쓰리)'야."

여진은 웃었다. 그리고 돌을 더 높이 치켜들어서 그를 향해 한 발 다가섰다. 그때였다. 동팔은 잽싸게 달려들어 돌을 들고 있던 여진의 팔을 낚아챘다. 그리고 팔을 꺾어 꼼짝 못하게 했다. 그 순간 여진은 동팔의 완강한 힘에 의해 손에 들였던 돌을 놓치고 말았다.

"이봐 여진이, 역전된 기분 어때?"

"기분? 좋아."

여진은 아파하며 이게 여자의 한계라는 걸 느꼈다.

"역시 너희 부녀는 내 손에 죽게 되는군."

"당신 손에 죽는다고? 난 그런 죽음 같은 거 겁 안나. 아니 너희들이 그렇게 만들어 줬지. 그리고 당신이 죽기 전에 난 쉽게 안 죽어. 죽으려고 했으면 옛날에 죽었지."

"그래? 더 이상 너를 살려 줄 순 없지. 참, 너를 살려주면 내가 죽게 된다는 걸 잊었었군."

동팔은 여진의 팔을 놓고 두 손으로 여진의 목을 조르고 있었다. 여진은 조금도 반항하지 않았다. 목은 점점 조여들었다. 그래도 여진은 차분하게 기회를 노렸다. 그런 기회를 노리다 순간적으로 무릎을 꺾고서 동팔의 가랑이 사이를 세차게 걷어찼다. 동팔의 급소인 고환에 정통으로 맞아버렸다. 한순간에 일어난 일이었다.

동팔은 여진의 목을 조이던 손을 풀고는 새우 모양을 하고 쓰러져서 데굴데굴 구르고 있었다. 동팔은 통증으로 위태로운 후퇴를 계속했다. 그 틈을 이용해 여진은 발로 한 번 더 걷어찼다.

"아, 제발."

무척 고통스러워하는 동팔은 간절히 애원하는 눈빛을 했지만 여진은 아랑곳하지 않았다. 그녀는 밀랍 같은 얼굴로 다가갔고, 동팔은 죽음의 사신과도 같은 그녀를 피해 위험한 걸음을 계속할 따름이었다.

급기야 동팔은 펄쩍펄쩍 뛰다 바위에서 발을 헛디뎌 단말마의 비명과 함께 바다 속으로 떨어지고 말았다.

동팔은 휘몰아치는 파도에 묻힌 채로 파도와 함께 울퉁

불퉁한 바위를 냅다 치는 바람에 동팔의 몸이 바위에 부딪쳤다. 또 부딪쳤다. 여진은 죽음과 삶의 전환점에서 이별을 고하는 동팔의 모습을 싸늘한 눈길로 내려다보고 있었다.

커다란 파도가 몰려와서 동팔을 집어삼켜 바다 속으로 휘말려 들어가서는 끝내 모습을 감추고 말았다.

다음날 아침이었다. 아침부터 비가 내렸다. 부슬거리는 비는 그치지 않았다.

경찰은 동팔의 사건을 단순한 실종으로 처리했다. 하지만 익사했을 거라는 심증을 굳히고 있었다.

경찰은 동팔이 아내와 헤어진 이혼남인 데다가 최근 자신이 경영하던 건설회사가 부도난 것에 초점을 맞추어 세상살이를 비관하여 술을 마시다 바다로 투신자살했을 거라는 추정을 달았다.

더욱이 그의 옷이 있던 장소에 남겨진 소주병과 잔 하나가 놓인 정황으로 보아 혼자서 술을 마셨을 거라는 추측을 가능하게 했다. 누군가가 의혹이 갈 만한 증거를 없앴겠지만 경찰이 그 사실을 알리 없었다. 경찰은 잠수요원들을 동원하여 바다 속을 탐색하는 한편 해변가의 불량배들을 중심으로 탐문수사를 강화하는 정도로 수사를 진행시켜 나갔다.

영근은 태성의 사무실에서 그와 마주 앉아 커피를 마시며 또 한 친구를 잃은 시름을 달래고 있었다. 동팔의 시체는 아직 떠오르진 않았지만 파도에 밀려 바다 깊숙한 곳을 떠돌거나 벌써 고기밥이 됐을지도 모를 일이라고 추측했다.

태성은 서류를 정리하는 경리를 보고 말했다.

"미스 최! 그만 퇴근해 봐. 오늘 수고했어."

"네, 사장님."

경리가 핸드백을 들고 나가자, 한동안 짧은 침묵이 흘렀다. 영근은 이제 실체를 드러낸 존재에 대한 공포감에 짓눌리고 있었다.

태성도 크게 다를 바는 없었다. 막연히 생각만 해오던 불안이 확실한 형체로 자리잡아서는 시시각각 목을 졸라오고 있는 듯했다.

"동팔이가 그랬어. 분명 여진이 그 소녀라고."

영근이 힘없는 어조로 말하자, 태성은 침이 마르는 듯한 초조감을 드러냈다.

"어떡하지? 경찰에 협조를 요청할까?"

태성의 겁먹은 음성에 영근은 두 눈을 치켜떴다.

"무슨 바보 같은 소리야? 그럼 우리가 온전할 거 같애?"

영근이 큰 소리쳤다. 태성은 고개를 숙이며 그 말에 동의했다. 경찰에 수사를 요청하면 자연 어린 소녀에게 자행된 일도 실토를 해야 한다.

그렇다면 가정에서나 일에서나 거의 자리를 잡아가고 있는 그들에게 이로울 건 하나도 없었다. 새샘의 그들은 불쌍한 소녀를 짓밟은 대가를 충분히 받는 거라고 세상 사람들의 비웃음을 살런지도 모른다. 아무래도 경찰에게 사실을 알리는 건 그들의 얼굴에 먹칠을 하는 행위와 다를 바 없었다.

영근은 길게 한숨을 토해냈다. 그 역시 진퇴양란의 상황에 빠진 무기력한 입장을 한심해 했다. 그렇다고 순간순간 다가드는 죽음에 대한 공포에 초연할 수만도 없는 노릇이었다.

영근은 얼굴에 비장함을 드러내고는 태성의 눈을 똑바로 들여다보았다.

"이 문제는 우리 둘이서 해결해야만 해. 경찰, 아니 그 누구도 이 사실을 알아서도 안 돼. 그러니 단단히 입조심하고 매사에 조심하라구!'"

영근이 말하자 태성은 고개를 끄덕였다. 그리고 심각한 표정을 지었다. 이제는 둘 다 꺼림칙한 위험에 노출된 것이다. 그것도 떳떳치 못한 사유로 인한 자책과 굴욕을 느껴야만 하는 시점에 이르게 된 것이었다.

아무튼 지금까지 5명의 새샘 멤버 중 살아남은 영근과 태성은 앞으로 어떤 일이 벌어질지 모르는 상황에서 어떻게 대비해야 할지 마음을 잡고 있었지만, 그들의 뇌리 깊숙한 곳에서 무서운 속도로 자라고 있는 독버섯과도 같은 공포와 불안을 내몰기는 그리 쉽지 않았다.

여진은 침대에 누워서 억지로 몸을 일으키려 안간힘을
썼다. 그건 마음뿐이지 쉽사리 몸은 따라주지 않았다. 거
기다 머리가 무거워 목에 힘이 없었고, 이마에서는 뜨겁게
열이 솟았다. 전신에서는 기운이 떨어짐과 동시에 온몸 여
기저기가 쑤시고 아파왔다. 아마도 지독한 몸살에 걸린 것
같았다.

누운 그대로 시선을 들어 창을 통해 밖을 내다보았다. 바
깥은 낮인지 밤인지 분간이 가지 않을 정도로 희뿌옇게 납
색이었다.

강릉 경포대에서 오랫동안 머물렀던 게 몸살의 원인이
된 듯했다.

소리가 여진의 머리맡에 올라와서는 해쓱해진 여진의 얼
굴을 내려다보고 있었다. 그러고 보니 여진은 강릉에서 올
라와 꼬박 이틀을 누워 있었다는 걸 알았다.

여진은 힘들게 몸을 세우는 데 성공했다. 검은 브래지어
와 팬티 차림이었다. 여진의 피부가 동해안의 햇볕에 그을
리긴 했지만 생기는 없어 보였다. 여진은 뭐라도 먹어서
배를 채워야 한다는 일념으로 침대에서 벗어나서는 냉장
고로 향했다. 몇 발짝 떼다가 그만 그 자리에 몸이 폭삭 허
물어지고 말았다.

주저앉은 채로 무릎을 펴고 일어서려고 했으나 눈앞이

깜깜해 현기증이 일었다. 동시에 머리가 심하게 아파 왔다. 여진은 잠시 그대로 내려앉은 자세로 입술을 악물고는 허물어져 내릴 것만 같은 자신의 몸을 추슬렀다.

이대로 죽을 것 같았다. 하지만 지금 여기서 생을 마감한다면 할 일을 남겨놓는 셈이니 그럴 수는 없다는 생각이 들었다. 그녀는 간신히 낮은 소파에 몸을 의지하며 가쁜 숨을 몰아쉬었다. 머리는 점점 아파 왔다. 거기다 온 몸에서 식은땀마저 흘렀다.

삶과 죽음이 오락가락하는 듯한 상황에서 여진은 거의 본능적으로 한 남자의 얼굴을 떠올렸다. 여진은 그의 목소리만이라도 듣기를 간절히 원했다. 여진은 수화기를 집어들고서는 번호를 눌렀다. 머리 속에 입력해 둔 번호였지만 오랜만에 연락을 취하려고 하니 왠지 낯설게만 여겨졌다.

자신만을 사랑했던 준하였다. 지금에 와서 그가 깨워주는 소리가 없기에 눈을 뜨지 못하고, 그의 향기가 없기에 다른 사람의 향기를 싫어했었다. 그의 품이 없기 때문에 날마다 우울했다. 그의 말소리가 없기 때문에 다른 사람의 소리가 싫어졌고, 그의 사랑이 없기 때문에 웃음을 잃어버린 여진이었다. 자신을 너무 사랑해 주었기에 자신을 소중히 대했기에 여진은 그가 알고 있는 줄 알았다.

그러나 그가 멀어져 가는 뒷모습조차 볼 수 없는 처지에서 새로운 만남이 되고 싶었다. 만나면 따스한 봄 햇살처럼 반겨주리라 믿고 싶었었다.

　　신호음이 울리고 곧 남자의 음성이 들렸다. 여진은 그 음성을 듣자마자, 가슴이 떨리는 듯한 벅찬 느낌을 받았다. 간신히 입술을 들썩거렸다. 음성은 마치 낡은 바이올린을 켰을 때처럼 불안하게 떨려 나왔다.

　　"나예요. 여진이."

　　"윤여진?"

　　그의 목소리에서 심한 동요가 느껴졌다. 그는 동요되는 감정을 추스르려는 듯 잠시 침묵했다.

　　순간 준하는 전설 속에 살고 있을 법한 이슬만 먹고 살아온 것처럼 아름다운 여인이었던 윤여진의 기억을 더듬었다.

　　"엄청 오랜만이야."

　　그가 먼저 말을 했다.

　　사랑도 미움도 묻어 있지 않았지만 여진은 그의 목소리에서 이루지 못한 사랑에 대한 상심을 느낄 수가 있었다. 그의 따스한 입김이 실려오는 듯해 여진은 문득 그의 넓은 가슴에 안기고 싶다는 욕망을 지그시 눌러야만 했다. 한 가정의 주인이 된 준하를 멀리서 바라만 보는 자신의 처지가 안타깝게만 여겨졌다.

　　"준하 씨한테 할 말이 있어요."

　　"음, 할 말 해봐."

　　여진은 다음 말을 하기 전에 잠시 숨을 골랐다. 마음이 변하기 전에 그에게 진실을 다 털어놓고 싶었다.

"난 예전의 여진이 아니에요. 난 이미 피로 얼룩져 있어요."

"피로 얼룩져 있다니?"

"박동팔이란 남자. 신문을 보면 알 수 있을 거예요."

여진은 자신의 전화 번호를 알려주고 수화기를 내려놓았다. 더 이상 얘기를 늘어놓는 것도 구차하고 그와 통화하는 것도 기진돼 있는 그녀의 체력상 힘들었기 때문이었다. 여진은 억지로 몸을 일으키려 하다가 이내 소파 위에 다시 쓰러졌고 가물거리는 무의식의 세계로 함몰되어 갔다.

# 6. 파혼한 남자

인생을 살다 보면 수많은 사람과 만나고 헤어진다. 준하도 바쁘게 살아오다 여진을 잊고 살아왔다. 여진의 전화를 받고 보니, 문득 보고 싶은 여진으로 아니 잊지 못할 사람으로 되어 있었다.

준하는 침대 위에서 여진의 전화 번호를 암기해 놓고 핸드폰을 내려놓았다. 준하는 만감이 교차하는 듯한 기분에 빠져들었다.

머리맡의 시계를 보니 새벽 5시가 조금 지나 있었다. 3년 전 여진과 헤어지고 처음 통화를 나눈 준하였다. 그의 옆에 아직 잠에서 깨어나지 못하고 있는 아내가 누워 있었다. 그는 아내를 잠시 내려다보았다.

준하는 직장에서 일하고 밤 12시가 되어 집에 들어와 설거지를 끝내고 잠든 아내가 안 됐다는 생각을 했다. 자신 때문에 고생스런 아내가 깰까봐 조심스럽게 몸을 일으켰다. 그러나 부스럭대는 소리에 아내는 잠을 깨었는지 한 손을 뻗어서는 그의 가슴을 찾았다.

"여보, 어디 가?"

잠이 묻은 음성으로 그녀가 말했고 그는 아내의 이마를 쓸어주며 토닥거려 주고는 침대에서 일어났다. 그리고 방을 나왔다.

준하는 거실에 앉아 담배를 피워 물었다. 문득 여진에 대한 그리움이 밀물처럼 한꺼번에 다가들었다. 아내는 더없이 착하고 예쁜 여자였다.

그녀 또한 준하를 끔찍이도 위하고 사랑했다. 그런데 그런 아내를 옆에 두고도 준하는 늘 채워지지 않는 무언가를 가슴 가득 느껴야만 했다.

준하는 목에 난 흉터를 만지며 여진을 떠올렸다. 여진과는 정말 결혼을 약속한 사이였었다. 악몽과도 같은 그 날 밤이 아니었다면 하고 생각하는 준하는 새삼 그때 일이 되살아나 진저리를 쳤다.

준하의 시야에서 다시는 떠올리고 싶지 않은 여진과의 정사가 그의 망막을 후려치듯 되살아났다.

그 여행은 여진과 결혼을 염두에 두고 간 여행이라 준하로서도 가슴 설레는 일정이 아닐 수 없었다. 여진도 강릉은 처음 오는 길이라고 무척 좋아했었다. 준하는 여진이 불우하게 자라 왔다는 사실을 알고 있었기에 그녀가 즐거워하는 모습을 보고 흐뭇해 했다.

준하와 여진은 강릉 바닷가의 해변을 돌며 미래에 대한 얘기를 나누고 꿈에 부풀어 있었다. 여진은 여진대로 결혼

하면 준하를 위하는 참한 신부가 되겠노라고 행복한 미래
에 대한 다짐을 늘어놓았었다.

싱그런 햇살이 부서지던 날, 바닷가인 경포대에서 스포
티해 보이는 진초록 반소매 원피스 차림의 여진은 여전히
경쾌했다.

그리고 그녀의 얼굴을 옅게 물들인 연분홍 빛은 부쩍 여
자의 느낌을 더했다. 아마도 사랑 때문이었으리라, 그 예
감은 틀리지 않았다.

계절은 여름을 향해 달려가고 있었지만, 그녀는 거꾸로
한겨울 속으로 달려가 눈처럼 하얀 순백의 사랑으로 열병
을 앓고 있었다.

그런 열애의 밤이 되었다. 사랑하는 두 남녀는 자연스레
바닷가를 낀 솔밭 속에 위치한 현대호텔에 투숙하게 되었
다. 그리고 시간이 깊어지고 준하와 여진은 함께 침대에
들었다.

연애를 시작한 지 6개월이 지났지만 아직은 서로에 대해
존중하고자 했기에 같이 밤을 지내는 건 처음이었다.

여진의 벗은 몸은 나무랄 데 없이 매끈하게 아름다웠다.
준하는 척척 감겨오는 느낌에 말할 수 없는 기쁨으로 그녀
를 끌어안고 몸을 포개었다. 준하는 여진의 몸 속에 깊숙
이 들어갔다.

한없이 깊은 곳에서 헤엄쳐 다녔다. 파도처럼 정열적으
로 허리를 움직여 한껏 과시하고 있었다. 그는 막 열락의

정원에 발을 들여놓으려는 여진의 나신을 내려다보면서 만족해 했다. 곧 피우게 될 꽃망울에 대한 염원을 간직한 채 사랑의 입김을 힘겹게 뿜어대고 있었다.

그런데 여진의 몸이 뜨겁게 달구어짐과 동시에 여진이 허옇게 눈을 치켜 뜬 것을 보고는 의아하게 생각했다. 썩 보기 좋은 모습은 아니었다. 순간 준하는 당황했지만 아마도 여진은 극도로 빠져드는 엑스터시를 저런 식으로 표현하나 보다 생각했다.

그러나 그게 아니란 걸 다음 순간 준하는 깨달을 수 있었다. 여진은 뭔가 찢기라도 하듯 아니면 어떤 꺼림칙한 기억에 몸부림을 치듯 고개를 좌우로 세차게 흔들어대며 괴로워하는 기색이 역력했다.

여진은 다섯 명이 자신을 덮치는 악몽과 동팔이한테 강간당한 일, 또 그가 아버지를 죽인 일들이 한꺼번에 솟아나와 숨까지 막혀 온 것이다. 순간 여진은 참을 수 없었던지 몸을 오뚝이처럼 벌떡 일으켰다.

너무도 순간적인 일이라 준하로서도 적잖이 당황할 수밖에 없었다. 그는 어찌할 줄을 몰랐다. 그저 이상해지는 여진의 행동에 주시를 하고 있을 수밖에 없었다. 그런데 여진은 갑자기 준하의 목을 끌어안고는 배고픈 여우처럼 준하의 목덜미를 세게 물어 버렸다.

순간 준하는 비명을 질러댔다.

여진은 준하의 목을 물고 놓지 않았고 목에서는 피가 흥건하게 흘렀다. 창졸지간에 당한 일이라 준하는 목에 통증을 느꼈지만 여진을 진정시키려 안간힘을 썼다. 왠지 그 순간만큼은 사랑스러운 여진이 아닌 것만 같았다. 마치 뱀파이어 같은 모습으로 준하를 놀래키고 있는 것이었다.

더욱이 준하를 물고 늘어지는 여진의 눈빛은 오싹한 살기마저 감돌았다.

준하는 그녀가 정사에 익숙치 않은 심경의 변화이거나 무슨 충격의 여파로 인해 저러리라 짐작을 하며, 여진을 억지로 떼어내고는 뺨을 여러 차례 갈겼다.

여진은 금세 정신을 잃고는 침대에 맥없이 쓰러져 버렸다. 준하는 그제서야 목의 통증을 느끼고는 손을 대보았고 찢어진 살결 사이로 붉은 피가 줄줄 흐르고 있음을 알았다.

준하의 목에 난 상처는 병원에 가서 몇 바늘 꿰매는 수술로 일단락 되었다.

준하는 자신이 사랑하는 사람이 저런다는 것이 이해가 되지 않았지만, 그래도 그대로 있을 수가 없어 여진을 불러내어 만났다.

여진은 무조건 미안하다고 했다. 여진이 미안해 하는 표정에 준하는 마음이 누그러졌다. 두 사람은 술집에서 술을 마시며 서로 불편했던 점을 풀고, 사랑을 확인이라도 해볼 양으로 호텔 객실까지 들어가는 데 성공했다.

여진은 객실에 들어서는 순간 술기운 탓인지 넘어졌다.

"괜찮아. 내가 부축해 줄게."

준하가 여진의 뒤쪽에서 겨드랑이 사이로 손을 넣어 잡아 일으켰다. 순간 여진의 엉덩이에 준하의 하체가 밀착되었다. 비틀거리던 여진은 온 몸의 중심을 준하에게 기대었는지라 준하의 하체는 여진의 엉덩이를 받치는 결과가 되어버렸다. 순간적으로 발 끝에서부터 머리까지 짜릿한 쾌감이 한 차례 훑고 지나갔다.

준하는 여진을 침대에다 눕혔다. 준하의 입술은 여진의 목덜미와 귓불을 집요하게 공략하며, 한 손으로는 여진의 블라우스의 단추를 풀어 나갔다. 곧 속옷 속으로 손을 넣어 브래지어 밑에 감추어진 여진의 가슴을 움켜쥐었다. 이 정도면 될 성 싶었던지 준하는 여진의 옷을 하나하나 양파 껍질처럼 벗기고 몸을 살짝 포갰다.

준하는 여진의 몸 속에 들어가 한참 동안 공략하고 있었다. 여진도 몸이 한껏 달구어짐과 동시에 눈을 허옇게 치켜 떴다. 준하는 당황했다. 여진은 또 그 악몽에 몸부림치며 고개를 좌우로 흔들다 비명을 지르며 몸을 벌떡 일으켰다. 순간 준하는 또 물리지 않으려고 몸을 피했다.

"왜 그러는 거야?"

준하가 눈을 크게 뜨고 큰 소리로 물었다.

"준하 씨 우리는 안 돼! 준하 씨를 사랑하지만 난 안 돼!"

"뭐가 안 된다는 거야."

여진은 대답이 없었다. 여진은 준하와 결혼을 할 수 없는
건 아기를 낳아 줄 수 없는 것이라고 생각을 했다. 전에 생
리가 이상해서 산부인과 병원에 갔었는데, 난자는 생산이
되지만 자궁파열로 인해 난자가 자리를 잡지 못해 영원한
불임이라는 진단을 받은 적이 있었다. 하지만 이런 말을
준하에게 차마 할 수가 없어 다른 말을 했다.

"사랑해. 준하 씨를 사랑하기 때문에 이렇게 할 수밖에
없어."

여진은 준하의 팔을 다정하게 붙잡는가 싶었는데 갑자기
물어 버렸다.

또 다시 준하의 상처로 남은 그 날 밤의 기억은 쉽게 지
울 수가 없었다. 사랑하는 사람을 받아들이면서 증오와 살
기가 뒤범벅이 된 모습으로 그에게 달려들었던 여진의 모
습은 아무리 생각해도 이해되지 않았다.

첫 여행을 다녀온 뒤로 두 사람은 자연스럽게 멀어져 갔
다. 준하는 여진만을 떠올리면 그 날 밤의 광란하듯 몸부
림치던 모습이 떠올라 괴롭기만 했다. 그 섬뜻한 기억이
그의 뇌리를 떠나지 않아 준하는 여진에게 선뜻 마음을 열
수가 없었다.

이미 결혼을 약속한 사이였지만 둘 사이에는 이미 돌이
킬 수 없는 틈이 생겼고, 그 틈이 점점 벌어지면서 파혼이
되고 말았던 것이다. 여진도 그 이후로 준하에게 별다른
해명이나 변명도 연락도 없었다. 자연적으로 두 남녀의 사

랑은 기억하고 싶지 않은 정사로 인하여 쓸쓸한 추억 저편에 묻어둬야만 했다.

준하는 마음 속 구석에 앙금처럼 남은 여진의 기억을 지우기라도 하듯 서둘러 지금의 아내를 만나 결혼을 했다. 아내와 행복한 보금자리를 꾸몄다. 아니 억지로 그러길 바랬던 것이다.

그의 결혼생활은 대체적으로 무난했다. 아니 큰 불편이나 갈등 없이 행복한 편에 속했다. 그러나 요즘 준하가 다니는 태성산업이 잘 돌아가는 것 같은데, 회사는 IMF 이후의 후유증을 핑계로 관리직들은 월급을 제대로 받지 못하고 있었다. 준하도 팀장으로 월급을 2개월이나 타오지 못하고 있었다.

보다 못한 준하 아내가 직장을 다니기로 나섰던 것이다. 준하 아내는 정보고를 졸업하고 경리출신으로 회계능력이 우수해, 관광나이트클럽에 취직이 되었다. 나이트클럽이라고 해서 술 접대부가 아니라 나이트클럽 사무실에서 자금 및 경리 회계 일을 담당하고 있었다. 근무 시간은 오후 4시부터 밤 10시까지였다.

준하는 아내가 버는 걸로 생활을 하고 있었다. 그런 직장에다 아내의 자상한 내조에 만족을 하는 편이었지만, 마음 한 구석에 어두운 기억으로 남은 여진의 일을 지울 수는 없었다.

여진과의 기억이 서서히 망각의 강으로 밀려나는 건 사

실이었다. 그러나 불쑥불쑥 망막에 떠올라 준하를 당혹하
게 하곤 했다.

무척이나 괴로웠다.


준하는 담배연기를 길게 뿜어 위로 날리며 좀 전에 걸려
왔던 여진의 전화를 떠올렸다. 웬일일까. 그렇게 여진과
헤어지고 난 뒤로 처음 접해 보는 여진의 음성이었다. 수
화기로 들려오는 여진의 음성은 어딘지 모르게 불편해 보
이면서 무언가 가슴에 단단히 맺힌 옹골진 기운이 느껴졌
다. 더구나 작은 떨림을 남기며 피로 얼룩졌다는 여진의
그 말을 되새기며 준하는 의아해 하고 있었다.

'피로 얼룩져 있다' 라는 여진의 말뜻이 과연 무얼 의미
하는 것인가로, 준하는 곰곰 생각에 잠겼다. 여진이 남겼
던 '박동팔' 이라는 이름에 의문을 품었다. 박동팔이라면
준하에게는 처음 들어보는 사람의 이름이었다. 분명 여진
과는 무관하지 않은 듯한데, 그 사람이 여진과 어떤 관련
이 있다는 뜻인지 짐짓 궁금해지기 시작했다.

분명 여진은 준하에게 무언가를 말하려고 했다. 그러나
불투명한 암시만을 남기고 전화는 끊어져 버렸다. 준하는
여진에 대한 의혹이 점점 깊어짐과 동시에 마음 한 구석에
성질을 알 수 없는 불안이 서서히 잠식해 들어옴을 느끼고
있었다.

준하는 늦게서야 침대에서 눈을 떴다. 새벽에 잠을 설친

탓에 정오가 지나서야 준하는 침대에서 일어날 수가 있었다.

준하의 아내는 밥상을 차려놓고는 친정에 갔다가 나이트클럽으로 출근한다고 했다. 마침 일요일이라 다행이다 싶은 생각을 하며, 준하는 솜처럼 늘어지려는 몸을 일으키고는 식탁에 가서 음식들로 대충 배를 채웠다.

식사를 끝내고 거실 소파에 앉아 텔레비젼을 보았다. 오락프로가 진행 중이었다. 준하는 텔레비젼을 끄고는 잠시 소파에 머리를 뒤로 하고는 누웠다. 그의 일요일은 여느 때와 다름없어 보였지만 분명 뭔가가 달랐다. 이미 그의 뇌리 속에는 여진에 대한 상념들로 가득 채워진 상태였기 때문이다.

준하는 문득 머리를 스치는 생각에 티브이 밑에 쌓아둔 신문들을 끄집어냈다. 준하가 구독하는 신문은 일요일엔 발행하지 않기에 지난 날 것부터 살펴야만 했다. 그는 토요일부터 거슬러 올라가서 눈에 띌 만한 사건들을 되짚어 보았다.

분명 뭔가가 있다면 사회면에 있을 거 같아 사회면을 꼼꼼히 훑어 내렸다. 얼마를 그렇게 찾던 준하의 시야에 드디어 '박동팔'이라는 이름이 들어왔고 준하는 얼른 그에 관련된 기사를 단숨에 읽어 내려가기 시작했다.

'이혼 남 34세 박동팔, 동해안의 경포대 해수욕장에서 실종. 세상을 비관하여 바다에 투신한 것으로 보임.'

준하의 머리에 뭔가 심상치 않은 일련의 사건들이 연상
되며 스치고 지나갔다. 그는 그 궁금증들을 덮어두지 않은
채 다음 기사를 읽어 내렸다.

경찰은 일단 자살로 보면서 한편으로는 누군가와 원한관
계나 인근 불량배들의 소행일지도 모른다는 가능성과 함
께 수사를 펼쳐 나가고 있다고 했다.

준하는 신문에서 눈길을 거두고는 '박동팔'이라는 이름
을 말하던 여진의 어두운 음성을 떠올리고는 그녀가 이 사
건과 무관하지 않을 거라는 확신을 갖게 되었다.

# 7. 사랑은 싹트고

태성은 동팔의 사건 이후로 밤에 잠을 제대로 이루지 못했다. 그는 해가 져서 어둠이 깔리면 집안 구석구석 문단속을 챙기는가 하면 집 주위에 얼씬거리는 그림자는 없나 하고 눈에 불을 켜고 살피기 일쑤였다. 언제 어디서 복수의 눈이 어두운 한 여자의 집요한 추적을 받을지 몰라 숨도 제대로 못 쉴 지경에 이르렀다.

태성은 침대에 누워서도 전신을 억누르는 어둠의 물결이 싫어 스탠드 불을 밝혀야만 잠이 들었다.

그 날도 예외는 아니었다. 태성은 잠자리에 들려고 누웠다가 망막을 덮듯이 내리누르는 어둠이 싫어 불을 밝히기 위해 몸을 일으키고는 칙칙하게 남아 있는 어둠을 몰아내었다.

"불은 왜 켜요?"

옆에 누워 있던 태성의 새 아내가 간잔지런한 눈꺼풀을 치켜 뜨면서 태성에게 물었다.

"당신 아직 안 잤어?"

태성은 그보다 나이가 열 살은 더 어린 아내를 보며 달래듯이 말했다. 그는 얼마 전에 이혼하고 그의 개인 비서였던 여자와 결혼했던 것이다. 지금의 새 아내는 그 전 부인에 비해 아름다웠으며 태성에게 순종하는 타입이라 그로서도 그런 그녀를 마음에 들어하고 있었다.

"잠이 오다가 달아나 버렸단 말이에요."

아내의 말투에는 애교가 담겨 있었다. 그녀는 태성의 가슴팍에 손을 집어넣으며 달짝지근한 숨을 몰아쉬고 있었지만, 태성은 그런 그녀를 밀쳐두고는 침대에서 빠져 나왔다. 그럴 기분이 아니었다. 어린 아내를 두어 다소 불편하다면 밤마다 졸라대는 투정이었다. 어떨 때는 그녀의 그런 솔직한 면이 귀여울 때도 있었지만 어떤 경우엔 은근히 부담이 되기도 했다. 아직 튼튼한 체력을 자랑하는 그였지만 한창 나이인 스물 다섯의 여자를 달래주기엔 버겁다고 느낄 때가 더 많았다.

태성은 소파에서 일어나 서재로 들어갔다. 서재라 해봐야 두 평 남짓한 공간이었지만 회사 일로 신경을 쓴다거나 할 때 곧잘 서재를 찾곤 하던 그였다. 책하고는 거리가 먼 상태였지만 남 보기에 좋으라고 장식으로 서재의 벽 한 면에는 책으로 잔뜩 쌓여 있었다.

태성은 의자에 앉고는 담배를 피워 물었다. 그는 대체적으로 겁이 없는 편이라 여태껏 살아오면서 누구를 두려워하거나 기피한 적은 없었다. 그러나 이번 경우만큼은 달랐다. 시시각각 그에게 달려드는 공포의 올가미에서 벗어나기 위해 주위를 살피고 확인해야 마음이 놓였기 때문이다.

그는 자신과 친구, 즉 새샘 멤버들이 저질렀던 그 옛날의 과오에서 까마득히 벗어나 있었다. 그 일은 이제는 끝이 나고 다 잊혀진 줄만 알고 있었는데, 그게 아니라는 충격적인 사실을 받아들여야만 하는 현실에 처하게 되었다.

그래서 인간은 죄를 지으면 죽기 전에 그 값을 받게 됨을 실감하면서 지난날의 잘못과 괴로움에 시달렸다.

오랜 세월 전에 소녀가 당했던 굴욕과 치욕을 마음 속 깊은 곳에다 꼭꼭 묻어 두고는 언젠가 때가 오기를 기다렸던 것이다. 태성은 오래 전 성남 달나라 동네에서 살았던 앳된 소녀의 얼굴을 떠올려 보았다. 소녀의 이름이 여진이란 기억이 살아났다.

여진이란 그 앳된 얼굴 윤곽과 생김은 지금 봐도 알아볼 수 있을 것만 같았다. 하기야 세월이라는 거대한 물결에 휩쓸려 그 모양이 변했다면 태성으로서도 어쩔 수 없는 일이기는 했다. 또 그녀가 첨단 의학의 힘을 빌어 성형수술로 본 모습을 감추었다면 그 누구라도 그녀의 모습을 알아채기는 힘이 들 것이라는 생각도 했다.

태성은 성남시 자혜시장 부근 자신의 집에서 앳된 소녀를 올라탔을 때, 그 소녀는 눈을 치켜 뜨고 살려달라고, 곧 죽을 것처럼 애원했던 여진이었다는 옛 기억을 더듬었다. 그리고 순간 어린 아내를 떠올리고는 그녀가 여진과 아무런 연관이 없는지 의구심을 품었다.

아내의 얼굴 윤곽을 새삼 떠올려 보았다. 그러나 나이로
도 아내는 아닌 거 같았다. 그리고 누군가가 의도적인 목
적으로 태성에게 벌써 접근했을지 모른다는 가능성도 배
제할 수 없다는 생각이 들자, 그는 괜스레 마음 한 구석이
서늘하게 젖어드는 공포감에 빠져들어야 했다.

그 다음에 그의 망막에 떠오르는 여자는 비서였다. 현재
그의 비서로 있는 미스 최를 곰곰이 생각해 봐도 그녀는
아닌 것 같았다. 그가 악행을 저질렀을 시기에 그녀는 미
국에 있었다고 들었기 때문이다. 하기야 그녀의 그런 말이
거짓일지는 모르겠지만 미스 최는 그 일과 아무런 연관이
없다고 태성은 믿고 싶었다.

태성은 골머리가 아파 머리를 세차게 흔들었다. 그리고
양손으로 머리카락을 움켜잡고 마구 괴롭혀대는 상념에서
벗어나려 애를 썼다. 이렇게 주위에 있는 여자들을 의심하
다가는 아무 일도 못할 거 같았다. 그의 회사만 해도 여직
원의 수는 꽤 되었기에 그 여자들을 일일이 점검하고 의심
하다 보면 태성의 머리 속이 온전치 못할 것만 같았다. 아
니 곧 미칠 것만 같았다.

그는 가슴 깊숙한 곳에서 터지는 한숨을 내쉬고는 그 옛
날 친구들과 함께 저지른 파렴치한 행위에 대해 뼈저린 후
회를 했다. 그에게는 전 부인에게서 얻은 초등학교 1학년
짜리 딸이 있었다. 그 아이가 무지막지한 사내 5명한테 그

와 비슷한 일을 당했다고 생각하면 태성으로서도 용납하지 못할 것만 같았다.

태성은 문득 방에서 곤히 잠들어 있을 딸아이 생각이 간절해 서재를 나섰다. 그리고 딸 방으로 들어갔다. 딸은 작은 침대에 누워서는 세상 모르게 자고 있었다. 그는 딸의 이마를 쓸어주었다. 이혼한 아내한테야 아무런 애정도 없었지만 딸만큼은 버릴 수 없었다. 그의 하나뿐인 혈육이라 애정도 극진했다.

딸아이가 몸을 뒤척이자, 그는 딸을 두어 번 토닥거려 주고는 조용히 방에서 나왔다.

태성은 턱없이 밀려드는 두려움에서 벗어나기 위한 방편으로 주방에 들어가 큰 투명 잔에다 양주를 가득 따랐다. 그는 양주잔을 들고 나와 거실 소파에 앉았다.

태성은 양주를 조금씩 들이마시자 목구멍으로 싸한 기운이 타고 훑어 내렸다. 서서히 술기운이 온 몸에 스며들어 젖어드는 걸 느꼈다. 아까보다는 두려움이 많이 사그라지고 있었다. 넉잔 째를 마시고 있는데 갑자기 베란다 쪽에서 무슨 소리가 나는 바람에 태성은 대번 긴장했다.

태성은 몸을 자신도 모르게 의식적으로 일으켰다. 베란다 쪽으로 다가갔다. 그의 집은 아파트가 아닌 주택이라 간혹 자다가도 마당이나 대문 밖에서 나는 이런저런 소리를 들을 수가 있었으나 이렇게 가까운 곳에서 들리는 소리는 아무래도 심상치 않게 여겨졌다.

그가 베란다로 나갔을 때 무언가가 획! 하고 시야를 가로 질러가는 바람에 그는 헉 하고 숨을 들이키며 그만 뒤로 벌렁 자빠졌다. 자신도 모르게 몸을 재빠르게 세우고 눈을 크게 떴다.

무언가 마당을 질러 나무를 타고 담을 넘어가는 그 형상은 너무나 날렵하기만 했다.

태성은 미명의 어둠에서 그 형체를 어렴풋이 알 수 있었다. 그 형체는 다름 아닌 거리를 떠도는 고양이라는 사실을 쉽게 알 수가 있었다. 태성은 안도의 숨을 내쉬고는 베란다 문을 굳게 잠그고 소파로 돌아와 앉았다.

예전 같았으면 마당 쪽에서 수상한 소리가 났다 해도 이렇게까지 겁을 집어먹진 않았을 것이다. 그는 확실히 달라져 있었다.

친구들이 한 명씩 불의의 변을 당하는 걸 체험했고, 이제 그마저 죽음의 유혹을 받는 입장이고 보니, 이토록 심약해하는 건 어쩌면 당연한 건지도 모른다.

태성은 다시 술잔을 들이켰다. 잠시 후 방문이 열리면서 아내가 나왔다. 그녀는 속이 훤히 비치는 잠옷을 걸친 그대로 태성 옆에 붙어 앉았다.

"당신 무슨 고민 있어요? 자다가 웬 술이에요?"

그의 아내가 의아한 눈빛으로 말했다.

잠결에 술을 찾지 않는 태성이라는 걸 잘 알고 있는 그녀로서는 그가 평소와는 어딘가 다르다고 느껴졌다.

"잠이 안 와서 그래."

태성은 얼굴에 붉은 빛을 드리우며 대답했다. 그는 괜스레 아내한테까지 그가 짊어진 고민거리를 안겨주고 싶진 않았다.

"회사 일이 힘들어서 그래요?"

아내가 걱정스럽다는 듯이 물었다. 태성은 고개를 끄덕였다. 아무래도 회사를 둘러대야 아내도 이상하게 받아들이지 않을 거 같아서였다.

"으응. 좀 힘들어."

"요즘 안 힘든 회사가 어딨겠어요? IMF가 끝난 후가 더 힘들다고 봐야죠."

"아마 그래야 할 것 같아."

"정 어려우면 몰래 빼돌린 거금을 투자해 보면 어떨까요."

"미쳤어. 그 돈은 없는 돈으로 하기로 했잖아."

태성은 버럭 소릴 쳤다. 그랬었다. 아내가 비서로 있으면서 회사 돈을 빼돌려서 미국 은행에 예금시켜 두었다. 몇 년 동안 빼돌린 돈이 수십억원이 되었다. 그 돈 때문에 태성은 본처와 이혼하고 비서와 재혼했던 것이다.

"알았어요. 그만 들어가 쉬세요."

"알았어."

태성은 아내와 함께 방으로 들어가서는 침대에 누웠다. 그가 드러눕자, 아내가 한 손을 뻗어서는 그의 가슴팍을

어루만졌다. 태성은 그녀의 손을 가만히 옆으로 밀어내고
는 몸을 돌려 누웠다. 아내도 그의 생각을 눈치 챈 탓인지
더 이상 그를 귀찮게는 하지 않았다.

태성은 억지로라도 잠을 청해 볼 양으로 눈을 감았지만
그의 망막에는 오래 전 한 소녀를 짓밟았던 일들이 자꾸만
되살아나 그를 괴롭혔다. 데드마스크처럼 굳어 버린 소녀
의 얼굴이 자꾸만 시야에 어른거려 태성은 고개를 좌우로
세차게 흔들어댔다. 그리고는 침대에서 몸을 벌떡 일으켰
다. 아내는 이미 깊은 잠에 빠져든 것 같았다.

태성은 방안을 둘러보았다. 그리 새로울 것도 달라진 것
도 없는 방이었다. 그런데 방안에 잦아든 공기는 마치 서
서히 빠져드는 늪과도 같이 칙칙함으로 그를 에워싸고 있
었다. 그런 늪에서 허덕이며 발버둥치다 보니 어느새 날을
하얗게 밝히고 말았다.

아침이었다. 청담동에 향나무와 유실수로 파묻힌 거대한
저택에도 아침은 찾아들었다. 태성은 마당에서 정원으로
돌아보고는 세 식구가 살기에는 너무 큰 집이라는 걸 새삼
느끼고 있었다. 회사를 운영하면서 공장 직원들의 임금을
잘라먹어 가면서 돈을 모았다.

그런 돈으로 집에다 투자했다. 정원에는 집채만한 수석
들을 억대의 돈을 들여 갖다 놓았다. 아름드리 큰 정원수
를 그루 당 4백만 원에서 8백만 원씩 주고 사다 심은 기억
도 났다. 그러나 새샘 회원들이 하나하나 죽어지는 걸 보

면, 이렇게 가꾸어 논 저택에서 살 날이 얼마나 될까 하는 생각을 하니, 그는 너무나 억울할 것만 같았다. 무엇보다 부동산 투기와 탈세까지 하면서 몰래 빼돌린 미국은행에 있는 돈이 아까웠다. 그래서 인간은 죄짓고 살 수 없다라는 걸 실감했다.

남부러울 것 없는 저택과 넉넉한 현찰, 풍부한 씀씀이들로 그저 풍요로운 태성의 생활이었다. 지난날 한 소녀에게 악행을 저지른 것 때문에 찾아드는 고민만 빼고는 걱정 하나 없는 생활이었다.

그런 악행의 과거만 없었더라면 앞으로 남은 절반의 인생은 모두 행복과 자신의 사랑만으로 살아갈 것이라는 생각을 했다. 그래도 그는 악착같이 자신을 지키기로 했다. 끝까지 조심해서 살아 남아야 했다.

그는 출근을 서둘렀다. 아니 출근하기 전에 딸을 학교에 데려다주기 위한 채비로 더 서둘렀다. 그는 행여나 하는 노파심으로 아내한테 단단히 일렀다.

"슬기 학교 끝나기 전에 당신이 학교에 가서 꼭 데리고 와. 알았지?"

"요즘은 친구들하고 손잡고 잘만 오는데 굳이 데리러 갈 필요가 있나요?"

아내는 아무래도 자기 뱃속에서 나온 딸이 아니라 그렇게 말할 수밖에 없다는 생각에 화가 벌컥 났다.

"무슨 소리야?"

사
랑
은
쌓
트
고

199

태성은 자기도 모르게 그만 소리를 버럭 지르고 말았다. 아내는 태성의 그런 태도가 의아했던지 눈을 똥그랗게 뜨고는 입을 벌렸다.

"당신 요즘 이상해요. 꼭 뭔가에 쫓기는 사람 같기도 하고."

아내의 지적은 정확했다. 태성은 말이 나온 김에 그녀에게 언질을 주어야겠다고 생각하고는 그녀를 소파에 불러 앉혔다.

"내 말 좀 들어봐. 이건 농담이 아냐."

"무슨 소리예요?"

아내가 궁금하다는 듯 다그쳤다.

"우리 공장에서 얼마 전에 해고당한 사람이 있었는데, 그 놈이 나한테 억하심정을 가지고 있는지 해코지를 하겠다고 으름장을 놓고 다니나 봐. 그래서 뭐 별 일은 없겠지만 만일을 대비해서 조심을 하자는 거야."

태성은 거짓말로 둘러대고 있었다. 차마 여진의 얘기를 아내에게 들려줄 수는 없었다. 이렇게 회사를 팔아서라도 그녀에게 주의를 줘야 하는 건 어찌 보면 당연한 처사였다.

"그랬군요. 그런 문제라면 진작 얘기하지 그랬어요? 나도 알아야 할 문젠데."

"앞으로 조심만 하면 돼. 당신도 그렇고 특히 슬기도."

태성은 아내에게 여러 번 다짐을 주고는 딸을 데리고 집에서 그리 멀지 않은 초등학교로 향했다. 차안에서도 그는 딸에게 단단히 다짐을 주듯 일렀다.

"누가 뭐 준다고 따라가면 절대 안 된다."

"아빤, 그런 거 다 안단 말야."

딸은 뻔한 걸 묻는다는 듯한 태도로 짜증까지 내며 당돌하게 대답을 했고, 태성은 그래도 마음이 놓이지 않는 듯 몇 번 더 다짐을 주었다.

딸을 교실에 넣어 주고 차에 돌아온 태성은 이러다간 모든 게 엉망진창이 될지도 모른다는 불안에 빠졌다. 눈앞에 보이는 사람들을 죄다 의심하고 그것도 모자라 기피하게 된다면 일이 제대로 될 리도 없고, 그녀의 표적이 되기 전에 겁에 질린 토끼 꼴이 되어 먼저 숨막혀 죽을 것만 같은 생각이 들었다. 불안과 초조감으로 뒤죽박죽이 된 태성은 어지러워진 머리 속을 정리하며 회사로 차를 몰았다.

회사에 들어섰다. 직원들은 일제히 일어나 허리를 접고 인사를 했다. 그는 인사를 받는 둥 마는 둥하며 사장실에 들어섰다. 비서인 미스 최가 공손하게 인사를 하며 그를 맞았다. 그가 자리에 앉자 오늘의 업무내용을 파악하던 태성은 미스 최가 등 뒤에서 뭔가를 내미는 기척에 깜짝 놀라며 숨을 들이켜야만 했다.

"허억! 이게 뭐야?"

태성은 펄쩍 뛰었다.

"왜 그리 놀라세요? 매일 드시는 커핀데."

"커피라고? 아참, 그런가?"

태성은 쓸데없는 감정의 표시를 한 것에 무안해 하며 그녀에게 애꿎은 미소를 보내자, 미스 최는 이상하다는 표정을 지으며 커피 잔을 내려놓았다. 커피를 마시기 전 혹시 하는 생각으로 커피 잔 안을 들여다보았다. 향도, 빛깔도 여느 때와 똑 같았다. 하지만 왠지 커피를 마시기가 꺼림 칙했다. 미스 최가 누군가의 사주를 받아 커피 안에 치명적인 뭔가를 넣었을 경우를 생각하자 그는 커피를 마실 수가 없었다. 그래서 옆으로 커피 잔을 밀쳐둔 채 있는데 미스 최가 그런 그의 심중을 눈치챘는지 물어왔다.

"커피가 식는데 안 드시네요."

"으응, 속이 좀 쓰려서 오늘 아침은 별로네."

"그럼 녹차로 드릴까요?"

"녹차? 아 아니. 그만 두고 일이나 하라구."

태성은 고개를 저었다. 커피가 아닌 녹차라도 왠지 위험하게만 여겨져서였다.

오후였다.

"편지가 왔네요."

미스 최가 태성에게 편지를 내밀며 말했다.

태성은 얼른 편지를 받아들고 가위로 입구를 잘랐다. 봉투에 발신인은 없었다. 대신 태성산업의 주소만으로 인쇄체의 글씨로 박혀 있을 따름이었다.

편지지를 펼친 태성은 표정을 기묘하게 일그러뜨리며 낮

은 신음을 내뱉었다.

편지에는 역시 인쇄체의 글로 다음과 같은 내용이 박혀 있었다.

'새샘 넘버 2, 얼마 남지 않은 당신의 생의 마감을 위하여!'

태성은 욱하는 화가 속에서부터 치밀자 편지지를 힘껏 구기고는 잠시 어쩔까를 망설였다.

분명 그녀가 보낸 게 틀림없으리라. 이제는 드러내놓고 죽음에의 카운트다운을 세고 있을 여진을 생각하니 등줄기가 오싹하게 한기가 흘렀다.

얼마 후, 태성은 전화기를 끌어 당겨서 어디론가 전화를 넣었다. 몇 번의 신호음 끝에 굵직한 남자의 음성이 들려왔다. 그 음성은 00경찰서라고 자기의 소속을 밝혀왔다. 태성은 마른침을 꿀꺽 삼키며 목소리를 내려던 마음을 바꾸고는 이내 힘없이 수화기를 내려놓고 말았다.

아무래도 경찰에게 이런 사실을 알리는 것 자체가 어리석은 일 같았다. 영근의 말대로 자신들의 떳떳치 못한 행위를 온 천하에 알린다는 건 위험스럽기 짝이 없었다.

태성은 불규칙한 숨소리를 내면서 자신에게 닥친 죽음에의 노골적인 유혹에 심히 두려워하고 있었다. 그에게 다가드는 정체를 알면서도 어쩌지 못하는 곤혹스러움이 그의 폐부를 서서히 졸라오고 있었다.

여진은 거실에 앉아 있었다. 그녀는 오래 된 팝송을 듣고
있었다. 녹음기에서는 미남가수 숀 캐시디의 '더 레터'가
흘러나오고 있었다. 언젠가 서점에서 아르바이트를 할 때
그녀의 귓전에 감미로운 음률로 흐르던 그 노래를 잊지 못
해 가끔씩 테이프를 꺼내 듣곤 하던 노래였다. 그리고 준
하와 데이트할 때 자주 듣던 노래이기도 했다.

그녀는 지금쯤 어쩌면 '더 레터'라는 노래를 떠올리고
있을지도 모를 태성산업주식회사 사장의 얼굴을 떠올려
보았다. 그가 바로 태성이었다. 지금쯤 편지를 받아 보았
으리라. 그리고 분명 그에게 저 노래가 감미로운 음악이
아닌 공포스런 음률로 다가들지도 모른다는 생각을 했다.
여진은 왠지 태성이 그가 조금은 불쌍해지기까지 했다. 죄
에 대한 응징을 기다리는 사람의 심정은 가히 짐작할 수가
있어 보지 않아도 그가 얼마나 초조해 하고 심란해 할지
쉽게 가늠할 수 있었다.

그러나 이젠 어쩔 수 없는 일이라고 생각했다. 이미 주사
위는 던져졌다. 죽음의 카운트다운에 들어간 여진으로서
도 어쩔 수 없는 노릇이라고 생각했다. 그래서 그녀는 씁
쓸한 미소를 입가에 머금었다.

노래가 끝나고 '호텔 캘리포니아'라는 주옥 같은 노래가
흐르고 있었다. 여진은 소파에 조용히 앉아 골똘한 표정에
잠긴 채였다.

여진은 며칠 전, 비몽사몽간에 준하에게 전화했던 일을

떠올리고 있었다. 그때 왜 그런 짓을 했는지 지금 생각해도 모를 일이었지만 당시로서는 준하의 목소리가 무엇보다 간절했던 것 같았다. 준하에게 무슨 말을 했는지도 정확하게 기억이 나지 않았다. 여진은 내심 그에게 전화했던 걸 후회하고 있었다. 평범한 일상에 안주해 있는 그에게 돌연 지난 생채기를 들쑤셔서 좋을 건 하나도 없었기 때문이었다.

여진은 물밀 듯이 밀려드는 준하에 대한 상념을 애써 떨치기라도 하듯이 고개를 좌우로 흔들어댔다. 언제 왔는지 소리가 여진의 다리에서 가르릉거리며 고개를 비벼대고 있었다. 요 며칠 사이 심하게 앓는 바람에, 그 동안 소리도 제대로 돌보지 못해 미안하다는 생각이 들었다.

여진은 소리를 안고 무릎 위에 올려놓았다. 오랜만에 주인의 따뜻한 손길을 느끼는 소리는 기분이 좋은지 혀를 내밀어 여진을 마구 핥아댔다.

여진은 간지럽다고 까르륵거리며 소리와 한동안 장난을 쳤다. 터놓고 얘기할 만한 친구가 없는 여진에게 어쩌면 소리는 그 이상의 존재일는지도 몰랐다. 항상 여진의 곁에서 그녀가 기뻐할 때나 슬퍼할 때나 말없이 지켜보는 소리가 늘 미덥게 여겨지곤 했었다.

여진은 무릎을 펴고 늙은 할머니처럼 일어섰다. 냉장고에서 우유를 따라서 소리에게 줬다. 그리고 그녀도 오랜만에 허기를 느끼고는 무언가 먹을 생각을 했다. 그러나 집

에 남은 음식은 없었다. 있다 해도 배를 채울 생각은 없었기에 모처럼 외출을 하기로 마음먹었다. 욕실에 가서 샤워를 하고 난 여진은 대충 옷을 챙겨 입고는 밖으로 나섰다.

그녀는 아파트에서 얼마 떨어지지 않은 사기막골 입구에 위치해 있는 작은 레스토랑 '가향'으로 향했다. '가향'은 생긴 지 얼마 되지 않은 곳으로 그리 넓지는 않았다. 그렇지만 그럴 듯한 인테리어와 야외 정원으로 오밀조밀하게 꾸며놓은 정광이 보기 좋아 이곳을 지날 때마다 한 번은 들러야지 하고 마음먹곤 했었다.

여진은 일단 레스토랑 안으로 들어갔다. 저녁 시간인데도 손님은 그리 많지 않았다. 여진은 아무래도 실내보다는 바깥이 나을 거 같아 야외에 설치된 테이블에 앉았다.

웨이터가 가져온 메뉴판을 보았다. 음식값도 그리 비싸지 않고 다양한 메뉴였다. 양식을 썩 좋아하는 편은 아니었지만 가끔씩 입맛이 없을 때 나와서 먹는 것도 그런 대로 괜찮아서 어쩌다 한 번씩 외식을 하는 그녀였다. 물론 누군가와 같이 식사를 하는 일은 거의 없었다.

그녀는 지독한 외골수에다가 누군가에게 자신의 존재를 알리는 걸 싫어했기에 늘 혼자 생각하는 행동주의자였다. 그리고 그 점이 무엇보다 편했다. 마음에 맞지 않는 누군가를 일부러 대동하고 또 그 눈치를 살펴야 한다는 건 질색이었다.

여진은 바람이 선들거리는 테이블에 앉아 저만치 보이는

공단 빌딩의 풍경이나 거리를 지나는 사람들에게 눈길을 주고 있었다. 이제 여름도 한풀 꺾여 선선한 바람이 스쳐 지나갔다. 그 동안의 열기에 지친 사람들에게 서늘한 바람을 실어다주는 가을이란 계절의 풍요로움을 베풀 준비를 하고 있는 듯했다.

누구라도 여진이 앉아 있는 모습을 본다면 애증과 분노에 뒤틀린 여자로는 상상도 못할 것이다. 아마도 누군가를 기다리는 여인을 그려낸 한 폭의 그림으로 여길지도 모른다. 그만큼 어디론가 응시하는 여진의 모습은 처연한 아름다움으로 각인될 만큼 잔잔한 감흥으로 흐르고 있었다.

여진은 성남시에서 줄곧 살아왔다. 아마 새샘 멤버들의 정보와 자주 만날 수 있다는 이점 때문에 그런 것 같았다.

여진이 주문한 샌드위치와 커피가 나왔다. 그녀는 그것들을 먹어치웠다. 집에서도 간간이 토스트나 샌드위치를 해먹긴 하지만 아무래도 이런 곳에 나와서 먹는 맛보다는 못해 가끔씩 밖에서 사먹곤 했다. 일단 간단히 요기를 채운 여진은 레스토랑을 나서 거리를 걸었다.

며칠 집에서만 있었던 터라, 오랜만에 나와서 바깥바람을 쐬는 것도 그리 나쁘지는 않았다. 얼마 동안 거리를 걷다가 버스정류장에 시내버스가 와서 서 있는 걸 보고는 그 버스에 올랐다. 무심코 오른 버스라 여진은 단대 오거리 역에서 내렸다. 내려서 백화점 쪽으로 거리를 걸었다.

여진은 문득 오피스텔 지하 영화관 앞에까지 이르렀음을

알았다. 거기에서 사람들이 길게 줄을 서 있는 걸 보았다. 극장은 '황혼에서 새벽까지' 와 '택시' 라는 영화를 두 편 연속 상영하는 이벤트 행사 중이었다. 여진은 모처럼 영화나 봐야겠다는 생각을 하며 표를 샀다.

'황혼에서 새벽까지' 라는 영화는 로드무비 형태로 가다가 한 클럽에 들어가서는 갑자기 코믹호러 영화로 둔갑을 하는 어찌 보면 황당하기까지 한 영화였다. 그러나 영화음악이나 주인공들의 대사나 전체적인 사건 정황 등이 젊은 이들의 재기 발랄한 취향에 맞게끔 만들어졌다는 생각도 들었다.

한 차례 통쾌한 액션극이 끝나고 여진은 매점에 가서 팝콘과 콜라를 사 가지고 왔다. 이어서 다음 영화가 상영이 되었고, 여진은 뤽베송 감독이 제작했다는 '택시' 를 눈여겨 보았다. 그 영화 역시 소재 자체는 특이했고, 내용 전개 면에서도 큰 무리는 없었지만 왠지 기대치에는 미치지 못하는 듯했다.

특히 한국인 청년들이 돈을 벌기 위해 번갈아 가며 불법으로 택시영업을 하는 장면은 왠지 뒷맛이 씁쓸하게 남기도 했다. 여진은 어쨌거나 스크린을 주목하고 영화 전개를 눈여겨보는데 서서히 눈꺼풀이 무게를 싣고 아래로 감기기 시작했다.

며칠 앓았던 여독이 아직 풀리지 않은 듯 영화에 집중하기가 쉽지가 않아 가물거리는 의식의 끄트머리를 그만 놓

치고 말았다. 얼마나 지났을까 누군가 그녀를 흔드는 기척
에 눈을 떴다. 영화는 이미 끝이 났다는 걸 알았다. 극장
안도 텅 비어 적막한 느낌마저 주었다.

"여기서 자면 어떡해요? 곧 문닫을 건데."

관리인으로 보이는 남자가 여진을 깨우며 말했다. 여진
은 주위를 둘러보고는 황급히 극장 밖으로 나섰다. 밖은
이미 어둠의 전령사들이 내려앉아 칙칙한 암흑으로 도시
의 거리를 에워싸고 있을 것인데 이미 오색 불빛이 거리를
밝혔다.

거리의 네온사인이 눈앞에서 휘청거리며 지나갔다. 번쩍
이는 불빛 아래 현란한 음악소리에 도시의 밤은 하룻밤을
즐기려는 청춘 남녀들이 불나방처럼 온통 어지러운 불빛
속으로 모여들었다. 여진은 도심의 거리를 비틀거리며 걷
다가 심야 카페 술집에 들어갔다.

여진은 구석진 곳에 자리를 잡았다. 자리에 앉자 여진은
정면을 바라보고 있다가 얼른 몸을 돌렸다.

여진은 그곳에 나란히 앉은 남녀가 누군지 알고 있었다.
그래서 여진은 자신의 몸을 감추려고 했던 것이다.

앉은 두 사람은 새샘 멤버의 영근이었고, 여자는 경호가
죽던 날 밤 나이트 클럽 주차장에서 '오늘 밤 성공하세요'
라고 말했던 그 여자임을 기억하고 있었다. 그리고 여진은
새샘 멤버 중에 양수리 별장에서 제일 먼저 죽은 경호의
아내라는 걸 알아냈다.

경호가 죽은지 상당한 시간이 갔고 그들은 다정하게 지내고 있었다. 두 사람은 보통 사이가 아니었다.

그들은 새벽 2시가 가까워져서야 자리에서 일어났다. 영근은 한 팔로 그 여자의 허리에 두르자 그녀도 영근에게 기대어 걸어 나갔다.

여진도 술기운에 그들을 따라 갔다. 그들은 주차장에 들어가더니 술 때문에 운전은 안 된다고 해서 다시 주차장에서 나와 밤거리를 걸었다. 그들은 너무나 익숙하게 모텔로 들어가는 것을 여진은 바라보고 있었다.

여진은 술 기운도 그렇고 해서 거리에서 아무렇게나 걸터앉았다. 앉아서 그들의 불륜을 생각해 보았다.

경호의 부인, 한참 슬퍼해 있어야 할 그녀는 남편이 죽은 지 얼마 되지도 않아서 영근과 모텔에 들어가 재미를 본다는 것은 무엇인가 문제가 있는 것 같았다. 그것도 남편의 친구 영근과 말이다. 이건 분명 모순이었다.

여진은 1시간을 넘게 앉아서 그런 생각을 했다. 결론은 양수리 별장에서 경호와 들어갈 때, 그림자였던 것이 두 사람일 것이라고 생각했다.

새벽 4시가 넘어서야 그들은 모텔에서 나왔다. 영근이 먼저 나와서 모텔 앞에 대기하고 있던 모범택시에 올라타고 사라졌다. 곧 죽은 경호 부인인 그녀가 나와서 택시를 타려고 중앙로 대로변으로 걸어갔다. 새벽을 가르는 발걸음이 무척이나 가벼워 보였다. 아마 모텔에서 기대 이상으로 성과를 얻었던 모양이었다.

"안녕하세요, 나영 씨."

여진이 느닷없이 경호 부인의 앞을 가로막자, 그녀는 깜짝 놀래며 진저리까지 쳤다.

"지금 뭣하는 거예요?"

그녀는 놀래며 뒤로 한 걸음 물러섰다.

"미안해요. 절 아시죠?"

여진은 얼굴을 그녀 앞에 들이대고는 자신을 알아 줄 것을 기대했다. 그녀는 여진의 얼굴을 찬찬히 들여다 보았다.

"내 남편을 죽인 살인자!"

아무도 없는 새벽거리에 젊은 두 여인이 가로등불 아래서 대화를 나누고 있었다. 마치 무슨 영화의 싸늘한 장면처럼 느껴지기도 했다.

"나를 아시는군요. 당연히 아셔야 하겠죠. 우리 여기서 얘기 좀 할까요?"

여진은 기대했던 대로 자신을 알아보는 것이 다행스러웠다.

"······."

그녀는 피할 목적으로 대답은 없었다.

"남편을 잃고 혼자 사시느라 힘드시죠?"

"살인자!"

그녀는 중얼대듯 말했으나 증오에 찬 목소리는 아니었

다.

"살인자? 그럼 당신은 불륜을 위해 남편을 죽였나요?"

"지금 무슨 소리를 하려는 거예요."

"당신은 나를 알 수 없었어야 했어. 그리고 지난 번 당신 남편이 죽던 날 밤, 나이트클럽 주차장에서 '오늘 밤 성공' 하라고 했던 것이 당신의 실수였어. 내가 당신 남편과 양 수리 별장에 간다는 걸 미리 알고 당신은 영근 씨와 같이 그 차로 갔었죠. 별장에서 내가 송곳으로 당신 남편을 죽이려고 했는데, 당신들은 그 송곳으로는 죽지 않을 것 같아 당신들이 칼로 죽였잖아?"

여진은 추리적으로 넘겨짚어 마구 떠들어댔다.

"무슨 증거로 함부로 떠들어."

"증거? 그 날 밤 난 당신들이 온 것을 알고 미리 핸드폰 카메라를 켜 놓았지. 영근 씨와 당신이 칼을 들고 있는 모습을 담아 놓았지."

여진은 거짓말을 했다. 그러자 나영은 다음 말을 잇지 못하고 그대로 바닥에 허물어져서 실어증 환자처럼 울부짖었다.

"이래도 내가 당신 남편을 죽인 살인자라고 할 거야?"

"그럴 수밖에 없어요."

그녀는 고개를 가로 저으며 말을 더듬었다.

"그래도 그렇지. 영근 씨와 불륜을 위해 남편을 죽여?"

"저도 왜 그랬는지 모르겠어요."

그녀는 일어서서 몸을 반듯하게 세웠다.

"……."

"남편은 여러 번이나 다른 여자와 바람 폈어요. 죽이고 싶었죠. 그러던 어느 날 영근 씨에게 속상한 얘기를 털어버렸더니 잘 받아주더라고요. 홧김에 서방질한다고, 그 날 밤 남편에 대한 복수심으로 영근 씨와 같이 관계를 가진 것이 7개월 간 불륜으로 지내 왔어요. 그러다 보니 정도 들고 남편은 점점 미워지기 시작했어요. 그러다 얼마 전에 남편은 우리 관계를 눈치채고 있는 줄 알았어요. 영근 씨도 그러더라고요. 남편은 물론 새샘 멤버들이 알려지면 우리 둘은 살아남지 못한다면서 살아남기 위해서는 쥐도 새도 모르게 남편을 없애야 한다는 거예요. 그래서 여진 씨에게 덮어 씌웠던 거예요."

"이해하기 힘드네요. 그럼 영근 씨가 나를 잘 알고 있겠군요."

"네, 하지만 얼굴은 정확하게 모르고 있더라고요."

"그럼 미스 강이라는 여자를 아시나요?"

"영근 씨의 경리비서 말인가요?"

"아시는군요. 오늘 저와 만난 것을 없던 걸로 하고, 우린 전혀 모르는 사이로 해주세요."

"그건 제가 부탁할 말이네요. 고마워요. 다음에 도울 일이 있을 거예요."

"그렇게 도움 받을 만한 일이 있을까요?"

사 랑 은 싹 트 고

"꼭 있을 거예요. 그럼 이만."

두 여자는 그런 대화를 나누고 헤어졌다.


영근이 운영하는 서초동에 나이트클럽에서 영업이 한창
이었다. 아무리 환란시대라고 하지만 그 시대에도 나이트
클럽은 잘도 돌아가고 있었다. 나이트클럽에 가기 위해서
사람들은 사기와 도둑질을 해서라도 돈을 가지고 온다. 그
리고 젊은 대학생들은 돈이 없으면 내일은 없다며 카드로
계산한다. 그들은 신용불량자가 되는 줄도 모르고 카드를
마구 긁어대기 때문에 나이트클럽은 잘 돌아가는 것이다.

시계는 밤 11시가 조금 지나 있었다. 영근은 사무실에서
업무를 대충 치우고 있었다. 사무실에는 영근과 경리비서
만 있을 뿐이었다.

"미스 강, 대충 해. 내일 와서 정리해야지 너무 늦어서
안 되겠어."

"네, 사장님."

미스 강은 10시에 퇴근해야 했다. 부가가치신고다 뭐다
해서 회계 일이 밀리다 보니 퇴근시간이 지나 버렸다.

나이트클럽은 새벽 2시까지 영업을 하지만, 미스 강과
사장인 영근은 밤 10시에 퇴근한다. 퇴근 후에는 총지배인
에게 알아서 맡겨 놓는다.

열심히 일하는 미스 강은 성격이 차분하고 손끝이 야무
져 영근이 마음에 들어하는 종업원이었다.

영근과 미스 강이 밖으로 나왔을 때는 밤 12시가 가까워졌다.

"전철이 끊겼는데, 내 차 타지."

미스 강은 영근의 승용차에 함께 올라탔다. 대중교통은 이미 끊어졌고, 여자 혼자 택시 태워 보내기가 아무래도 걱정이 되어 영근은 미스 강의 집에까지 데려다주려던 참이었다. 이따금씩 밤 11시가 넘으면 곧잘 데려다주곤 했던 영근이었다.

"미스 강은 혼자 산다고 했나?"

"네? 네."

미스 강은 놀랬다가 얼른 마음 가다듬고 수줍은 듯 고개를 숙이며 대답했다. 이제부터 미스 강은 영근에게 미혼자로 행세할 수밖에 없었다.

"결혼할 나이가 됐을 텐데 아직 애인은 없고?"

"아직 없어요."

미스 강은 한층 고개를 숙이며 대답했다. 사실 미스 강은 기혼녀였다. 미스 강이 기혼자인지 미혼자인지 잘 분간이 가지 않았지만 어쨌든 누가 보더라도 미스 강은 미혼자로 보인다. 기혼자인 미스 강은 이런 일을 해야 하는 것은 남편의 직장이 어려워 월급을 잘 타 오지 않아 대신 미스 강의 월급으로 생활을 해야 했기에 어쩔 수 없는 벌이로 나섰던 것이다.

"저런, 혼자 있기에 외로울 나일 텐데."

y

사랑은 싹트고

215

영근은 짐짓 안 됐다는 듯이 그녀의 옆얼굴을 슬쩍 보며 말했다. 그녀는 그 말에는 대답하지 않고 입술만 지그시 물었다. 그런 그녀의 모습은 이제 막 피어나기 시작한 한 송이 여린 꽃잎과도 같다는 생각이 영근의 마음 한 구석에 진한 연민을 불러 일으켰다.

영근은 아내와의 결혼 생활 7년째에 접어들었다. 영근은 크다면 큰 나이트클럽을 운영해 오면서 아내와 큰 탈은 없었지만 직업이 유흥업인 만큼 평범한 가장에 속하지는 않았다. 지금껏 살아오면서 아내 혼자로는 부족한 것이 사실이었다.

그래서 아내 말고 다른 여자를 품은 적은 한 번이 아닌 여러 번 있었다. 그 대상은 우연히 알게 된 경우가 그러했지만 그리 오래 가지는 못했다. 고정적인 여자라면 죽은 경호 부인 나영이었다.

나영도 정리해야 한다고 생각했지만, 그녀를 이용할 목적이 있어 만나고 있는 것이었다. 그리고 자신이 운영하는 나이트클럽의 여자들은 운영상 배제했다. 아마도 가정을 깨기는 싫었다. 싫다기보다는 아내를 어떻게 할 수가 없었고, 찍히면 안 되었다.

물론 여러 가지 문제가 있었지만 무엇보다 요즘은 너나 없이 이혼하는 추세라는 걸 영근도 피부로 절감하던 차였다. 그의 가까운 친구들부터가 그랬다. 태성도 본부인과 이혼하고 지금은 나이 어린 여자와 오순도순 잘 살고 있었

으며, 얼마 전에 운명을 달리 한 동팔도 이혼한 전형적인
케이스였다. 요즘 여자들은 옛날과 달라서 남편을 이해하
지 못하고 진득하니 참고 살지를 못하는 모양이라고 생각
했다.

구체적인 이혼의 사유야 영근으로서는 속속들이 알 수
없었지만 옛날처럼 오로지 자식 하나만을 바라고 살기보
다는 자식도 내팽개치고 자기 인생을 찾아 떠나는 여자들
이 눈에 띄게 늘었다는 사실이다. 거기다 절친한 친구 부
인과 바람나 결국 친구까지 죽여야 했던 비극적인 체험을
해오지 않았던가.

영근은 아직 아내에 대한 책임의식은 가지고 있는 상태
라 아내를 버리고 다른 여자에게 마음을 줄 생각은 할 수
가 없었다. 아내는 대중가수 출신으로 한참 인기가 있을
무렵 얼빠진 부동산 재벌과 1년간 동거를 했었다. 아내가
이름을 밝히지 않은 모 재벌과 동거 중이라는 스포츠신문
에 살짝 비추자, 아내는 그 얼빠진 재벌에게 위자료조로
나이트클럽 운영권을 인수받았던 것이다.

그 무렵 영근은 나이트클럽에 총지배인으로 있었다. 그
때 아내가 운영에 대해서 잘 몰라 영근이 총관리하면서 아
내와 같이 있는 시간이 많아지면서 결혼하게 된 것이다.

사실상 관광나이트클럽의 재산은 영근의 것이 아니라 아
내의 것이었다. 무엇보다 성질이 괄괄한 아내가 두 눈 시
퍼렇게 뜨고 있는 데야 다른 생각을 할 여지가 없었다. 그

러나 영근은 여건이 허락되는 한도 내에서 간간이 다른 여자와의 로맨스를 꿈꾸며 실행하기도 했었다.

옆에 앉은 미스 강이 그 로맨스의 상대로는 적합하다는 생각을 그는 얼마 전부터 품어왔던 터라, 그녀가 낯설게 여겨지지 않는 건 어쩌면 당연했다.

도로는 다소 한산한 편에 속했다. 영근은 운전을 하다가 느닷없이 그의 곁을 떠난 불운한 친구들을 떠올리며 깊은 한숨을 내쉬었다. 그러자 미스 강은 의아하다는 눈빛으로 물었다.

"무슨 걱정거리가 있으세요?"

"으응? 아, 아냐. 그냥 요즘 좀 힘들어서."

"왜요? 클럽 운영에 문제가 있어요?"

"운영이야, 될 때도 있고 안 될 때도 있지. 돈이란 게 돌고 도는 거니까."

"많이 힘들어 보여요."

미스 강은 안쓰럽다는 표정을 지어 보이며 말했다.

차는 성내동 미스 강의 집에 다다랐다. 영근은 그녀의 집 골목 입구에다 차를 세웠다. 이미 주위는 밤이 주는 스산한 공기로 잔뜩 깔려져 있었다. 미스 강은 자신을 감고 있는 안전벨트를 풀려고 했지만 잘 풀리지 않았다. 미스 강은 끙끙댔다. 보다 못한 영근이 풀어줄 참으로 몸을 그녀에게 숙이고 한 손을 길게 뻗었다. 그의 몸이 미스 강에게 기울게 되면서 그녀의 젖가슴을 건들고 말았다.

영근은 물컹한 미스 강의 유방이 닿는 느낌에 짧게 숨을 들이켜야만 했다. 동시에 미스 강도 짜릿한 전율이 온몸을 타고 흘렀다. 아무리 어둠 속이었지만 미스 강의 눈빛이 촉촉해지는 걸 영근은 느꼈다.

잠시 침묵이 흐르고 두 남녀의 눈빛이 동시에 마주쳤다. 그 눈빛은 뜨겁게 얽히다가 영근은 와락 미스 강을 끌어안고 말았다. 미스 강도 그를 거부하진 않았다. 어쩌면 오래 전부터 두 남녀는 금기된 성을 쌓기 위해 기회를 호시탐탐 노려왔는지도 모른다.

영근은 미스 강이 처음 찾아왔을 때부터 그녀를 알아봤다. 그녀와의 관계가 예사롭지 않게 진행될 거라는 예측을 했던 거였다. 미스 강은 역시 그런 영근의 끈끈한 시선을 말없이 받아들이곤 했었다.

성숙한 여성기의 미스 강은 매일 남편보다 영근과 눈을 마주하고 있는 시간이 더 많았다. 그렇다고 해서 남편을 버리고 새로운 인생을 살겠다는 것은 아니었다. 다만 사장이 여자를 밝히므로 또 자신을 원하는 눈빛이기에 어디까지는지 모르겠으나 최대한 허락해 주기로 했던 것이다.

또 아침에 남편의 말이 직장에서 정리해고로 언제 그만둘지도 모른다는 불안감에 이런 직장이라도 붙잡고 싶은 마음도 있었고, 멋진 사장과 섹스도 나누고 싶은 충동도 있었던 것이다. 미스 강은 어쩌면 든든한 동아줄과도 같은 존재가 될지도 모른다는 기대감을 어렴풋이 가졌다.

영근은 미스 강을 품은 손에 힘을 주었다. 어쩌면 영근은
자신에게 다가드는 유쾌하지 못한 일련의 사건들에서 벗
어나기 위한 몸부림일는지도 모른다. 품고 있으면서 미스
강을 사랑하는 건 결코 아니라고 영근은 스스로 다지고 있
었다. 단지 그냥 헤어지기에는 이 밤이 너무도 아쉬워서라
고 하면 편할 것이다. 미스 강 같은 여자라면 영근의 가슴
속에 이미 내재되어 있었다. 그건 아마 또 다른 외로움을
달래줄 만한 사람이 될 것 같아서라고 할 것이다.

사랑과 섹스에 대한 감정과 욕구는 사무실에서 같이 있
다고 해서 생겨날 수 있는 것은 분명 아닐 것이다. 다만 그
들은 오랜 기간을 통해 이미 선천적으로 갖고 있는 에로스
의 감정을 주고 받을 수 있는 신체와 마음이 준비되고 있
었을 것이다.

누구도 사랑의 완성이 신체적 성숙과 마음의 준비로만
이루어지는 것은 아닐 것이다. 마음 속에 내재되어 있던
성욕을 유발하여 섹스에 이르게 하는 요인을 종합적으로
만들었을 것이다. 다시 말해서 그들은 보고, 듣고, 맛보고,
만지고, 냄새를 맡는 오감을 총동원해서 이렇게 목적을 달
성하고 있는지도 모른다.

남자는 시각에 핵심을 두는 반면 여자는 촉각에 의존한
다고 했다. 영근은 미스 강의 아름다움과 움직임을 섹시함
으로 보는 시각이 욕정의 덩어리로 움직였다. 반면 미스
강의 촉각은 극히 미묘해서 영근의 음성과 작은 피부접촉

에 크나큰 효력을 얻어 발정에 오르곤 했다.

영근과 미스 강은 사랑의 감정이란, 정말이지 큐피드의 장난과 같아서 객관적으로 준비가 됐건 준비가 되지 않았건 정욕이 불쑥불쑥 찾아왔던 것이다. 이러한 감정은 억압된 사회에서는 금지된 장난이다.

금지된 장난, 사회에서 이 금지된 장난에는 아주 심한 벌을 주려고 하지 않던가. 아니 심한 벌을 받고자 해야 했는데, 영근은 그걸 단순하게 잊으려고 했다.

예전에 성남에서 자신을 오빠라고 부르고 귀엽게 따르던 한 소녀를 악의 축으로 만들어 놓고, 그것이 오점인 걸 잊고 살아오지 않았던가. 지금도 그는 금지된 장난으로 험한 파도타기에 정신이 없었다.

영근의 차는 골목에 세워진 채 차 유리창이 뿌옇게 흐려지기 시작했다. 차체도 가볍게 움직이기 시작했다. 이미 차안의 두 남녀는 누가 먼저랄 것도 없이 옷을 벗어제치고는 뜨거운 정념을 나누기에 여념이 없었다. 그러나 그리 멀지 않은 으슥한 골목에서 알 수 없는 한 여자가 축축하게 감겨드는 밤의 공기 속에서 두 남녀의 뜨거운 입김으로 흐려져 가는 차창을 유심히 바라보고 있었다.

여인의 그림자는 여진이었다. 여진은 미스 강이 누구인지 잘 알고 있었다. 미스 강을 알게 된 것은 영근을 '새샘넘버 2'로 정해 놓고 추적하고부터였다.

미스 강은 여진의 약혼자였던 준하의 아내였다. 그런 미스 강은 영근에게 미혼이라고 속이고 돈벌이로 영근의 나이트클럽에 경리사원으로 다녔던 것이다.

여진은 영근보다도 준하의 아내가 저렇게 남편을 놔두고 몰래 불륜에 빠지고 있다는 것에 더 분노했다.

준하가 더 안 됐다는 생각이 들었다. 준하는 저런 줄도 모르고 집에서 아내가 들어오기를 기다리고 있을 것이라고 생각하면 그의 아내 미스 강을 어떻게 해야 한다고 생각했다.

미스 강은 차에서 내려 주변을 두리번거리고는 얼른 컴컴한 골목 안으로 뛰었다. 거의 집 앞에 다다랐을 때였다.

그림자가 앞을 턱하고 가로 막아섰다. 미스 강은 깜짝 놀랐다.

"영근 사장과 차 안에서 격렬하게 섹스하던데, 만족하셨던지 발걸음이 너무 가볍네. 차가 너무 움직였어."

씹어 삼키는 여자의 음성에 미스 강은 겁을 집어먹고 떨고 있었다.

"누구세요?"

"누구냐고? 당신은 날 몰라도 돼. 난 당신을 너무 잘 알고 있지. 미스 강, 준하 씨는 잘 있고?"

"계속 이러면 소리칠 거예요."

"그래 쳐봐. 내가 바라던 것이야. 그래야 준하 씨가 나오겠지?"

여진이 더 크게 소리치자 미스 강은 기가 꺾이면서 여진

의 앞에서 벌벌 떨며 오히려 조용히 하라고 사정하고 있었
다.

"잘못 했어요. 살려 주세요."

"살려 달라고? 좋아 살고 싶으면, 날 나이트클럽에다 끌
어들여 줘. 그러면 오늘 밤에 있었던 일을 비밀로 해줄게.
그리고 지금부터 사장과 끝내고 앞으로 준하 씨만을 위해
살아."


여진은 미스 강의 추천으로 영근의 성인 나이트클럽에서
접대부로 일하게 되었다.

그곳에는 러시아 아가씨들을 많이 고용하고 있었다. 황
금 머리칼에 파란 눈, 백색 피부를 가진 러시아 아가씨들
은 하나같이 작은 얼굴에 흐르는 허리와 미끈한 다리를 가
졌다. 그녀들은 반라의 모습으로 홀에서 춤을 추고, 손님
들과 룸에 들어갔다.

손님과 2차는 금지되어 있었다. 러시아 매니저는 돈 많
은 사람과 계약동거로 일주일 이상 같이 동거해 주는 것이
었다.

그녀들 사이에서는 그걸 스폰서라고 하는데, 스폰서가
있는 아가씨는 기세등등하다.

2차는 주로 우리나라 여자들이었다. 2차 나가면 20만원
은 그냥 버니까 적당히 찍혀서 호텔로 올라갈 궁리를 한
다. 왜냐하면 룸에 있어 봐야 기본 팁 6만원이 전부일 테

니까.

그렇게 잘 버는 아가씨들은 하루에 세 번을 나간다고 친다면 한 달에 천만 원 정도 번다는 것이다. 화장하고 머리하고 옷 사 입으면 5백 정도 쓰고, 수입의 반인 5백만 원을 모으는 아가씨는 5%도 되지 않는다는 걸 여진은 알았다. 거기다 인기 없는 아가씨는 버는 돈 다 써도 모자란다. 그래서 더 예쁘고 야하게 섹시하게 보이려고 머리를 자주 바꾸고 옷 많이 사 입고 하면 버는 것만큼 들어간다.

이런 술집에 들어오는 아가씨들 모두 한 가지씩 사연을 갖고 온다. 가난해서, 강간당해서, 이래저래 당해서, 복수를 위해서 들어온 여진이 같은 여자도 있었다.

그곳에는 쉽게 돈에 익숙해져 가고, 어렵게든 쉽게든 그생활에 젖어들고 익숙해져 간다는 것이다.

홀에서 부킹해서 매상을 올리기 위해 아르바이트로 고용한 아줌마들도 마찬가지였다. 만난 지 몇 분 되지도 않은 손님과 온 몸을 비비며 춤을 추는 꼴은 가관도 아니었다. 손님한테 얼마의 차비를 타내었는지를 화장실에서 서로 자랑해대기도 했다.

여진은 며칠째 2차 나가자는 남자가 있었다. 그러나 여진은 거절했다. 그러자 여자 웨이터는 2차가 싫으면 그만두라고 했다. 그때 여진은 핸드백에서 휴대용 칼을 꺼내 들었다.

"나 건들지 마. 그리고 이래라 저래라 하지도 마. 안 그러면 넌 이 칼에 쥐도 새도 모르게 죽어!"

그 여자는 도망갔고, 여진은 김샜다며 한쪽 구석으로 걸어가고 있는데 전화가 왔다.

"여진이? 나 준하야."

"준하 씨."

여진은 준하의 전화에 너무 반가워 울먹이고 있었다.

"내가 여진을 사랑해서 하는 말인데. 내 말 잘 들어."

"무슨 말을 하려고 하는 거예요?"

여진은 대번 좋지 않은 느낌이 들었다.

"여진 씨, 난 여진 씨를 위해서 아니 이 사회를 위해서 여진 씨를 경찰에다 신고해 두었어. 미안해. 여진 씨를 위해서야. 경찰은 여진 씨를 살인범으로 전국 수배중일 거야. 그러니까 여진 씨가 먼저 자수해 주길 바래."

여진은 준하의 설득하는 통화 중에 화가 불끈해서 전화기를 냅다 던져 버렸다. 그리고 어린 아이같이 울었다. 그것도 처절하게 울었다. 이 세상을 이별하는 슬픈 울음이 더욱 애간장을 태웠다.

여진은 무엇인지 모르게 서두르지 않으면 안 되었다.

# 8. 회생의 종말

화려한 조명 아래 유독 빛나는 한 여자가 있었다. 그 여자는 술에 취해 음악에 취해 아니 자신한테 취해서 몸을 흔들고 있지만, 어딘지 모르게 슬퍼 보였다. 더 자세히 말하자면 아무 의미없는 몸짓으로 그냥 흔든다고 해야 옳은 표현이었다.

주위의 남자들이 그녀에게 눈길을 주고 있지만, 그녀는 흥미 없다는 듯 코웃음만 쳤다.

멀리서 그녀의 모습을 지켜보고 있는 한 여자가 있었다. 그 여자는 저녁인데도 검은 안경을 끼고 여진에게 다가가 그 앞에 섰다. 여진은 의아해 했지만 그 여자를 얼른 알아볼 수 있었다.

"가수 나혜린 씨 아니세요."

"안녕하세요 여진 씨. 앉아도 되겠죠?"

"네 앉으세요. 그런데 내 이름을 어떻게……."

그 여자는 여진을 정면으로 하고 앉았다.

"그보다 내가 누군지를 잘 아시는가를 물어볼게요."

"이 나이트클럽 사장님의 사모님으로 알고 있는데요."

"됐어요. 듣던 대로 상당한 미인이시군요. 제가 여진 씨를 알고 있는 것도 저의 남편 때문이죠."

"저와 영근 씨에 대해서 얼마나 잘 알고 있나요?"

"잘 알고 있어요. 저의 남편과 원한 관계라는 것도."

"남편께서 말해 주던가요?"

"아니예요. 남편은 지금 내가 여진 씨와 만나고 있는 것조차 몰라요."

"그럼 저에게 무슨 볼 일이라도 있나요?"

그 여자는 당당해 하던 모습을 감추고, 고개를 숙이는가 싶더니 이내 여진이 앉은 자리 옆에 다가가 두 손을 모으고 여진의 얼굴을 쳐다보았다.

"저의 남편을 놔주세요. 저가 이렇게 부탁합니다."

"놔 달라니요. 뭘 말인가요?"

"여진 씨 원한을 풀고 저의 남편을 살려 주세요."

그녀가 두 손을 모으고 기도하는 자세로 말하자, 여진은 무척 난감하다는 표정으로 아무 대답을 못하고 고개를 뒤로 제치고 천장을 바라보고 있었다.

"여진 씨. 저의 남편 여진 씨한테 죽을 죄를 지은 것은 용서할 수 없다는 걸 잘 알아요. 용서할 수 없겠죠. 하지만 남편 대신 제가 이렇게 빌겠어요. 남편 대신 절 죽여주세요."

"아니 왜 이러세요. 누가 봐요. 사실 혜린 씨가 무슨 죄가 있겠어요. 일어나 앉아서 우리 진지하게 얘기해요."

여진은 일어서서 그 여자를 강제로 일으켜 세워서 의자에 앉게 했다.

"사실 저도 그래요. 그들 다섯 명 중에 누구 하나라도 미안하다 사과한다 잘못했다 라고 한 마디만 했어도 전 이렇게까지 하지 않아요. 하지만 혜린 씨가 부탁을 하시지만 영근 씨가 미안하다 라고 한 마디만 해주었다면 전 용서할 수 있었을 거예요. 영근 씨도 사랑하는 혜린 씨 위해서 아니 아내를 위해서 그 정도는 해줄 수 있지 않겠어요?"

"고맙습니다. 하지만 여진 씨가 봐 줄 수 없다 하더라도 전 원망 같은 건 절대 안 해요. 같은 여자로서도 그런 남자는 이 사회에서 매장돼야 하니깐요. 하지만 남편은 나를 위해서라도 그 정도는 사과할 거예요."

"저도 그러길 바래요."

"믿겠어요. 직원들이 보는 눈이 있으니까 저는."

그녀가 일어나 등을 보이려던 차였다.

"사장님께서 사과 한 마디도 없다면 저는 어떻게 해야 하나요."

"절대 그런 일이 없을 거예요. 만약에 그렇지 않는다면 제가 죽어 주겠어요."

그녀는 다시 등을 보이고 걸어나가더니 모습을 감추었다.

그녀는 아무런 문제가 없는 듯했다. 그녀는 남편에게 사랑 받고 있는 여자가 분명해 보였다. 그 여자가 여진 자신을 얼마나 알고 만났는지 그걸 모르겠다며 고개를 갸우뚱했다. 왠지 그녀를 만나고 난 후에 여진은 이상하게 병들어 가는 것처럼 무엇인지 알 수 없는 힘에 빠져들었다.

여진은 혼자 다리를 꼬고 앉아 느긋하게 맥주 잔만 빨았다. 그냥 취하고 싶었다. 상당한 시간을 갖고 얼마를 마셨을까.

지배인이 여진의 뒤에서 어깨를 툭하고 쳤다. 여진은 기분 나쁜 표정을 하고 고개를 돌려 뒤를 보았다. 역시 초면이 아닌 사람이었다. 그러나 그의 주위에는 한눈에 봐도 평범하지 않은 험악한 사내들도 와 있었다.

그는 아무 신경을 쓰지 않는다는 듯이 여진만을 관찰했다. 그의 얼굴에 미소가 보이는 듯하지만 웃고 있지 않은 무표정한 얼굴이었다. 그러나 그의 눈엔 슬픔이 묻어 있었다.

"저를 살려 주었던 인신매매 아저씨 아니세요?"

여진은 약간은 반가이 엉거주춤 일어서며 말하자, 그는 무척 당황해 했다. 그러자 그를 에워싸고 있던 똘마니들은 킥킥하고 웃었다.

"절 알아보시는군. 정말 알아볼 수 없을 정도로 많이 변해 있어 몰라보겠군요."

그는 여진에게 정중하게 대했다.

"그런데 여기는……."

"저는 여기서 영근 사장님 밑에서 총지배인으로 있습니다. 잠깐 따라오시죠."

여진은 무엇인가 이상하다는 느낌을 받았다.

여진이 지배인을 따라간 곳은 고급 룸이었다. 아니 소위 말하는 회장님 방이었다.

방은 넓고 로코코 양식의 가구랑 집기들로 아름답고 화려하게 꾸며져 있었다. 벽면을 따라 하나의 연속적인 선처럼 쭉 걸려 있는 대형사진에서 영근을 얼른 알 수 있었다. 영근의 아내인 인기 가수, 그녀의 하체에 얼굴을 파묻고 사랑하는 모습 중에서 그녀의 얼굴에 포커스를 맞춘 사진들이 걸려 있었다.

그 사진에는 보이지 않는 관능미가 넘쳐나고 있었다. 반면 영근의 방은 메이컵 룸이나 드레스 룸같이 그녀의 부속실처럼 한 구석에 배치돼 있었고, 수 백 권의 서적과 아내인 그녀의 노래 테잎과 씨디들이 꽂혀 있었다. 서가와 컴퓨터, 심플한 고급 집기가 자리를 하고 있었다.

"앉으시죠."

지배인이 여진에게 앉을 것을 권하자 여진은 소파에 앉았다.

여진은 긴장이 되었다. 혹시 부인인 혜린이 남편인 영근에게 자신을 알리지나 않았나 싶어 불안했다. 마치 지난날의 납치로 인신매매 당했던 것처럼 말이다.

그러고 보니 이 지배인한테 인심매매로 팔려 갔던 기억

이 새삼스럽게 되살아났다.


16세 때였다. 그러니까 아버지가 죽고 다음 해였다.

여진의 초등학교 친구가 영근에게 연락을 해서 햄버거 집에서 만나기로 했었다. 밤에 햄버거 식당에 가려고 했는 데 괴한들에게 잡혀서 납치를 당했다.

차가운 물방울이 하나 둘 떨어졌다.

"여기가 어디지?"

너무나 낯선 장소였다. 희미한 한 점의 불빛도 드러나지 않는 공간에 어지러운 머리를 흔들며 자신이 어떤 처지에 놓여 있는지를 떠올리려 여진은 애를 썼다.

틀림없이 어제 밤에 집으로 가는 길이었다.

'그래 갑자기 내 앞에 검은 차가 서고 사람들이 뛰어 나 왔었지.'

머리 속에 남아 있는 기억은 그게 전부였다.

갑자기 서늘해진 느낌에 여진은 몸을 자신의 손으로 훑 어 내렸다. 입고 있는 것이라곤 달랑 팬티 하나, 그것도 아 슬아슬하게 자신의 신비림을 다 가리지도 못하는 작디작 은 천 조각 하나만이 몸에 걸려 있을 뿐이었다.

무슨 일이 일어난 것 같아 와락 여진은 겁을 집어먹었다. 인신매매범인가? 요즘에 꽤나 많은 일이지만 도저히 영문 을 알 수 없어 여진은 공포에 질린 채 어둠 속을 바라보는 수밖에 없었다.

이곳이 어딘지도 모르고 달랑 팬티 하나만을 걸친 채 정신을 잃어버렸다. 혹시 나쁜 짓이라도 당했을까 싶어 연신 누운 채 몸을 살폈지만 별다른 흔적은 없었다. 몸에 기운이 하나도 없었다.

하지만 너무나 무서웠다. 다행스럽게도 공간의 공기는 건조하지만 따스했다. 달랑 몸에 걸쳐진 팬티 한 장만으로도 추위를 느끼지 않을 정도였다.

억지로라도 여진은 몸을 일으키자 그녀가 누워 있던 바닥이 가볍게 흔들렸다. 엉덩이에 힘을 주어보자 누워 있던 바닥이 가볍게 흔들렸다. 감촉으로 보아 침대였다.

얼마나 그녀가 어둠 속에서 시간을 보냈는지 몰랐다. 어둡기만 하던 실내가 환하게 밝아지며 커다랗게 문이 열리는 소리가 들렸다.

여진은 갑작스럽게 밝아진 불빛에 눈이 시려 눈을 감았다. 다가오는 발자국 소리가 그녀의 귓전을 울렸다.

"여어, 꼬마 아가씨 깼나."

낯선 사내의 목소리에 여진은 다시 눈을 떴다. 처음 보는 사내였다. 그는 그녀의 앞에 의자를 놓고 앉았다. 여진은 그의 시선이 느껴지자 여진의 얼굴이 붉게 달아올랐다. 그제서야 자신이 몸에 걸친 것은 작은 팬티 하나라는 것을 느꼈었다. 여진은 웅크리고 벽에 등을 기대자 영근의 시선이 그나마 가려지는 것 같았다.

"이봐 꼬마 아가씨야. 그리 겁먹지 말라고. 처음이 아니잖아?"

사내의 목소리는 부드러웠다. 여진의 시선이 그를 향하자 영근의 모습이 들어왔다. 의자에 앉은 그의 얼굴은 생각처럼 험악한 모습은 아니었다. 적당히 길게 자란 머리카락과 부드러운 눈매, 밖에서 만났다면 꽤나 잘 생겼다는 생각을 가질 만한 모습이었다. 하지만 지금은 여진으로서는 이해할 수 없는 상황이었다.

"어떻게 된 거죠?"

여진의 목소리가 커졌다. 어린 소녀를 납치해서 이런 모양을 만들다니 용서할 수가 없었다.

"꽤나 당돌한 꼬맹이로군. 어지간한 년 같으면 겁에 질려 오줌을 질질 쌀 텐데 말이야. 하긴 년 지금껏 세상이 무서운 줄 모르고 살아왔겠지."

사내의 목소리는 여전히 부드러웠지만 그 내용에 여진의 머리가 쭈뼛 섰다.

"아직은 겁이 없지만 봐주지. 하지만 말이야 다음에도 그러면 국물도 없어. 알았냐 이 개년아."

사내의 얼굴이 어느 사이 여진의 바로 앞에 다가와 있었다. 난생 처음 들어 보는 욕이었지만 화를 낼 틈도 없이 여진의 얼굴은 굳어들었다. 사내의 얼굴은 어느 사이 얼음보다 차갑게 굳어 있었고 왠지 모를 공포가 그녀의 마음을 파고들었다.

사내의 손이 여진의 허벅지를 파고들었다. 여진은 움찔

했지만 사내의 손을 막아설 수가 없었다.

사내의 손은 집요하게 여진의 허벅지와 가운데에 위치한 비림을 파고들었다.

"흐음."

사내의 입에서 가벼운 탄성이 흘러 나왔다.

"좋군, 부드럽고 아직까지 사내 맛을 모르는 게 확실하군."

공포에 질린 채 꼼짝도 하지 못하고 자신의 손을 느끼고 있는 여진의 모습을 바라보던 사내의 얼굴에 다시 미소가 떠올랐다. 하지만 여진의 얼굴은 당장이라도 와락 울음이 터질 것 같은 모습이었다.

"왜 이러시는 거예요. 저는 아직 어린 소녀란 말예요."

여진은 지금의 상황이 꿈이라고 여겼다. 아니면 너무나 믿을 수 없는 일이었다.

"뭐 별건 아니고 말이야. 넌 나한테 팔려 왔다 이거지. 별다른 이야기는 없어."

"무슨 말을 하는 거예요. 팔리다니요. 전 물건이 아니잖아요."

여진의 말이 끝나기가 무섭게 사내가 상의의 안주머니에서 서류를 하나 꺼내들어 여진에게 던졌다.

"읽어 봐라."

서류를 읽던 여진은 얼굴이 창백하게 질렸다.

"말도 안 돼? 영근 오빠의 진 빚을 내가 잡혀야 하나요.

그럴 리가 없어요."

세상에 이럴 수는 없었다. 그와 그의 4명의 친구들로부터 강간을 당한 것도 모자라, 자신을 이 사내에게 돈을 받고 팔아 먹었다는 것은 무엇인가 잘못된 것이라고 생각했다. 여진은 머리를 절레절레 내저었다.

"정확하게 몸값은 1천 5백이다. 나가고 싶으면 그걸 갚고 나가거라. 영근이가 너를 우리한테 넘기고 돈을 받아갔다고 써 있지?"

"아니야! 그럴 리가 없어."

여진은 또 머리를 내저었다.

"뭐 믿던지 말던지 상관할 바는 아니고 저기를 볼래?"

사내가 가리키는 방향을 바라보던 여진의 눈이 크게 떠졌다. 지금까지는 경황이 없어 모르고 있었지만 사내가 가리키는 곳에 영근이 서 있었다.

"영근 오빠 정말이에요?"

여진은 큰 소리로 불렀지만 영근은 못들은 척 반응 없이 나가 버렸다.

"시인하는군."

사내의 말에 여진은 울부짖었다.

"왜 이러는 거예요. 저를 보내주세요."

사내의 얼굴에 비릿한 미소가 어렸다.

"그렇게는 안 되지. 잠시만 기다려라. 좋은 걸 보여주지."

사내가 몸을 일으키더니 밖으로 나갔다. 여전히 밝은 빛 속에서 여진은 얼른 달려가 문짝을 주먹으로 힘껏 내리쳤지만 문은 꿈쩍도 하지 않았다.

"제발 절 보내주세요."

애절하게 울부짖었다.

일단 여진은 이들에게 잡혀 온 이상 모든 것을 포기하고 싶었다. 정신을 잃었다가 눈을 떠 자신에게 닥친 상황을 깨달은 그녀는 혀라도 깨물고 죽고 싶었지만 아버지를 죽인 동팔과 자신을 팔아 먹은 영근 등을 생각하면 그럴 수도 없었다.

이럴 때면 달랑 세상에 자신만 남겨두고 죽은 아버지, 자신을 남겨두고 행복을 찾아간 어머니가 원망스럽기만 했다.

여진의 눈에서 눈물이 주르륵 흘러내렸다.

얼마 후 굳게 닫혔던 문이 열리자 여진은 두려움에 몸을 웅크렸다. 이렇게 된 이상 자신의 처지가 어떻게 되리라는 것을 짐작하지 못할 만큼 어린 나이가 아니었다.

몸을 웅크린 채 떨고 있는 여진의 몸을 문을 열고 들어온 사내가 징그러운 미소를 지으며 내려보았다.

"윤여진, 준비는 했겠지?"

그는 옷을 벗으며 말했다.

"살려주세요. 돈은 나가서 벌어서 갚아 드릴게요."

사내의 얼굴에 떠오른 미소는 더욱 짙어졌다. 아무리 발

버둥을 친다 한들 눈앞의 계집애의 운명은 이미 정해진 것이었다.

사내가 웅크리고 몸을 떨고 있는 여진의 옆으로 다가가 부드럽게 속삭였다.

"이 씨팔년이 누구를 물로 보나."

사내의 손이 여진의 크지도 않은 가슴을 뭉클 쥐다가 잡아 당겼다.

"악!"

두툼한 사내의 손아귀에 잡힌 가슴에서 너무나 아픈 고통이 느껴져 여진은 크게 비명을 질렀다.

"이 개년, 내 말 똑바로 들어라. 앞으로 너는 내 전용물통이다. 너를 1천 5백을 주고 샀단 말이야. 알아? 만약에 말이야, 네가 내 말을 안 듣는다면 넌 개보지가 되어서 평생 사창가에서 얼굴도 모르는 남자 새끼들의 밑구멍이나 핥으면서 보내게 된다 이거야."

사내의 손이 부드럽게 여진의 얼굴을 쓰다듬었다.

여진은 그 손길이 너무 징그러웠지만 어쩔 수 없는 일이라 눈물만 흘릴 뿐 반항할 엄두를 내지 못했다.

"제발 저를 놔주세요. 저는 아무 죄가 없어요. 저에게 죄가 있다면 남자 다섯 명에게 강간당한 일밖에 없어요."

"뭐야? 그럼 넌 진짜가 아니란 말이야? 이런 영근이 이 개새끼!"

"그 영근이 오빠한테 강간당했단 말이에요."

"뭐야 이 새끼, 그 새끼 나한테는 진짜라고 해놓고 나한테 속이려고 해."

그는 목소리가 커지면서 화를 냈다.

"저는 고아예요. 왜 저같이 불쌍한 아이들이 이런 곳에 잡혀 와야 하나요. 귀엽고 행복하게 용돈을 풍족하게 쓰며 자라는 부잣집 딸들도 많잖아요."

"그래 너 말 한 번 잘했다. 사실 사회가 그렇잖냐. 너 같은 아이들을 잡으면 인신매매고, 부잣집 애들을 잡으면 무조건 유괴라고 하잖냐. 그것부터 잘못된 것을 너도 생각해 봐라. 유괴보다 너처럼 돈주고 사는 인신매매가 죄는 적지. 그러니까 없는 게 죄다 이거야."

"저는 아무래도 좋아요. 술집이고 창녀가 된다 해도 저는 아무런 상관 안 해요. 단지 저를 보내달라는 건, 저의 아버지를 죽인 동팔 오빠와 저를 팔아 먹은 영근 오빠를 찾아서 꼭 죽여야 해서예요. 또 저를 강간했던 남자들 모두도 죽여야 해요."

여진이 그렇게 말하자, 섬뜩해 하며 사내는 한 발 뒤로 물러섰다.

"와, 꼬마 아가씨 무섭다. 이걸 종이계집으로 보았다간 우리도 살아 남지 못하겠는걸."

"그래요 전 지금 살고 싶어서 살고 있는 게 아니예요. 진 빚을 다 갚기 위해 살고 있는 거라고요."

"빚까지."

"제가 말하는 건 빚이 곧 원수에게 복수하는 거예요. 그리고 저도 편안하게 종이처럼 불에 타서 없어지는 거예요."

사내는 그제서 옷을 입고 무엇인가 골똘히 생각했다. 아무래도 먼 훗날이 두려운 모양이었다. 그리고는 두 말 없이 여진을 보냈다.

그렇게 당당하던 사내가 이곳 나이트클럽에서 영근이 지배인이라는 게 믿어지지 않았다.

"그때 저를 보내줘서 고맙게 생각하고 있어요. 참 빚이 남았죠?"

"원수?"

"저의 몸값인 1천 5백만원을 영근이한테 돌려 받았나 해서요."

호랑이도 자기 말을 하면 나타난다더니 바로 그때 영근이 거만스럽게 모습을 드러냈다. 지배인은 영근에게 고개를 숙이고 인사를 했다.

"오우, 종이여인. 정말 색종이처럼 아름답기만 하군. 나한테 빚이 있다고 했던가."

영근은 말을 늘어뜨리며 들어왔다.

"당신은 나를 강간하고도 모자라 인신매매를 했던 원수!"

"자 자 진정하라고. 다 지난 과거잖아. 지금 보라고, 난 그때 너를 이 지배인한테 팔았었는데, 이 지배인이 내 밑에 종업원으로 있잖아. 이게 다 사람팔자 시간 문제라는 거지. 그런데 역시 예쁜 여진이란 말이야. 예전과는 아주 딴 얼굴이군. 그런데 종이여인은 신고돼 있던데……."

"신고라니 무슨……."

여진이 긴장이 되어 기어들어 가는 음성 때문에 영근은 기세 등등했다.

"경찰에 윤여진이 살인자로 신고돼 있더라고. 참 너무 변했군."

그러나 여진은 준하가 신고해 두었다는 걸 이미 알고 있었기에 이내 덤덤하게 있었다.

"그래서요?"

"역시 놀래지 않는 걸 보니 살인자답군. 무서운 종이여인이 아니라 화살여인이 더 어울리겠군. 어쨌든 대단한 여자야."

영근은 비웃음을 물고 말했다.

"그래서요."

"음 놀래지도 않는 걸 보니 대단하군."

"죽은 경호 씨의 부인 나영 씨와 별장에서 경호 씨를 죽인 살인범은 어떻게 할까요?"

여진의 말에 영근은 불끈했다.

"뭐야? 정말 너무 겁없는 종이여자로군. 내가 구겨진 종이로 만들어 줄까? 일용으로 하는 휴지로 할까 아니면 혹하고 타 버리는 재로 만들까."

"겁없게 만든 건, 당신들이야. 글쎄 휴지로 만들든 재로
만들든 당신 맘이야. 하지만 당신도 나를 종이로 본다면
머지 않아 종이여인 손에 죽을 수 있다는 걸 명심해!"

영근은 여진의 말에 어이없다는 듯이 그녀의 주위를 맴
돌다가 느닷없이 여진의 머리카락을 움켜쥐고 당겨서 코
에다 댔다.

"그런데 어쩌지, 이 종이여인아. 치어 리더 이상으로 잘
빠졌단 말이야. 이런 아가씨가 경찰한테 잡히면 너무 아깝
지 않아? 그런데 향기가 좋단 말이야. 무슨 향이지?"

"새샘 넘버 2!"

"그럼 태성이는 새샘 1(원)이군. 앞으로 이런 말도 마지
막이 되겠군."

"마지막이라고 하니 기분이 안 좋군요. 그런데 어쩌죠.
내 기분에 당신이 마지막인 걸 어떡하죠."

"동팔은 적중하게 맞혔을지는 몰라도 넌 나를 그렇게 보
면 큰 오산이지. 그리고 아직도 정신을 못 차린 모양인데,
너는 종이에 불과해, 그리고 너만 사람 죽인 줄 알아? 나
도 이런 사업하면서 너같이 말 안 듣는 애는 그대로 죽였
단 말이야. 그래 이 밤에 경찰에게 잡히기 전에 내가 너를
먼저 없애 주겠다. 마지막으로 할 말이 있으면 해봐?"

그는 시선을 여진에게 두고 맴돌 듯이 돌고 왔다갔다 했
다.

"할 말? 절친한 친구까지 쥐도 새도 모르게 죽이고 나한테 덮어 씌웠지. 하지만 나한테는 안 돼. 그리고 당신은 이익을 위해 무모한 인간을 죽였어. 못된 남자. 난 적어도 당신처럼은 안 해. 난 당신들한테 원한을 품고 죄의 값을 치르고 있을 뿐이야. 정말 이 지구에서 떠나야 할 인간들은 당신이야. 그래서 난 당신들을 하나하나 없애려 한다. 그리고 경고한다. 당신들이 죽기 전에 난 절대로 죽지 않아. 당신이 나를 종이로 본 이상 당신이 나보다 먼저 죽는다는 걸 몰라?"

"어허. 넌 입이 두 개니까 말도 잘 하는구나."

"그럼 당신은 다리가 세 개라서 시계불알처럼 왔다갔다 하니?"

"또. 나를 화나게 만들고 있군."

"안 됐군요. 당신이 계속 그런 식으로 나온다면, 당신의 갈비짝에 당신 마누라가 죽어진다는 걸 명심해!"

영근은 화가 불끈했다.

그래도 여진의 머리채를 휘두르며 죽이겠다는 으름장만은 시퍼랬다.

"야! 지배인. 이년 끌고 가서 처리해!"

영근의 '야' 하는 소리에 지배인이 유령처럼 들어왔다.

"네, 사장님!"

"이 계집년을 쥐도 새도 모르게 잘 처리해."

"네, 사장님. 차 준비시켜!"

지배인은 영근에게 꾸벅하고, 몸을 돌려서 큰 소리로 차를 대라고 지시했다. 그리고 여진의 팔을 낚아채어 뒷문으로 끌고 나갔다. 거기에는 낡아빠진 검은 승용차가 대기해 있었다. 그리고 사내 두 사람이 기다린 듯 대기하고 서 있다가 한 사람은 차 문을 열고 여진을 강제로 그 안에 밀어 넣었다.

　"내 핸드백과 옷!"

　그때 여진은 가방이 생각나 소리쳤다. 폭력배로 보이는 하청직원이 안으로 들어가 여진의 옷가지들과 가방을 차 안으로 밀어 넣고 문을 닫자 자동차는 지하 주차장으로 내려갔다. 주차장 구석에 차가 멈추자 운전자는 여진을 강제로 뒤로 포박해서 묶었다.

　여진은 젊음과 삶이 망각되고 생채기가 났다. 장내는 참아내는 울음 소리와 울분이 질척거렸다.

　자동차는 지하 주차장을 빠져 나왔다. 40여분 어둠을 뚫고 달리다가 한강변을 달렸다. 팔당이었다. 팔당댐을 지나 조그마한 마을을 지나자 운전자는 한적한 곳에 차를 멈추었다. 그는 계속해서 시계를 들여다 보았다. 운전자는 시간이 남았던지 차를 세워둔 채 그냥 시간을 때우고 있었다.

　"담배 한 갑 사 올 테니, 너 꼼짝 말고 있어."

　운전자는 자동차 시동을 걸어 놓은 채로 차에서 내렸다. 그는 동네 가게 있는 쪽으로 뛰어갔다. 여진은 이때라면서 차 문을 열려고 했다. 그러나 손이 묶여서 열 수가 없었다. 또 안쪽에서 문을 여는 문고리가 없었다. 문고리를 떼어 내어 안에서 열 수 없도록 조작해 만들어 놓았다.

여진은 그제서야 계획적으로 치밀하게 만들어 놓은 폭발 차량이라는 걸 알아 차렸다. 그러니 운전자는 폭발할 시간을 재고 나가긴 했는데, 그가 당연히 돌아오지 않을 거라는 것도 알아 차렸다. 여진은 이대로 죽는 것은 너무 억울하다고 생각했다.

여진은 울었다. 죽음의 공포로 우는 것이 아니었다. 할 일을 마무리하지 못하고 이대로 죽게 된다고 생각하니 너무 억울했다.

그때였다. 자동차 문이 열렸다.

여진은 울먹임을 멈추고 고개를 들었을 때 바로 눈앞에 번쩍이는 칼이 번쩍이며 자신에게 겨누어져 있었다. 그 칼 끝은 이미 턱밑에 있었다. '으아악!' 여진은 식은땀을 흘리며 악몽처럼 심하게 떨었다.

"급해요. 어서 내려요."

젊은 여자였다. 여자는 다급해 하는 목소리로 여진의 몸을 굴려 내렸다. 그때 여자가 들고 있던 칼로 여진을 포박했던 끈을 잘라내자 포박에서 풀려났다.

"저기 누가 와요. 어서 피해야 해요."

여진은 차안에 있던 옷과 가방이 생각났다.

"내 옷과 핸드백이 있어요."

"그건 거기에 당연히 있어야 해요."

당연히 있어야 하다니, 여진은 얼떨결에 언덕이 있는 밭으로 기다시피 서둘러 올랐다. 급한 나머지 숨을 헐떡이고 앉았다. 차가 있는 쪽으로 바라보았다. 거기 어둠 속에 어떤 여자가 차 주변을 두리번거리고 있는 것이 보였다.

"누구세요?"

여진은 자신을 도운 여자가 궁금했다.

"절 자세히 보세요."

여진은 어둠 속에서 그 여자 얼굴을 빤히 들여다 보았다. 여진은 그제서야 죽은 경호 부인 나영이라는 걸 알았다.

"나영 씨!"

"내가 도울 일이 있나고 했었죠?"

"고마워요. 그런데 저기 저 여자는 누구예요?"

"아마 여자 강도 같은데, 나도 잘 몰라요. 곧 폭발할 것인데 어서 피해요."

그때 '펑!' 하고 자동차는 폭발하고 불길이 솟았다.

"차에 달려들던 여자가 죽잖아요."

여진은 겁먹은 음성으로 말했다.

"그 여자는 죽어 불에 타고 있을지도 모르잖아요."

자동차는 화염에 휩싸여 타고 있었다. 몇 분이 지나 119 싸이렌 소리가 들렸다. 소방차가 출동하는 모양이었다.

여진은 그제서 영근이 자신을 교통사고로 위장해서 죽이려고 했던 것을 알아차렸다. 그래서 나영이 더 고마웠다.

회생의 종말

245

"저쪽으로 가세요. 저기에 내 차가 있어요."

여진은 그녀에게 끌려서 밭인지 논인지 모르게 풀이 우거진 곳을 한참을 걷고 있었다.

"저어 물어볼 게 있어요."

여진이 말을 걸었다.

"네?"

"여긴 어떻게 알고 왔는지 궁금해서요."

"내가 영근 씨와 불륜관계로 정부 사이잖아요. 내가 모른다면 이상하지 않을까요? 사실은 여진 씨를 살리기 위해 내가 기획했던 거예요. 그래야 내가 미리 알고 여진 씨를 살릴 거 아니겠어요."

"왜 나 같은 살인자를 살리려고 했나요?"

"나도 남편을 죽인 살인자잖아요. 완전범죄를 위한 고마움이 아닐까요. 농담이에요. 전 여진 씨를 잘 알고 있었어요. 소녀 때, 죽은 내 남편과 영근 씨 일당들에게 억울하게 당했던 것도요. 증오와 복수로 그들을 모두 죽이고 이 사회에 경종을 울리겠다는 것도 알고 있어요. 같은 여자로서 여진 씨를 돕고 싶어요."

길이었다. 승용차를 세워둔 곳에 다다랐다. 나영이 차 문을 열고 타라고 손짓해 여진은 차에 올랐다.

차는 서울 쪽으로 가지 않고 양평에서 양평대교를 건너 여주 쪽으로 달리고 있었다.

"지금 어디로 가는 거예요?"

"여주 대신면에요. 거기 우리 친정이 있어요. 우선 거기에서 머물러야 해요. 그래야 여진 씨가 죽은 줄 알 테니깐요. 참, 절대로 집을 찾아가면 안 돼요. 내일부터 경찰들이 조사하겠지요."

여진은 내내 폭발했던 차에 있던 여자가 궁금했다. 과연 그 여자가 누구일까.

다음 날 아침에 여진은 잠자리에서 일어났다. 무척이나 낯선 곳이었다. 정신을 가다듬고 여주 대신면 시골이라는 걸 알았다. 우선 눈에 뜨이는 것이 TV였다. TV를 켰다. 마침 오전 7시 뉴스 시간이었다.

뉴스에서는 팔당 부근에서 자동차가 달리다가 폭발해 28세 윤여진은 불에 타 그 자리에서 숨졌다고 했다. 시신은 불에 타 형체를 알 수 없지만 폭발해 튕겨나간 핸드백에서 신분증과 옷가지들이 윤여진의 유품들로 확인됐다고 했다.

여진은 그 뉴스 시청을 하고 난 후 비웃고 있었다. 그리고 지난 밤에 팔당에서 나영이 핸드백을 두고 와야 한다는 것까지도 여진은 그제서야 깨달았다.

그런데 여진은 자신 대신 죽은 그 여자가 누구인지 궁금했다.

여진은 서울에 올라왔다. 영근과 태성의 동태를 살피기 위해서 미장원에서 머리를 하고 잠실 롯데백화점에 들렀다. 죽은 경호 아내였던 나영과 약속이 있어서였다.

　지하 광장에서 여진은 약속 시간보다 30분이나 먼저 와 있었다. 여진은 시간을 보내기 위해 3층까지 구경하고 돌아오면 시간이 맞을 것 같아 계단을 밟고 오르고 있었다.

　1층을 지나 2층으로 가려던 중에 여자 아이가 엄마를 찾으며 울고 있었다. 여진은 그냥 지나칠 수가 없어 아이를 미아 보호소에라도 데려다 줄 요량으로 여자 아이를 살살 달래고 있었다.

　"엄마를 잃었구나."

　"진짜 엄마가 아니라 가짜 엄마예요."

　"음, 몇 학년이니?"

　"1학년."

　"어쩌다 엄마를 잃었니?"

　"1층에서 엄마가 엘리베이터를 탄 줄 알고 탔는데 엄마가 없잖아요. 2층에 내려서 엄마한테 갈려고……."

　여아는 말을 하다 말고 그만 울고 말았다.

　"엄마 전화번호 모르니?"

　"아는데요 전화도 없고 동전도 없어서 그래요."

　"그럼 내가 걸어 줄게 몇 번이니?"

　"가짜 엄마라 싫어요. 아빠도 왔는데 친구를 만나고 온댔어요. 아빠 번호 011-0000-0000번."

　"아빠 이름은?"

　"이태성."

여진은 그제서야 태성의 딸임을 알았다.

"걱정하지 마. 이 아줌마가 아빠를 찾아줄게."

여진은 전화를 걸어 위치를 확인하고 그곳으로 찾아가고 있었다.


영근은 태성과 만나 롯데 2층 경양식에서 신문을 들여다보고 또 보며 환희에 찬 표정을 짓고 있었다. 윤여진이 팔당에서 교통사고로 죽은 기사를 몇 번이나 읽어 내리더니 입가의 미소는 떠날 줄을 몰랐다.

"후. 이제야 다리 좀 펴고 잘 수 있겠군."

영근은 혼자 중얼댔다. 여진이 죽어져 없어졌다고 생각하며 안도의 한숨을 토해냈다. 그 동안 지옥과 같은 고통에 시달리며 어떻게든 살아남기 위해 발버둥쳤던 것을 생각하면 몸서리가 쳐진다.

그렇게 목을 조르고 심장을 쪼그라지게 만들었던 여진이 차량 폭발로 죽은 것이 얼마나 다행스러운지 모른다. 그러면서도 그의 얼굴 한쪽에 근심이 숨어 있었다. 그건 아내가 집 나간지 이틀이 되었어도 돌아오지 않았고 아무런 소식이 없어서였다.

그 동안 그들은 숨통을 조여왔던 여진의 죽음에 안도하면서 축배라도 들고 싶었던 것이다.

영근과 태성은 자신들이 저질렀던 그 옛날의 과오를 이젠 까마득히 잊고 있었다. 아니 미래에 즐거운 일만 있을

회생의 종말

249

것으로 술잔을 돌리고 있었다.

악몽도 이젠 끝이라 생각하고 마음 느긋하게 술을 마시면서 그들의 웃음은 떠날 줄을 몰랐다. 그러면서도 죽은 친구들은 안 됐지만 살아남은 그들은 평화스럽다고 신바람냈다.

"야 영근아, 있잖냐. 과부가 된 경호 마누라."

"나영이 왜?"

"아니야."

태성은 무슨 말을 하려다가 말았다. 거기에 반해 영근의 표정은 긴장감으로 변해졌다.

"왜 그 과부에 대해서 아는 것이라도 있어?"

"그 과부에 대해서 내가 뭘 알아. 오늘 그 과부와 만나기로 약속했어."

영근은 안도의 한숨을 안으로 삭히고 있었다. 하지만 왜 만나는지가 궁금했다.

"아─니 그년은 왜 내 허락도 없이 널 만나는 거야?"

영근은 화까지 내면서 말하자, 태성은 의아한 눈으로 영근을 바라보았다.

"그 과부가 니꺼야? 너한테 허락까지 맡아야 하냐? 야, 너 그 과부와……."

"아니야 임마. 전화나 받아 임마!"

태성은 전화기를 꺼내 확인해 보지만 자신 것이 아니었다.

"내 것이 아니라 니 전화다 임마."

영근은 전화를 받았다. 몇 마디 주고받는가 싶었는데 대번 몸이 굳어지면서 전화기를 바닥에 떨구고 말았다.

"영근아 무슨 전환데 그래?"

영근은 아무 대답을 못하고 마치 실어증 환자처럼 멍청하게 있었다.

보다 못한 태성은 바닥에 떨어진 전화기를 주워다 귀에다 갖다댔다. 귀에 들리는 음성은 나영이었다. 나영은 태성에게 윤여진이가 죽은 것이 아니라 영근의 아내 나혜린이 죽었다는 사실을 알리고 있었다.

그 말을 듣던 태성도 믿을 수 없다면서 무척 흥분했다.

바로 그때 대성의 호주머니에서 전화 신호음이 울어댔다. 태성은 전화기를 꺼내 받았다. 흥분이 가시지 않은 상태에 그의 얼굴 표정도 영근처럼 굳어져 버리면서 몇 마디의 대화를 하고 전화를 끊고 말았다.

"야 임마 넌 또 왜 그래?"

"윤 여 진!"

"자식 돌았나. 윤여진은 없어 임마."

"그 여자가 내 딸을 데리고 있대."

"너 미쳤어? 무슨 헛소리야!"

"못 믿겠으면 여기서 고개를 돌려 창으로 내다보래."

두 사람은 동시에 시선을 돌려서 창밖을 내다보았다. 아주 가까운 위치에 여진이 태성의 딸과 손을 잡고 서 있었다.

"저 여자가 윤여진 맞아?"

태성이 물었다. 태성은 여진을 소녀 때 보고 처음이었다.

"윤여진은 죽었다고 신문까지 났는데, 왜 내 마누라가 죽었다는 거야!"

영근은 겁에 질린 소년처럼 파르르 떨었다. 가슴은 한없이 두근거려 왔고 이마에 땀까지 삐질삐질 배어 나왔다.

여진은 확인해 보란 뜻으로 손을 들어 올렸다가 내렸다. 그러자 두 사람은 다시 공포와 긴장한 낯빛으로 변해 버렸다.

아닌 게 아니라 평화를 찾자마자 다시 충격적인 사실을 받아들여야만 하는 현실에 처하게 됐다.

그래서 인간은 죄지으면 죽기 전에 그 값을 받게 됨을 실감하면서 그들은 다시 지난 날의 잘못과 괴로움에 시달려야 했다.

오랜 세월 소녀가 당했던 굴욕과 치욕을 마음 속 깊은 곳에다 꼭꼭 묻어 두고는 언젠가 때가 오기를 기다렸던 무서운 여진은 무슨 유령처럼 나타났던 것이다.

태성은 오래 전 성남 달나라 동네에서 살았던 앳된 소녀의 얼굴을 다시 떠올려 보았다. 여진이란 그 앳된 얼굴 윤곽과 생김은 지금 봐도 알아볼 수 있을 것만 같았지만 좀 전에 봤던 모습과 영 딴판이었다.

그건 세월이라는 거대한 물결에 휩쓸려 그 모양이 변했

다는 것을 실감하면서 손을 가져다 목에다 갖다댔다. 어쩌다 딸에게까지 접근해 딸을 유괴해 죽이려 든다고 생각하니 자신의 목을 조른다는 느낌을 받았다.

"소라야. 이 아빠가 잘못했다."

태성의 신음이었다.

영근은 아내의 죽음 소식을 듣고, 태성은 딸의 유괴로 두 사람이 처절하리 만치 고통에 시달리게 되었다.

그들은 앞으로 건장하게 살아 남을지도 생각해 보며 참으로 고통스럽게 죽음의 고통을 점점 더 깊게 맛보아야 했다.

그 동안 죽음에서 벗어나기 위해서, 아니 살기 위해서 얼마나 몸부림을 쳤었던가.

영근은 '당신들이 죽기 전에 난 절대로 안 죽어' 라고 며칠 전에 말했던 여진의 말이 귀에서 맴돌았다.

"믿을 수 없는 일이야. 어서 뛰어 나가서 저 년을 붙잡아야 해!"

두 사람은 뛰어 나왔지만 그곳에 여진은 물론 태성의 딸도 없었다.

"우리 지금 꿈을 꾸고 있는 게 아닐까."

그들은 차라리 꿈이었으면 했다. 그러나 그들은 서로 여러 가지로 꼬집고 확인해 보지만 꿈은 아니었다.

마치 안타까운 몸부림. 극복할 수 없는 죽음의 고통 같았다.

태성은 창백한 얼굴로 자신의 딸 이름을 힘없이 부르며 찾아 나섰다.

미친 사람처럼 뛰면서 그 옛날 친구들과 함께 저지른 파렴치한 행위에 대해 뼈저린 후회를 하며, 자신의 딸도 여진처럼 당하게 될 수도 있겠다는 생각도 했다. 더 이상 고통 받으며 살아갈 기력조차 없었다.

여진은 상당한 시간을 소모한 것 같아 태성의 딸과 뛰어서 지하 만남의 광장에 갔다. 약속한 그곳에 날씬한 체격에 청바지를 입고 색기가 흐르는 듯한 나영이 와 있었다.

"여주에 더 있지, 어쩌자고 올라왔어요?"

나영은 여진의 손을 잡고 말했다.

"답답해서 있을 수가 없어서요. 어디 들어가서 얘기 좀 할까요?"

"아니요. 위험할지도 모르니 롯데월드 들어가면서 얘기해요. 그런데 웬 아이예요?"

"태성 씨의 딸이에요. 엘리베이터를 타면서 엄마와 길을 잃었대요."

"그럼⋯⋯."

"아니예요. 2층에서 영근 씨와 태성 씨에게 내가 살아 있음을 보여주고 이 아이를 놓고 오려고 했는데 자꾸 따라오는 거예요. 나영 씨와 약속 시간도 되고 해서요."

"사실은 이따 태성 씨와 만나기로 약속했어요."

여진은 나영과 입장권을 사서 들어갔다. 수많은 탈것들

에게 시선을 빼앗기고 있었다. 마치 딴 세계에 온 기분이
지만 온통 인공으로 만들어진 기구의 물체들은 기계소음
과 함께 사방에서 움직이고 있었다.

나영이 먼저 의자에 걸터앉자 여진도 나영의 옆에 나란
히 앉았다.

"여러 가지로 미안해요."

여진은 손으로 자신의 손톱을 쥐어뜯으며 말했다. 아마
도 무엇인지 모르게 불안함이 있어서였다.

"미안할 것 없어요. 우린 살인공범이잖아요."

"그런가요."

"꼭 사람을 죽여야만 원한을 풀고 분노와 증오를 가라앉
힐 수밖에 없나 보죠?"

"전 나영 씨와는 달라요. 나영 씨는 복에 겨워 불륜으로
욕심과 욕망을, 남편을 죽이고 영근 씨를 차지하려고 했지
만, 전 그들이 나를 내 인생과 내 희망을 망치고 내 아버지
까지 죽인 원한을 갖다 줬어요."

"알고 있어요. 법의 심판도 있을 것인데요."

"물론 그들을 죽이는 것보다 평생 감옥에 살게 하는 것
이 더 통쾌하죠. 지금에는 그들을 죽이려고 하지도 않아
요."

여진은 태성의 딸이 없음을 느끼자 이리저리 그 여아를
찾았다. 그 여아가 공중 마차의 철탑에 매달려 놀고 있는
것을 보고는 무척 위험하다는 걸 느꼈다.

"그럼 그들을 왜 감옥에 처넣지 않았죠?"

"왜요. 그들을 신고도 했고 고소도 했어요. 그런데 관청은 그들로부터 뇌물과 권력의 힘을 빌어, 오히려 저에게 없는 죄를 만들어 경찰에게 잡혀서 가두곤 했어요. 너무 억울해 분통을 이기지 못해 몇 번이나 죽으려고 했었어요. 그래도 그냥 죽을 수가 없어 변호사 법률사무소 같은 곳에 가서 상담을 해보았지만 변호사 비용만 요구했어요. 그 비용은 저에게 엄청난 돈이라 변호사도 못 샀어요. 그렇게 되자 이 세상은 나를 못났다고 손가락질하며 비웃는 것만 같았어요. 그럼 제가 이 사회에 어떻게 해야 하겠어요. 그들 새샘 멤버 5명 모두 죽여서 응징의 대가를 치를 수밖에 없잖아요. 그들을 죽여 이 사회에 경종을 울려서 앞으로 저처럼 당하는 사람이 없어야 하잖아요. 또 그들이 죄의식을 갖고 있는 것도 아니잖아요. 오히려 그들은 사회에서 보호받으며 당당하게 잘 살잖아요. 이 사회에서 왜 그런 자들이 잘 살아야 하나요? 나에게 사과 한 마디도 없이 버젓이 잘 살아가는 그들의 꼴을 볼 수가 없는 거예요. 내가 그들을 모두 감옥에만 넣었어도 저는 이렇게 분하지도 않아요. 사회가 그렇잖아요. 사회가 바로 선다면 조직폭력단이 있겠어요?"

여진의 볼에 눈물이 지렁이처럼 미끄러져 흘러 떨어지고 있었다. 나영도 여진의 사연을 듣고 눈시울을 붉혔다.

"듣고 보니, 나 같은 사람은 정말 부끄럽네요. 그리고 여

진 씬 내 말 잘 들어요. 팔당에서 여진 씨가 죽을 자리에서
영근 씨 아내 가수 나혜린이 죽었어요. 자살한 거예요. 자
신이 죽음으로 그 여자의 남편에 대한 죄를 씻어줄 것을,
용서를 구하는 것이고요. 그런데 영근 씨는 아직도 자기
아내가 죽은 줄도 모르고 여진 씨가 죽은 줄 알고 있어요.
이 사실을 말해 주려고 오늘 태성 씨와 만나기로 했고요."

그 말에 여진은 눈물을 손바닥으로 문지르고 눈을 크게
떴다. 정말 생각지도 못한 엉뚱한 일이었다.

"그럼 그때 차에 뛰어 들었던 그 여자가 나혜린이란 말
이에요?"

"맞아요. 나혜린 씨 남편이 여진 씨에게 사과를 하지 않
았다는 단순한 이유예요."

여진은 그 말을 듣고 나혜린이 남편을 살려 달라고 했을
때 영근은 틀림없이 사과를 할 것이라고 믿고 있었다. 만
약에 그렇지 않는다면 자신이 죽어진다고 약속을 했었다

"그렇군요. 영근 씨가 나에게 '미안하다' 라고 한 마디만
해줬어도 나혜린은 죽지 않았다고요. 어쩌면 나영 씨를 위
해서 잘 죽었는지는 모르겠지만은요. 나에게는 너무 슬프
네요. 왜 죽어야 할 사람은 죽지 않고 죄 없는 나혜린이가
죽어야 하나요."

여진은 하늘이 노랗게 무너져 내리는 충격을 떨칠 수가
없었다.

"나혜린이가 죽었다고 하면 팬과 언론은 온통 난리칠 것

인데. 그렇게 되면 여진 씨는 위험하죠."

"위험요? 그렇겠죠. 나는 어차피 종이여인에 불과하니깐요."

그때였다. 여진의 귀에 태성이 딸을 부르는 소리가 들렸다. 계속 반복해서 부르자 목소리 나는 쪽으로 바라보았다.

거기에는 영근과 태성 그리고 경찰 두 명이 달려오고 있었다.

바로 그때 기구철탑에 놀이삼아 올랐던 태성의 딸은 아버지가 부르는 소리에 발을 잘못 디뎌 철 기구 틈에 발이 끼어들면서 놀래 소리를 쳤다.

아이의 비명소리에 사람들이 모여들었다. 사람들은 발을 동동 구르며 여아를 쳐다보고 있었다.

여진도 위를 보는 순간 어린 그 아이가 놀이기구 틈에 발이 들어가 꼼짝 못하고 울며 소리치는 것을 보았다.

문제는 20여 미터에서 공중마차가 다가오고 있었다. 공중 마차가 지나치면 그 여아는 공중마차에 깔려 죽게 된다.

여진은 물불 가릴 틈도 없이 후닥닥 2미터가 넘는 철탑으로 기어올랐다.

공중마차는 몇 미터 앞에 다가오고 있었다. 여진은 한 팔로 아이를 안은 채 밑으로 떨어졌다. 그 찰나에 공중열차는 지나쳤고, 발을 구르고 있던 사람들은 박수를 쳤다.

바닥에 떨어진 여진은 그 박수소리를 듣지 못하고 있었
다. 그건 바닥 철탑 고정나사에 여진의 머리가 박혀 있어
모든 의식이 사라진 후였다.

점점 철탑은 붉은 피로 물들고 있었지만 태성의 딸 여아
는 놀랬을 뿐 멀쩡했다.

정선교 장편소설

# 종 이 여 인

·

지은이 / 정선교
펴낸이 / 김재엽
펴낸곳 / **한누리미디어**

·

100-845, 서울시 중구 을지로 2가 148-73
신화빌딩 401호
전화 / (02)2278-4513, 2268-4514
팩스 / (02)2268-4524

·

등록 / 제16-467호(1993. 11. 4)

·

초판발행일 / 2003년 9월 30일

·

ⓒ 2003 정선교 Printed in KOREA

·

값 10,000원

·

E-mail/hannury2003@hanmail.net

·

※잘못된 책은 바꿔드립니다.
※저자와의 협약으로 인지는 생략합니다.

·

ISBN 89-7969-230-7 03810